우리동네변호사
이건태

우리동네변호사 이건태

발행일	2019년 10월 31일		

지은이	이건태		
펴낸이	손형국		
펴낸곳	(주)북랩		
편집인	선일영	편집	오경진, 강대건, 최예은, 최승헌, 김경무
디자인	이현수, 김민하, 한수희, 김윤주, 허지혜	제작	박기성, 황동현, 구성우, 장홍석
마케팅	김회란, 박진관, 조하라, 장은별		
출판등록	2004. 12. 1(제2012-000051호)		
주소	서울시 금천구 가산디지털 1로 168, 우림라이온스밸리 B동 B113~115호, C동 B101호		
홈페이지	www.book.co.kr		
전화번호	(02)2026-5777	팩스	(02)2026-5747

ISBN	979-11-6299-924-0 03810 (종이책)	979-11-6299-925-7 05810 (전자책)

이 도서의 국립중앙도서관 출판예정도서목록(CIP)은 서지정보유통지원시스템 홈페이지(http://seoji.nl.go.kr)와
국가자료공동목록시스템(http://www.nl.go.kr/kolisnet)에서 이용하실 수 있습니다.
(CIP제어번호: CIP2019041613)

(주)북랩 성공출판의 파트너

북랩 홈페이지와 패밀리 사이트에서 다양한 출판 솔루션을 만나 보세요!

홈페이지 book.co.kr   •   **블로그** blog.naver.com/essaybook   •   **출판문의** book@book.co.kr

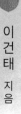

이건태 지음

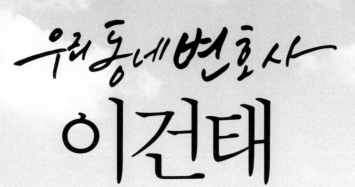

우리동네변호사
이건태

동 네 변 호 사 가 된 어 느 검 사 이 야 기

북랩 book Lab

나는 20년 4개월 동안 검사를 했다. 2013년 7월 31일 검사 생활을 끝내면서 나는 어떤 검사였는가를 돌아보고 싶었다. 그리고 나는 누구의 은혜를 입어 재학 중에 사법시험에 합격하고 검사가 되었나를 돌아보고 싶었다. 그러나 이런저런 이유로 바빠서 그 작업을 하지 못하고 있다가 드디어 이 책을 쓰게 되었다. 나는 이 책에 내가 어디서 왔고, 나의 정체성은 무엇이고, 나는 검사로서 어떤 길을 걸었었고, 앞으로 어떤 길을 갈 수밖에 없는지에 대하여 진솔하게 썼다.

내 부모님은 농부였고, 내 삼촌은 과일 행상이었고, 내 고모는 슈퍼마켓, 횟집, 갈비집, 교복점을 하셨다. 나는 이분들의 은혜로 성장했다. 이분들이 곧 나다. 내 깊은 곳에는 이분들이 있다. 나는 그런 사람이고, 그럴 수밖에 없는 사람이다.

나는 변호사를 하던 중에 어느 날 법무연수원에서 강의 요청을 받았다. 검찰 선배로서 초임 검사들에게 지침이 되는 말을 해달라는 요청이었다. 나는 초임 검사들에게 이렇게 말했다.

"후배 여러분. 여러분은 신으로부터 특별한 능력을 받았습니다. 여러분의 그 지적 능력을 사회를 위해 쓰십시오. 인간은 사회적 동물이라는 사실을 명심하십시오. 여러분은 지적 능력을 타고났기 때문에 우리 사회에서 검사의 역할을 수행함으로써 사회에 기여해야 합니다. 그리고 어떤 분은 손재주가 좋아서 그 능력으로 사회에 기여합니다. 어떤 분은 노래를 잘 불러서 사회에 기여합니다. 어떤 분은 농사를 잘 짓는 재주를 타고나서 사회에 기여합니다. 그렇습니다. 여러분만 주인공인 것이 아닙니다. 여러분도 다른 사람과 똑같이 사회의 일부분일 뿐입니다. 그 점을 명심하십시오."

"사랑하는 후배 여러분. 검사라면 사회적 약자에 대하여 측은지심을 가지십시오. 완역판 『레미제라블』을 꼭 한 번 정독하시기를 권합니다. 불우한 환경 때문에 어렵게 살 수밖에 없는 사람들에 대하여 가엾게 여기는 마음을 가지십시오. 검사가 그들을 돌보지 않으면 누가 돌보겠습니까. 그들의 억울함을 풀어 주십시오."

"후배 여러분. 여러분 스스로를 귀하게 여기십시오. 지금은 까마득하게 멀리 느껴지겠지만, 여러분 중 누군가는 얼마 안 가서 나라의 부름을 받아 청문회 자리에 서게 될 것입니다. 그러니 절대로 여러분의 이력에 흠을 만들지 마십시오. 절대로 남의 돈을 받지 마십시오. 절대로 국민의 지탄을 받을 일을 하지 마십시오."

이제 나는 검사 생활을 마치고 변호사로서 내 마음속 깊은 곳에 자리 잡은 나를 위해 살려고 한다. 그래서 나는 우리동네변호사의 길을 가고자 한다. 내 마음속 나와 함께 부대끼면서 함께 웃고 함께 우는 그런 길을 가고자 한다.

이 책이 세상에 나올 수 있도록 도와준 북랩 손형국 대표님과 직원분들에게 감사드린다. 그리고 바쁜 중에도 시간을 내서 원고를 읽어 주고 조언을 아끼지 않은 김동원 선배님, 김형주 후배에게도 감사드린다.

2019년 10월
이건태

목
차

일러두기

'우리동네변호사'는 저자의 브랜드명이다. '우리 동네 변호사'로 띄어 쓰는 것이 원칙이나, 고유명사로 보아 책 제목 및 내용 전체에서 붙여 썼다.

part. 1

이건태,
세상과 함께 걷다

- 동네 변호사가 된 어느 검사 이야기

소 키우는 아이

　나는 전형적인 농촌 마을에서 태어났다. 우리 집은 부농이 아닌 빈 농이었기에 가난 속에서 어린 시절을 보냈다. 누군들 부모님을 존경하지 않겠는가마는 나는 부모님을 진심으로 존경하면서도 한편으로는 이분들의 삶을 안타깝게 생각한다. 아버지는 그 당시 대부분이 그랬듯이 집안 형편상 초등학교까지만 나왔고, 어머니는 부잣집 장녀로 태어났지만 딸자식은 많이 가르쳐서는 안 된다는 어머니의 할아버지의 생각 때문에 초등학교 졸업장이 배움의 전부였다. 어머님이 시집왔을 때 아버지는 할아버지께서 남긴 빚을 청산하고 딱 논 다섯 마지기로 신혼살림을 시작했다. 어려운 살림에도 불구하고 부모님의 교육열이 남달랐던 점은 지금 와서 생각해 보니 나와 형제들에게 크나큰 행운이었다. 내가 고등학교를 다닐 무렵 고향에서 집안 형님들과 얘기를 나눠 보면 농사짓고 사는 형님들 중에 공부를 했으면 참 잘했겠다 싶은 분들이 여럿 있었다. 다만 우리 마을 대다수 어른들은 집안이 풍족한 경우에도 자식 교육에 그다지 열성적이지는 않았다. 가정 환경 때문에 재능을 발휘할 기회를 얻지 못한 청소년들이 많을 것이라고 생각한다. 똑같은 재능을 가졌더라도 충분한 기회를 가진 학생들의 성적이 그렇지 못한 학생들에 비해 더 높게 나오는 것은 당연하다. 아마도 그때부터 기회를 갖지 못한 학생들에게 국가가 기회를 보장해주는 것이 공평한 처사라는 믿음을 갖게 됐던 듯싶다. 이는 총명한 재주를 타고 났으나 농촌의 일상에 묻혀 논과 밭을 오가며 일생을 보내신 여러 형님들을 보고 깨달은 사실이기도 하다.

아버지는 어려운 살림에 자식들을 대학까지 보내려면 위험한 시도를 해서는 안 된다는 생각을 갖고 계셨다. 아버지께서 비닐하우스 특용작물에 단 한번도 손대지 않았던 것도 그 때문이었다. 특용작물 재배는 농협에서 빚을 얻어서 하기 마련인데 풍작이 되면 큰돈을 벌 수도 있지만 흉작이거나 가격이 폭락하면 고스란히 빚을 떠안게 되는 위험을 감수해야만 했다. 부모님은 몇 뙈기 안 되는 논이나마 성실하게 경작해 한 마지기, 두 마지기 논을 늘려 갔고, 소를 키워 새끼를 내어 내다 팔아 살림을 불려 나가는 안전한 길을 선택했다. 우직한 방법이지만 안전했기에 부모님은 3~4년 터울이 나는 나와 동생들을 위해 소를 팔아 학비를 대고 공부를 시킬 수 있었다. 광주나 서울에서 공부할 때는 외숙부나 고모 집에서 신세를 지며 숙식을 해결했다.

소는 참으로 정이 많이 가는 가축이다. 내 어린 시절은 소와 함께 했다고 해도 과언이 아니다. 초등학교 2학년 때부터 학교 파하면 꼴 망태기를 메고 소를 앞세우고 들로 나갔다. 소에게 풀을 먹이고, 주변에서 꼴을 벴다. 소의 배가 불룩해지고 꼴 망태기가 가득 차면 여지없이 해가 뉘엇뉘엇 저물었다. 황금빛 노을이 시는 언덕을 소를 앞세우고 내려오다 보면 소가 포만감에 젖어서인지 '음메에~' 하고 기분 좋은 소리를 낸다. 울음인지 외침인지 모를 '음메에~' 소리에 발을 맞춰 언덕을 내려오던 이 장면을 나는 결코 잊지 못할 것이다. 이때를 생각하면 '아!' 하는 감탄사가 절로 나온다. 소와 함께 또 하루를 보내면서 땀 흘리며 일한 데 대한 뿌듯함도 동시에 느꼈던 것 같다. 내가 시인이라면 마치 일심동체처럼 느껴지던 소와 나의 교감을 멋진 시로 읊어냈으련만…. 나는 소를 키우고, 아버지는 논농사를 하시고, 어머니는 밭농사를 전담하는 식이었다. 나는 중학교 1학년 겨울방학 때 광주광역시로 전학 갈 때까지 안 해 본 농사일이 없을 정도로 말 그대로 농투성이 아이로 자랐다. 농사일과 얽힌 일화와 추억은 헤아릴 수 없을 만큼 많다. 벼가 어느 정도 자라면 잡초와 같은 피를 뽑아내야 하는데, 얼마나 힘들고 지겨웠던지 논바닥에 바늘 하나 들어갈 틈도 없을 정도로 내 손이 안 간 곳이 없다는 생각을 하곤 했다. 부모님은 그렇게 허리가 휘고 끊어질 듯 열심히 농사일을 하시며 나와 동생들을 가르쳤다. 그러니 어찌 부모님을 존경하지 않을 수 있겠는가.

암산 시합

초등학교 때 클럽 활동도 새록새록 기억이 난다. 방과 후 취미활동 가운데 가장 인기 있는 과목은 주산이었다. 내가 다니던 학교는 면 단위 학교였기 때문에 따로 주산 전문 선생님이 없었다. 그나마 주산을 조금 아는 선생님이 주산 과목을 가르쳤다. 그때만 해도 주산선생님이 주산을 조금 아는지 많이 아는지 몰랐지만 지금 생각해 보니 그랬던 듯싶다. 주산 문제집도 있었고, 우리는 열심히 주산을 배웠다. 주산을 배웠다는 것은 그저 열심히 연습을 했다는 뜻이다. 그렇게 연습이 어느 정도 수준에 이르렀다고 판단되면 영암 읍내에 가서 주산 시험을 치렀다. 주산 5급 자격증을 땄던 것으로 기억된다.

영암 읍내에 간 김에 선생님이 우리들에게 영암초등학교 구경을 시켜줬다. 읍내 학교라서 우리 학교보다 훨씬 컸다. 학교 규모는 두 배라고 해도 별로 놀랄 것도 기죽을 것도 없었다. 다만 기를 죽게 하는 게 있긴 했다. 시골에서 왔다고 하니 영암초등학교 학생들이 연극을 보여주었던 것이다. 그 당시 북한 사람 흉내를 내는 게 대유행이있다. 영암초교 학생들은 "동무", "쫑 간나새끼", "애미나이" 등등 제법 북한 사람 흉내를 내면서 연극을 했다. 우리는 연극이라는 걸 태어나서 그때 처음 봤다. 그것도 동급생들이 연극을 하니 너무나 신기했다. 나는 마치 서울에 온 촌놈처럼 바짝 쫄았다. 그들이 저 멀리 높은 곳에 있는 것처럼 보였다. 그도 그럴 것이 내가 다니던 학교의 학생들은 가방은커녕 보자기에 책을 둘둘 말아 책가방을 대신해 메고 다녔고, 운동화는 구경도 못 하고 고무신을 신고 다녔던 시절이었기 때문이다.

우리를 가르쳤던 주산 선생님은 다소 장난기가 있는 분이었다. 하루는 주산 시간에 암산 연습을 시켰다. 처음에 "3원이요", "15원이요" 등등 숫자를 느리게 불렀다. 겨우 따라가고 있는데, 선생님이 갑자기 아주 빠른 속도로 불렀다. 선생님이 얼마인지 물었을 때 우리는 아무도 대답하지 못했다. 선생님이 답을 알려주고 또 다시 암산 문제를 냈다. 역시 빠른 속도로. 그리고 또 답이 얼마인지 물었고, 아무도 대답하지 못했다. 선생님이 세 번째 문제를 역시 엄청나게 빠른 속도로 냈고, 답이 얼마인지 물었다. 내가 손을 번쩍 들었다. "1,015원입니다". 그랬더니 선생님이 "너, 그걸 어떻게 알았어?"라고 놀라서 물었다. 나는 웃으면서 "에이~ 선생도 모르시잖아요"라고 대답했다. 선생님도 웃고, 나도 웃고, 모두 웃었다.

복숭아 집 손자

우리 집은 인근 마을에서 유일하게 복숭아밭을 가지고 있었다. 주로 할머니가 과수원을 도맡아 관리했기 때문에 사람들은 나를 복숭아 집 손자로 인식했다.

복숭아 농사는 복숭아 하나하나에 종이 봉지를 씌워 주는 일이 매우 힘들다. 그 당시만 해도 종이를 구하는 게 쉽지 않았다. 눈에 보이는 종이는 죄다 구해서 일정한 크기로 자르고 풀을 써서 봉지를 만들었다. 이 봉지를 들고 나무에 매달려 복숭아 한 알 한 알에 봉지를 씌웠다.

복숭아 밭 한 귀퉁이에 원두막이 있었다. 여름에는 모기장을 설치하고 밤에 보초를 섰다. 복숭아는 털이 꺼끌꺼끌하고 여름날씨 또한 후텁지근한 데다가 모기가 극성을 부리기 때문에 여름밤을 원두막에서 나는 일은 그리 유쾌하지 않았다.

그렇게 여름을 보내면 복숭아가 익어 갔고, 할머니가 복숭아를 따면 장에 가서 팔았다. 잘 익은 황도와 백도는 즙이 많고 달았다.

내가 그렇게 원두막에서 보초를 섰건만 나중에 세월이 흘러 친구들이 우리 과수원을 제 집 드나들듯 복숭아 서리를 했다는 사실을 뒤늦게 알게 되었다. 나는 그 당시에는 전혀 눈치 채지 못했다. 같이 서리

를 하던 친구들을 내가 보초를 서는 정반대 입장에서 적발했다면 과
연 어떤 심정이었을까 하는 생각도 들었다.

어린 시절 서울 나들이

농촌 일손 돕기

중학교 때 농번기가 되면 모심기와 보리 베기 작업에 동원되었다. 지금 생각하면 빙긋 웃음이 나온다. 그때는 친구들과 함께하면 그 자체가 즐거웠기에 전혀 힘든지도 모르고 보리 베기 등 힘든 일을 했던 기억이 난다.

보리 베기를 숭의농장이란 곳으로 나갔던 일이 떠오른다. 참 더운 늦봄이었다. 시골 친구들은 소위 낫질이라면 그야말로 도사들이었다. 비록 어렸지만 메뚜기 떼가 습격하듯이 들판은 빠르게 줄어 갔다. 태양은 이글거리고 목이 타들어 갔다. 보리 이삭이 목 뒤나 겨드랑이 사이로 들어가 붙어 까칠까칠하고 땀과 범벅이 되어 불쾌했다. 웃통을 확 벗어 던지고 물에라도 뛰어들고 싶었다. 선생님 한 분이 감독 겸 안전 지킴이 겸 해서 밀짚모자를 눌러 쓰고 옆을 지키고 계셨다. 밭주인은 있었는지 없었는지 기억도 없다. 두 시간쯤 베고 나면 긴 줄을 서서 주전자에서 물을 받아 마셨다. 지금은 볼 수 없는 한 말 정도 들어가는 큰 주전자에서 물을 따라 마시는데, 컵이 따로 없이 주전자 뚜껑으로 받아 마셨다. 주전자 뚜껑 하나로 한 학년 전체 약 200명이 한 줄로 물을 받아 마셨다. 내 차례가 되어 뚜껑을 받았는데, 먼저 마신 친구들이 땀범벅이 된 입을 갖다 대서 그런지 지저분하기 짝이 없었다. 나도 모르게 받은 물로 뚜껑을 헹궈서 버렸다. 순식간에 불호령이 떨어졌다. "야, 인마, 물을 아껴 먹어야지. 그 아까운 물을 버리면 어떻게 해". 선생님의 화난 목소리가 들렸다. 그러고 보니 뒤에 쭉 서 있는 친구들에게 미안한 마음이 들었다. 물도 제대로 못 마시고 맥없이 물러나고 말았다.

모 심기는 보리 베기보다 재미있었다. 모 줄에 맞춰 한 줄로 쭉 서서 모를 심었다. 낫질과 마찬가지로 모심기도 안 해 본 친구가 없었다. 누구나 키 작은 농부였다. 그런데 모 심기가 보리 베기보다 재미있는 이유가 있었다. 중학교 친구 중에 노래를 참 잘하는 친구가 있었다. 그때 처음 힘든 일을 할 때 노래를 부르면 덜 힘들다는 사실을 알게 되었다. 그 친구가 노래를 불렀고, 우리는 모를 심었다. 물론 그 친구도 모를 심으면서 노래를 불렀지만, 때로는 노래만 부르기도 했다. 그 친구는 일 대신 노래만 불러 주어도 모두 양해를 해 주었다. 지금도 기억나는 노래가 있다.

새파란 아니 새빨간

수평선 아니 지평선

흰구름 아니 먹구름

흐르는 아니 멈추는

오늘도 아니 내일도

즐거워라 조개잡이 가는 처녀들 아니 총각들

흥겨운 젊은 날의 콧노래로 발을 맞추며 부푸는 가슴 안고

파도를 넘어

이 노래를 그 친구 선창에 수도 없이 많이 따라 불렀다. 지금 생각해 보면 참 기특한 청소년들이었다.

선생님 놀려 먹기

고향에서 중학교 1학년을 다닐 때였다. 기술 선생님은 학생들에게 농담도 잘하고 장난도 종종 치시는 분이었다. 그날은 공교롭게도 칠판을 수리하기 위하여 떼어 가는 바람에 칠판이 걸려 있던 자리에는 녹색 칠판 대신 하얀 벽이 드러나 있었다.

기술 선생님이 들어오시더니 칠판을 보고 장난기가 발동하셨는지, "어이 반장, 칠판 어디 갔냐?"고 물으셨다. "소사 아저씨가 수리한다고 떼어 갔습니다". 나는 자초지종을 설명했다.

기술 선생님은 나를 똑바로 보면서 엄숙한 표정으로 내게 말씀하셨다. "나는 칠판 없으면 수업 못 한다. 하얀 벽에 하얀 분필로는 쓸 수가 없다. 가서 녹색 분필을 가져 와라".

나도 순간 장난기가 발동했다. "알겠습니다. 녹색 분필 곧 구해 오겠습니다". 나는 교실을 나가서 곧장 교장 선생님 방으로 찾아 들어갔다. "교장 선생님. 기술 선생님께서 칠판을 떼어 가서 하얀색 분필을 쓸 수 없으니 하얀색 벽에 쓸 수 있는 녹색 분필을 가져오라고 하셨습니다. 그렇지 않으면 수업을 하지 않겠다고 하십니다. 녹색 분필을 주십시오". 교장 선생님은 어리둥절해하시면서 일단 가서 기다리라고 하셨다. 나는 돌아와 기술 선생님께 있었던 일을 그대로 말씀드렸다.

기술 선생님은 당황하여 어쩔 줄 몰라 하셨다. "야, 너 그런다고 교장 선생님을 찾아가면 어떻게 해. 이놈의 자식".

한 학년에 4개 반만 있는 작은 학교였으니 우리는 선생님들과 가족처럼 지냈다. 그만큼 관심과 사랑도 많이 받았다. 지금도 고향에 가면 종종 중학교 교정에 들어가 본다. 추억은 가득한데, 학생 수가 줄면서 왠지 교정이 쓸쓸하게 느껴진다.

광주 전학

소에게 먹일 꼴을 베어 오면 작두로 풀을 썰어서 죽제를 뿌려 준다. 겨울에는 풀이 없으니 볏짚을 썰어서 사이사이에 죽제를 넣고 큰 가마솥에서 소죽을 쑨다. 아버지가 작두에 풀이나 볏집을 넣으면 내가 발로 작두를 밟았다. 위험한 작업이었지만 아버지와 나는 오랫동안 손을 맞춘 사이여서 순식간에 일을 끝냈다. 소죽을 쑬 때 땔 나무로는 볏짚을 썼다. 한 가마솥의 소죽을 쑨는데, 보통 볏짚 두 더미가 소요된다. 중학교 1학년 겨울 방학 때 그날도 캄캄한 어둠 속에서 소죽을 쑤고 있었다. "금강에 살어리랏다. 금강에 살어리랏다…". 학교에서 배운 노래를 목어 터져라 소리를 질러 가면서 불을 땠다. 그때 불쑥 조선대학교 국문과 교수로 재직하던 막내 외숙이 찾아 왔다. 봄에 결혼을 하게 됐다며 큰누나에게 인사차 찾아온 모양이었다.

막내 외숙이 다녀간 며칠 후 내가 갑자기 광주로 전학을 하게 되었다는 소식을 들었다. 막내 외숙이 집에 와 보고 내가 불쌍해 보였는지 당신의 신혼집에 데려다가 광주에서 학교를 보내겠다고 부모님께 갑자기 제의를 했던 모양이었다. 그런데 막상 학교에 얘기를 했더니 학교에서 전학을 보내 줄 수 없다고 완강하게 반대했다. 광주 막내 외숙과 부모님이 학교 선생님들에게 사정사정했다. 심지어 광주 막내 외숙은 아이를 전학 보내 주지 않으면 신문에 내겠다고 으름장을 놓기도 했다. 학교에서 최종 허락을 받고 아버지는 씨암탉 두 마리를 잡아서 학교 선생님들에게 인사를 했다. 그렇게 해서 그해 겨울 방학 때 광주로 전학을 갔고, 광주 생활이 시작되었다. 정말 갑작스러운 일이었다.

광주에 가서 문화충격을 겪었다. 도청 앞 사거리에 섰는데, 빌딩이 너무 높아 어지러워서 제대로 서 있을 수 없었다. 이 현상은 내가 서울로 대학을 가 광화문 네거리에 섰을 때도 한 번 더 겪었다. 도시 사람들은 이해할 수 없겠지만 시골 촌놈에게는 충격이었다.

광주 중학교에 처음 등교하는 날이었다. 교실로 들어가는 복도 입구에 섰는데, 테라조 바닥이었다. 내가 고향에서 다니던 중학교의 복도는 마룻바닥이었고, 테라조 바닥은 처음이었다. 신발을 벗고 가기에는 바닥이 너무 더럽고, 신발을 신고 가기에는 뭔가 찜찜했다. 잠시 고민이 되었다. 나는 신발을 신고 들어갔다. 그런데 학생과장 선생님이 복도 중간에서 나를 발견하고 달려와 "너 이 새끼 오늘 전학 온 놈이지, 감히 복도에서 신발을 신어?"라고 하면서 뺨을 때렸다. 갑자기 당한 일에 어안이 벙벙했다. '아, 여기서는 신발을 벗어야 하는구나'. 나는 신발을 벗고 배정된 교실에 들어갔다. 그런데 광주 학생들은 실내화라는 신발을 신고 있었다. 나는 실내화가 따로 있다는 사실을 그때 처음 알았다. '처음 전학 와서 모르는 학생에게 설명을 해 주는 게 맞지 않나' 하는 생각이 들었고, 억울한 생각에 화가 났다. 하교 시간이 되었다. 오기가 났다. 다시 운동화를 신고 복도를 걸어 내려갔다. 아니나 다를까 아침에 걸렸던 딱 그 위치에서 학생과장 선생님에게 또

걸렸다. "너 이 새끼 반항하는 거냐". 이번에 뺨 두 대를 맞았다. 내 광주 생활은 문화충격과 뺨 세 대로 시작되었다.

도포초등학교 졸업식

광주천 물베기

광주에 전학을 가서 백운동에 있던 막내 외숙집에서 학교를 다녔다. 돌이켜 보면 외숙께서 대단한 결심을 하셨고 외숙모님이 그 결심을 받아 주셨으니 얼마나 고마운지 모르겠다. 신혼집에 시부모님을 모시면서 외조카를 들였으니 보통 힘든 일이 아니었을 텐데 말이다. 사랑은 내리사랑이지 사랑을 줬다고 그 보답을 받는 것도 아닌 것을 세상을 어느 정도 살아 보니 알게 되었다. 나는 외숙 내외에게 신세만 졌지 이렇다 하게 보답한 것이 없다.

외숙은 시간 여유가 있으면 곧잘 나를 데리고 뒷동산 산책을 가셨다. 선문답처럼 질문을 던지고 미욱한 답이나마 뭐라고 답을 올리면 세상 이치를 내게 설명해 주곤 했다. 그 당시 우리나라는 박정희 군사 독재 시절이었고, 외숙이 독실한 기독교인이어서 외숙은 주로 민주주의와 종교에 대해서 좋은 말씀을 참 많이 해 주었다. 참으로 다정다감하고 올곧은 분이었다. 부모를 떠나 어린 나이에 전학을 오면 비뚤어지시는 경우가 종종 있나. 그런 염려 때문에 선학을 왔던 첫날 학생과상 선생님이 미리 기강을 잡았던 것이다. 다행히 나는 외할아버지, 할머니 밑에서 외숙 내외의 따뜻한 보살핌 속에 부모님을 떠나 있으면서도 사춘기를 탈 없이 보낼 수 있었다.

하루는 광주천에 풀베기 자연보호 활동을 나갔다. 우리 학년 전체가 갔었다. 반별로 구역을 정해서 풀을 베었다. 놀랍게도 낫질을 할 줄 아는 친구가 거의 없었다. 풀 한 포기를 왼손으로 잡고 낫을 넣어서 잡아 당겨 한 포기 한 포기 베어 내고 있었다. 그러니 작업에 속도가 붙질 않았다. 나는 낫을 들고 실력을 유감없이 발휘했다. 농촌 출신들은 누구나 일명 '뽐질'이라는 낫질을 할 줄 안다. 뽐질을 못 하면 소 꼴 베기 경쟁에서 살아남을 수 없다. 뽐질은 큰 원을 그리면서 풀을 베는 방법인데 지름 약 1미터 정도로 둥그렇게 풀을 베어 낼 수 있다. 내가 보란 듯이 뽐질을 하기 시작하자 친구들이 하던 일을 멈추고 내 주위를 둘러싸고 구경을 했다. 그날 우리 반 전체가 한 작업량보다나 혼자 한 작업량이 더 많았다. 내 덕분에 우리 반은 광주천 풀베기 작업을 다른 반보다 빠르게 마칠 수 있었다. 광주에 온 촌놈은 이렇게 그럭저럭 광주에 정을 붙여 갔다.

5·18 광주민주화운동

내가 중학교 2학년 때 박정희 대통령이 서거했다. 아침에 학교에 가려고 준비를 하는데 라디오 방송에 박정희 대통령이 사망했다는 기사가 흘러 나왔다. 온 나라가 슬픔에 잠겼다. 이때 나는 잠시 사촌들 자취집에서 지내고 있었는데, 주인집 아주머니가 슬피 울던 모습이 눈에 선하다. 그 당시 대통령은 영구불변 박정희이었다. 그런데 그가 갑자기 사라졌으니 하늘에 큰 구멍이 뚫린 느낌이었다. 시내버스 안에서도 장송곡이 계속 흘러나왔고 승객들은 쥐죽은 듯이 조용했다. 그만큼 일반 국민들은 박정희 독재에 세뇌되어 있었다. 박정희가 없으면 하늘이 무너질 줄로만 알았다. 북한 김일성이 쳐들어오는 거 아닌가, 이제 이 나라는 어떻게 되는가 하면서 슬픔과 걱정의 한숨을 내쉬었다.

아직도 생생하게 기억하는 노래가 있다. 초등학교 때 풍금 소리에 맞춰 배웠던 노래다. "일 일하시는 대통령, 이 이 나라의 지도자, 삼 삼일정신 이어받아, 사 사랑하는 겨레 위해, 오 오일육 이룩하니, 육 육대주에 빛나고, 칠 칠십 년대 번영은, 팔 팔도강산 뻗쳤네, 구 구국의 새 역사는, 십 시월 유신 정신으로". 그 당시 박정희는 단순한 대통령이 아니었다. 말 그대로 임금님이었다.

그렇게 해가 넘어 가고 1980년이 되었다. 5월 어느 날 막내 외숙이 등산을 간다고 등산복 차림으로 집을 나가셨다. 외숙이 그 당시 교수 양심선언에 참여했던 것으로 기억한다. 그 당시 외숙은 갓 결혼을 했을 때이니 전임 강사였는지 조교수였는지 모르겠지만 외숙이 양심선언에 참여했다고 알고 있다. 나는 외숙이 양심선언에 참여했다는 사실과 갑자기 등산복 차림으로 집을 나가 한동안 돌아오지 않았다는 사실을 그때는 연관 지어 생각하지 못했다. 중간고사 기간이었지만 시험은 취소되었다. 학교에 가면 친구들은 보고 들은 대로 군인들이 시민을 구타한 얘기들을 쏟아냈다. 우리 반 반장이 시내 중심지에 살았던 모양인지, 자신이 보았던 일들을 친구들에게 말해 주었다. 군인들이 시민을 무자비하게 폭행한 일들을 말해 주었다. 시내에 돌아다니지 말고 군인을 보면 무조건 도망가라고 했다. 학교가 문을 닫았다. 나는 백운동에 있는 외숙 댁에서 계속 머물렀다. 할아버지께서 밖에 못 나가게 해 마치 감옥에 갇힌 사람처럼 지냈다. 광주 중심가에서 떨어진 곳이어서 일절 외부 소식을 보고 들을 수 없었다. 그렇게 그해 5월이 지나갔다.

막내 외숙은 대학교에서 해직되었다. 외숙은 학원 강사를 하면서 어렵게 생계를 지탱했고 참 어려운 세월을 보내야 했다. 나중에 복직이 되었지만 수년 동안 고생을 했다.

나는 5·18이 되면 막내 외숙이 생각난다. 그해 나는 아직 어린 중학생이어서 역사의 현장에 참여할 수 없었다. 그러나 광주의 대학생과 시민들은 역사의 현장에서 역사의 짐을 짊어져야 했다. 그들이 피로 쓴 역사가 민주주의의 심장이 되어 군부 독재를 몰아내고 직선제 개헌을 이루고 정권 교체를 이루고 인권을 신장시켰다. 세계적으로 우리나라만큼 민주주의가 안착된 나라가 얼마나 되는가. 우리나라가 군부 쿠데타를 걱정하지 않고, 하고 싶은 말을 다 하고, 선거 때 대통령과 국회의원을 갈아치우고 살 수 있는 것이 얼마나 큰 행복인가. 그 정신적 근원이 5·18이고, 그 동력이 5·18 정신이다.

어느 나라나 독재를 몰아내고 민주주의를 자리 잡게 하는 과정에서 반드시 시민의 희생이 따르는 결정적 계기가 있다. 박정희 군사독재는 철권통치 그 자체였다. 국민들은 숨을 쉴 수가 없었다. 다행히 박정희가 사망하고 서울의 봄이 오는가 했으나 전두환이라는 박정희의 후예가 민주주의의 진로를 가로막았다. 이때 전국의 대학가는 들고 일어섰다. 광주에서만 있었던 일이 아니다. 박정희 군사독재에 이은 전두환 군사독재에 항거하여 광주에서 시민과 청년들이 들고 일어난 것이 5·18 민주화운동이었다. 프랑스에 '프랑스 혁명'이 있다면 우리에게는 4·19 혁명과 5·18 민주화운동이 있다. 5·18 민주화운동의 민주, 인권, 평화의 정신과 시민들의 희생은 그 후 민주화 운동에서 정신적 지주이자 에너지의 원천이 되었다. 그 연장선에서 줄기찬 민주화 투쟁이 있었고 결국 1987년 6월 항쟁과 6·29 항복 선언, 직선제 개헌, 1987년 헌법의 탄생이 있었다.

그러나 여전히 5·18 민주화운동을 폄훼하려는 세력들이 있다. 그들에게 우리가 누리는 자유로운 공기는 누구의 희생 위에 올라서 있는지를 냉정하게 생각해 보라고 말하고 싶다. 우리가 편하게 일상 생활을 누릴 수 있는 것은 국방의 의무를 다하는 국군장병들의 수고와 치안 유지를 위해 순찰을 도는 경찰의 고생이 있기 때문이다. 마찬가지로 우리가 누리고 있는 법치주의, 삼권분립, 표현의 자유, 언론·출판·집회·결사의 자유 등 민주주의 시스템은 박정희 군사독재, 전두환 군사독재를 몰아냈기 때문이다. 박정희, 전두환 군사독재를 몰아내기 위해서 누가 희생을 했는가? 그들의 희생을 인정해 주는 것은 민주주의를 향유하고 있는 후대 사람으로서 당연한 도리일 것이다.

박정희 군사독재 시대 때 헌법의 주요 내용을 살펴보면 그때가 얼마나 암울했던 시절이었는지 알 수 있다. 유신헌법은 헌법 전문에 "5·16 혁명의 이념을 계승한다"고 천명했다. 5·16은 군사 쿠데타일 뿐이지 어찌 혁명이 될 수 있겠는가. 소수의 군인들이 선거로 선출된 정부를 전복시킨 사건인데 민주, 공화, 주권재민, 법치주의, 삼권분립과 어떻게 조화를 이룰 수 있겠는가. 유신헌법 체제하에서 대통령은 총통이었다. 대통령은 통일주체국민회의에서 간접선거로 선출했다. 대통령은 통일주체국민회의의 의장이 되었다. 통일주체국민회의는 헌법 개정안을 최종적으로 확정하는 권한이 가지고 있었다. 대통령은 국회의원의 3분의 1을 통일주체국민회의를 통해 임명했다. 대통령은 만능의 권한인 긴급조치권을 가지고 있었고, 긴급조치는 사법 심사의 대상이 되지 않았으며, 국회는 긴급조치 해제를 건의할 수 있을 뿐 대통령은 그에 구속되지 않았다. 대통령은 국회를 해산할 권한이 있었다. 대통령이 군과 국회와 사법부를 장악했다. 대통령의 전제적 권력은 2중, 3중의 방어막을 치고 있었다. 대통령은 긴급조치권을 휘둘러 언론, 출판, 집회, 결사의 자유를 억압했다. 민주주의라는 새벽이 멀고 멀게만 느껴졌던 시절이었다.

그런데 박정희 대통령이 1979년 10월 그의 최측근인 중앙정보부장

김재규의 손에 의해 사망하는 예상 밖의 사건이 벌어졌다. 사실 박정희의 군부 독재는 한계점을 향해 치닫고 있었다. 박정희의 유신체제는 강압적으로 반정부 인사들에 대해 체포·연금·구금했다. 1979년 5월 김영삼 신민당 총재의 의원직 제명안을 변칙으로 국회에서 통과시켰다. 이에 국민들의 불만이 폭발했다. 1979년 10월 부산, 마산, 창원에서 대규모 반정부 시위가 발생했다. 박정희는 위수령을 발동하여 500여 명을 연행하고 60여 명을 군사재판에 회부했다. 그러던 중에 박정희 정권 내부에서 갈등이 발생하여 김재규가 권총으로 박정희를 살해했다. 그러니 5·18 민주화운동이 있기 전에 부마항쟁이 있었던 것이고, 박정희 군부 독재에 대한 항거는 어느 특정 지역에 한정된 사안이 아니었던 것이다.

박정희 대통령이 사망하자 국민들은 우리나라도 드디어 민주주의가 도래하는구나 하고 희망을 가졌다. 그러나 박정희가 키운 전두환이 군사독재를 계속 이어가겠다고 군을 장악하고 대통령과 내각을 무력화시켰다. 이에 항거한 것이 5·18 민주화운동이었다.

전두환 신군부는 12·12 군사반란으로 군을 장악한 뒤, 정권을 탈취하기 위해 1980년 5월 초순경부터 '시국수습방안' 등을 마련하고, 그해 5월 17일 대통령과 국무총리를 강압하고 병기를 휴대한 병력으로 국무회의장을 포위하고 국무위원들을 강압 외포시켜 비상계엄의 전국 확대를 의결·선포하게 했다. 이어 국가보위비상대책위원회를 설치하고 공직자 숙정, 언론인 해직, 언론 통폐합 등을 대통령과 내각에 통보해 시행토록 함으로써 국가보위비상대책위원회가 헌법기관인 행정 각 부와 대통령을 무력화시켰다. 대법원은 전두환 신군부의 12·12는 군사반란이고, 5월 17일 비상계엄 전국확대 등 일련의 무력 행사는 내란이라고 판결했다. 그리고 5·18 민주화운동을 전두환 신군부의 국헌문란 행위에 항의해 한 시위로서 헌정질서를 수호하기 위한 정당한 행위라고 판결했다. 전두환 신군부의 행위는 군사 반란과 내란이고, 5·18 민주화운동은 헌정 질서 수호 행위라는 대법원 판결이 모든 것을 말해 준다. 따라서 5·18 민주화운동을 폄훼하는 세력은 역사를 부정하고 민주주의를 부정하는 자라고 하겠다.

전두환은 5·18 민주화운동을 무력으로 진압하고 1980년 8월 박정희의 유신헌법에 따라 통일주체국민회의 간선 투표를 통해 대통령에 선출되었다. 박정희의 후예로서 유신헌법에 따라 대통령이 되었던 것이다. 전두환은 1980년 10월 제5공화국 헌법을 만들었다. 박정희의 유신헌법이 통일주체국민회의에서 대통령을 간선으로 선출했듯이 전두환의 제5공화국헌법도 대통령선거인단에서 대통령을 간선으로 선출했다. 통일주체국민회의가 대통령선거인단으로 이름만 바뀌었을 뿐이다. 전두환이 1988년 2월 물러날 때까지 군부 독재에 항거하는 시민과 학생들의 민주화 투쟁은 끊임없이 계속되었다. 시민과 학생들이 군부 독재에 저항할 수 있는 힘의 원천은 5·18 민주화운동이었다. 전두환 군부 독재를 몰아내기 위하여 박종철 열사, 이한열 열사 등 민주열사들의 희생이 이어졌다. 도도하게 흐른 민주화 투쟁은 1987년 6월 항쟁으로 폭발했다. 전두환 신군부는 6·29 항복 선언을 했다. 이렇게 하여 탄생한 것이 현재 우리가 사용하고 있는 1987년 직선제 헌법이다.

전 세계적으로 정권이 선거에 따라 평화적으로 교체되는 완벽한 민주공화정 시스템이 작동되는 나라가 얼마나 되겠는가? 특히 대통령이 탄핵소추의 의결을 받아 탄핵심판에 회부되어 권한 행사가 정지되었는데도 아무런 문제 없이 헌법 절차에 따라 탄핵 재판이 진행되는 나라가 얼마나 되겠는가? 대통령이 탄핵 재판에 의해 탄핵되어 물러났음에도 불구하고 소요 사태가 전혀 발생하지 않는 나라가 얼마나 되겠는가? 언론이 대통령을 마음껏 비판하고도 뒤탈을 걱정하지 않는 나라가 얼마나 되겠는가? 오늘날 이처럼 탄탄한 민주주의를 이룩하고 향유할 수 있는 것은 국민의 한 사람으로서 큰 행복이다. 이 행복은 누구의 희생으로 이룬 성공인가? 4·19 혁명, 부마항쟁, 5·18 민주화운동, 6·10 민주항쟁의 희생이 있었기에 누릴 수 있는 성공이고 행복이다. 감사해야 한다.

나인하이와이(Nine-High Y)

중학교 3학년이 끝나갈 무렵 고등학교 배정을 위한 추첨이 있었다. 각자에게 미리 번호가 주어졌다. 나는 지금은 국세청에서 일하는 짝꿍과 발표를 기다리고 있었다. 내가 받은 번호는 광주제일고등학교였다. 내 짝꿍이 받은 번호는 광주고등학교였다. 내 짝꿍이 좋아서 펄쩍펄쩍 뛰던 장면이 지금도 생생하게 기억이 난다. 거짓말을 조금 보태면 그 친구는 거의 2미터를 솟아올랐다. 그때 나는 "야, 너는 좋겠다. 그런데 광주고등학교가 그렇게 좋은 학교냐?"라고 물었었다. 나는 시골 출신이라서 광주제일고등학교가 광주항일학생운동의 주역인 광주고등보통학교의 후신으로 전통 있는 고등학교라는 사실을 전혀 몰랐다. 나중에 입학식에 가서 광주학생독립운동기념탑 비문을 보고서야 내가 그 친구를 부러워할 이유가 없다는 사실을 깨달았다. "우리는 피끓는 학생이다. 오직 바른 길만이 우리의 생명이다". 나는 그리고 우리친구들은 이 비문을 3년 동안 보고 다녔다.

고등학교 1학년 때 YMCA에 소속된 고교 서클인 나인하이와이(Nine-High Y)에 가입했다. 내가 알고 가입했던 것은 아니고 어느 날 처음 보는 2학년 선배가 찾아와서 가입을 권유해서 들어가게 되었다. 그 선배가 나를 어떻게 알고 선택했는지 지금도 알 수 없다. 우리 서클은 회원들은 모두 모범생들이고 개성과 성향이 강하지 않은 친구들이었다. 우리 서클 말고도 교내 서클이 여럿 있었는데, 그중에는 약간의 이념 서클도 있었다는 걸 졸업 후에야 알게 되었다.

개화기에 들어온 한국YMCA는 1백 년 가까운 역사 속에서 민족 독립운동의 중심지이자 새로운 교육과 문화 활동의 소개자로서 한국의 근대화에 많은 공헌을 해왔다. 1990년대부터 시민운동, 환경운동, 시민권익보호운동, 청소년운동 등을 펼쳐왔으며, 인간다운 따사로움이 넘치는 생명·평화의 지역사회를 만들기 위해 노력하고 있다.

이상이 한국YMCA 홈페이지에 올라 있는 소개인데, 지금 돌이켜 보니, 우리 서클 친구들은 합리적이고 이성적인 시민운동에 딱 맞는 성향이었던 것 같다. 선배들이 어떻게 그런 후배들만 골라서 가입시켰는지 모르겠다.

광주일고에 나인하이와이가 있다면 전남여고에 와이틴(Y'teen)이 있었다. 두 서클은 연합으로 가을에 연극과 합창 공연을 했다. 그해 우리가 준비한 연극은 셰익스피어의 〈오델로〉였고, 합창은 「크시코스의 우편마차」였다. 2학년 선배들이 주연을 맡고 1학년들은 조연을 맡았다. 나는 데스데몬의 삼촌 역할을 맡았다. 비록 짧은 대사였지만 최선을 다했다. 우리들은 참 순수한 열성으로, 일심히 연극과 합창을 연습했다.

1학년 가을은 그렇게 순수하고 열정적으로 보냈다. 그 바람에 성적은 곤두박질쳤다. 담임 선생님이 걱정이 되셨는지 3학년 진학 담당 선생님과 면담을 주선해 주셨다. 두 분이 숙직을 하시던 날 두 선생님이 나를 숙직실에 불러 놓고 추궁 반, 조언 반식으로 특별 면담을 했다. 진학 담당 선생님의 말씀은 이런 식으로 성적이 떨어지면 서울대에 갈 수 없다는 취지였다. 결국 그 선생님의 예언대로 나는 2년 뒤에 서울대에 가지 못했다. 지금 생각해 보면, 그때 나는 사춘기가 약간 덜 끝났던 것 같고, 1학년 담임 선생님이 나를 각별히 아껴 주셨던 것 같다. 그 당시 선생님들은 겉으로 무뚝뚝하고 가끔 매질도 했지만 속으로는 학생들을 챙기고 보살피는 마음이 있었다.

광주일고 1학년 시절 학내 서클 나인하이와이 활동

종아리 걷고 부모님 모셔 와

　내가 나온 광주일고는 흔히 호남의 명문이라고 한다. 광주일고는 일제의 엄혹한 시대에 광주학생독립운동을 주도한 광주고보의 후신이다. 광주일고 출신들은 전두환 군사독재에 항거한 5·18 민주화운동에 주도적으로 참여했고 그 후 민주화 역사에서 5·18 민주화운동의 정신을 완성하고 계승하는 데 투신했다. 광주일고 출신 중에는 쟁쟁한 분들이 많다. 나는 평준화 시절에 입학했으니 선발 시험 때 광주일고를 다닌 것은 아니다. 그러나 선발 시험 때이건, 평준화 시절이건 관계없이 광주일고 출신들은 교정 안에 있는 광주학생독립운동 기념탑으로부터 알게 모르게 영향을 받았을 것이다. 기념탑에는 "우리는 피 끓는 학생이다. 오직 바른 길만이 우리의 생명이다"라고 쓰여 있다. "오직 바른 길"은 한창 정신적으로 성숙하는 과정에 있는 고등학생들에게 깊은 영향을 주었다.

　광주일고는 야구부로도 유명하다. 전설적인 투수 선동열 선수가 광주일고 3년 선배다. 내가 입학했을 때 선동열 선수는 이미 졸업을 했기에 선동열 선수의 경기를 보지 못했다. 내가 고등학교 2학년 때 프로야구가 개막했다. 김봉연 선수가 홈런 타자로 이름을 날리던 시절이었다.

선동열이 이끈 광주일고 야구부는 1980년 대통령 배 대회에서 우승을 차지했을 뿐 봉황대기에서 2회전 탈락, 황금사자기에서 준우승에 그쳐 결국 우승을 한 번밖에 못 했다. 역대 최강의 전력으로 이룬 성적으로는 다소 아쉬움이 남는다.

내 고등학교 동창 야구 선수로는 문희수, 김성규, 서창규, 정영진, 김목정 등이 있다. 전설의 투수 선동열은 아니지만 아주 우수한 선수들이었다. 야구 명문을 다니면서 1학년, 2학년 때까지 서울에 응원 갈 기회가 없었다. 우리 팀이 결승 진출을 못 했기 때문이다. 광주상고나 광주진흥고와 경기가 무등경기장에서 열리면 단체 응원을 가서 목이 터져라 응원가를 불렀다. 그러나 아쉬움이 늘 남았다. '우리도 서울에 응원을 가 보고 싶다'. 누구나 그런 생각을 하고 있었다.

드디어 기회가 왔다. 3학년에 올라가자마자 대통령 배 대회에 우리 팀이 결승에 진출했다. 결승에 오르기까지 학교에서 응원을 했다. 학교는 그야말로 흥분의 도가니였다. 결승 진출이 확정되자 운동장에 단체 응원을 갈 관광버스가 도열했다. 3학년들도 잔뜩 기대에 부풀었다. '이제 우리도 서울을 가 보는구나'. 그런데 눈치 빠른 친구가 운동장에 도열한 금호고속버스 수를 세어 보았더니 24대뿐이었다. 한 학년에 12반이니 1, 2, 3학년 전체가 가려면 36대가 와야 하는데 24대만 왔다. 뭔가 불길한 느낌이 들었다. 그래도 설마 했다. 우리는 2년을 기다렸으니 1학년들을 빼면 빼지 3학년은 빼지 않겠지. 그런데 청천벽력 같은 지시가 떨어졌다. 3학년은 대학 입시를 앞두고 있으니 1, 2학년만 간다는 것이다.

3학년 교실은 술렁이기 시작했다. 나를 비롯하여 우리 반 20여 명이 모였다. 공부도 좋지만 우리는 어떻게 해서든 서울로 튀자. 의견 일치를 봤다. 우선 1, 2학년의 관광버스에 올라타고 가기로 했다. 만약 실패하면 고속버스터미널에 가서 분산하여 올라타기로 했다. 돈이 문제였다. 마침 내게 체육대회 때 쓰려고 걷어둔 학급비가 있었다. 나는 일단 그걸 쓰기로 했다. 우리는 1, 2학년의 관광버스에 몰래 올라탔다. 그런데 당시 '게슈타포'라는 별명을 가진 학생과장 선생님이 버스에 올라와 일일이 3학년 색출 작업을 하셨다. 나는 버스 뒤 창문으로 뛰어내려 도망을 갔다. 정문을 통과하는 게 문제였는데, 친구 정○○이 기지를 발휘했다. 20여 명이 '우' 몰려가자 경비 아저씨가 어디 가냐고 물었다. 정○○이 환경미화를 위해서 담임 선생님 댁에 화분을 가지러 간다고 둘러댔다. 아주 태연하게. 우리는 그 친구 덕분에 무사히 고속버스 터미널에 모였다. 나는 차비를 분배했고, 우리들은 한 차에 다 타지 않고 삼삼오오 분산하여 고속버스에 올라탔다. 마치 군사 작전 하듯이 착착 진행되었다. 우리들은 이번에 못 가면 고교 시절에 결승전 보러 서울 갈 기회가 없다는 생각에 용감했다. 우리들은 오직 서울에 가야 한다는 생각뿐이었다. 친구들 중에는 타고 가던 고속버스가 장성에서 퍼져서 고생한 친구들도 있었지만 모두 무사히 동대문운동장에 도착했다.

동대문운동장에서 열린 세광고와의 결승전. 우리팀 선수들은 투수 문희수를 비롯하여 김성규, 서창기, 정영진, 김목정 등이었고, 세광고 투수는 송진우였다. 우리는 목이 터져라 응원했다. "우러러 보아라. 우러러 보라. 우러러 보라. 우리 위용을 우리 위용을…". 응원가를 얼마나 불렀는지 모른다. 우리의 응원이 통했는지 우리 팀은 세광고를 한

점 차이로 제압하고 우승했다. 그 감격의 순간을 어찌 잊을 수 있으리. 우리는 우승의 기쁨을 만끽했다. 야구 학교에서 서울에서 결승전을 보고 우승을 했으니, 이제 여한이 없다. 서로 이런 말을 주고받았던 것 같다. 돌아가는 길은 1, 2학년 버스에 분승했다. 막상 돌아가는 차에 타고 보니 담임 선생님께 당할 일이 꿈만 같았다.

다음 날 등교를 하니 아니나 다를까 담임 선생님은 화가 머리끝까지 나 있었다. "어제의 영웅들 일어나 봐". 선생님이 서울로 도망간 학생들을 교실 뒤쪽으로 불렀다. 선생님 말씀에 따르면 3학년 전체 중에서 우리 반이 도망간 숫자가 나머지 전체보다 더 많았다고 했다. 담임 선생님이 화가 날 만도 했다. 성실한 담임 선생님이 엄하기로 소문난 교장 선생님에게 당했을 모습이 눈에 선했다. 담임 선생님이 보시기에 이 사건의 주범은 도망갈 차비를 제공한 나였다. 나는 초등학교 때부터 줄곧 모범생이었다. 담임 선생님에게 단체 기합을 받은 적은 있었지만 개인적으로 사고를 쳐서 매를 맞아 본 일은 없었다. 고등학교 3학년이면 사실 어른이나 다름없는데, 그날 처음으로 종아리를 맞았다. 급기야 선생님은 부모님을 모셔 오라고 했다. 나는 그렇게는 못 하겠다고 버텼다. 그러는 바람에 몇 대 더 맞았다.

그런데 그다음 날 우리를 통쾌하게 만든 일이 터졌다. 정문을 통과할 때 기지를 발휘했던 정○○이 선생님의 지시에 따라 어머님을 모셔 왔다. 교실 뒤에서 선생님과 어머님이 이 문제로 말씀을 나눴고, 학생들 모두가 듣게 되었다. 선생님이 대학 입시가 코앞인데, 고3이 어떻게 야구 보러 서울에 갈 수가 있느냐, 아이를 단단히 단속해 달라는 취지로 어머님께 당부하셨다. 우리들은 친구의 어머님이 선생님께 사과하고 말씀을 유념하겠다는 취지로 대답할 줄 알았다. 그러나 어머님의 말씀은 예상 밖이었다. "아니, 야구 학교에서 애들이 얼마나 서울 가고 싶겠습니까? 그러면 서울 안 가고 교실에 앉아 있으면 공부가 된답니까. 나는 서울 간 내 아들이 아주 잘했다고 생각합니다. 서울 안 가고 앉아 있는 놈들이 바보들이지. 이제부터 공부 열심히 하면 되지요". 어머님은 톡 쏘아붙이고 교실을 나가 버렸다. 우리들은 키득키득 웃지 않을 수 없었다. 통쾌했다. 그 훌륭한 어머님을 둔 정○○는 나중에 연세대 법대에 입학했다.

문희수, 김성규, 서창기, 정영진, 김목정이 이끈 우리 팀은 그해 대통령 배, 봉황대기 배, 황금사자기 배 등 우승을 3번이나 했다. 한마디로 1983년도 고교 야구를 평정했다. 두 번째, 세 번째 대회에는 서울에 가지 못했지만 우리는 방송을 통해 기쁨을 함께했다. 그해 광주일고는 광주전남 학력고사 수석을 배출하는 등 대학 입학 성적도 최고로 좋았다. 대통령 배 우승이 길을 잘 텄던 모양이다. 내 동기들은 지금도 종종 그 훌륭한 어머님에 관하여 이야기꽃을 피운다.

너 고려대 가면 폐인 된다

    요즘은 대학 입시 때 수능 시험을 치르지만 당시에는 학력고사 시험을 봐야 했다. 학력고사를 치렀으나 바라던 점수를 얻지 못했다. 서울대 법대를 가고 싶었으나 점수가 모자랐다. 아니 점수가 모자란 것이 아니라 내 공부가 모자랐던 것이다. 담임 선생님은 과를 낮춰서라도 서울대에 가라고 권하셨다. 그때는 학교마다 서울대 몇 명 보냈는지로 학교와 담임 선생님을 평가하던 시절이었다. 나는 법대를 가고 싶었기 때문에 서울대를 포기하고 고려대 법대에 가기를 원했다. 나는 고향 집에 가서 아버지에게 내 뜻을 말씀드렸고 허락도 받아냈다. 마침 고려대 법대 2학년 선배가 찾아와 고려대 법대에 와서 같이 공부를 하자고 용기를 북돋아 주었다. 그 선배는 지금 잘나가는 조세법 전문 변호사가 되었다.

    나와 담임 선생님 사이에 긴장이 흘렀다. 담임 선생님은 내 뜻이 굳다는 사실을 확인하고는 조건을 걸었다. "건태 너, 고대 가려면 교감 선생님한테 가서 승인받아 와. 안 그러면 원서 써 줄 수 없어". 나는 착잡한 마음으로 교감 선생님을 뵈러 교무실 문을 열고 들어갔다.

    교감 선생님께 고려대 법대를 가고 싶으니 허락해 달라고 말씀을 드렸다. 교감 선생님은 고려대 법대를 가서는 안 된다고 일언지하에 거부하셨다. 교감 선생님은 그러면서 매우 충격적인 말을 하셨다. "너, 고대 법대 가면 폐인 된다". 나는 너무 충격적인 말에 미처 대꾸도 못 하고 듣고만 있었다. "너, 고대 법대 가면 고시공부 할 거지? 고시 공부하면 틀림없이 떨어질 거고. 떨어져도 또 공부할 거고. 그러면 결국 폐인 되는 거야". 기가 막힌 말이었었다. 내 입에서 막 항의성 말이 튀어 나오려고 하던 찰나였다. "교감 선생님, 뭔 말씀을 그렇게 하십니까? 제가 보기에 건태, 고대 가면 틀림없이 고시 합격할 겁니다. 아무리 교감 선생님이라도 말을 어떻게 그렇게 함부로 하십니까?" 뒤에서 나와 똑같은 입장에서 연대 경영대를 가겠다고 교감 선생님의 승인을 받기 위해 기다리고 있던 내 친구 안○○이 보다 못 해 교감 선생님께 쏘아붙인 말이었다. 교감 선생님은 잠시 난감한 표정을 지었으나 결국 고려대 법대에 가도 좋다는 승인을 해 주셨다. 나는 안○○ 덕분에 고려대 법대에 갈 수 있었다. 나는 고려대 법대 재학 중에 사법시험에 합격을 했으니, 안○○의 예언이 적중한 셈이다. 나중에 안○○에게 이 말을 했더니, 그 친구는 전혀 기억조차 못 했다. 어찌됐든 안○○은 나의 은인이 되었다. 그 친구가 내 삶의 방향성에 도움을 주었다고 믿기 때문이다.

무전여행

　대학 입학 학력고사도 끝나고 조금은 특별했던 고3 시절이 끝나가고 있었다. 누구라고 할 것도 없이 나를 포함한 친구들 사이에서 겨울 여행에 대한 제안이 있었고 이내 겨울 방학 시작과 함께 떠나자는 결론까지 나왔다. 2학년 수학여행 때는 광주에서 출발해서 시계방향으로 우리나라를 돌았다면 이번 여행은 그 반대 방향으로 가기로 정하고 그 밖의 것들은 그때그때 결정하기로 했다.

　아직도 생생한 1983년 12월 19일 저녁, 우리는 경전선 통일호 야간열차에 올랐다. 입석으로 부산까지 가야 했지만 그 정도는 오히려 여행의 색다른 즐거움처럼 느껴졌다. 상당히 많은 이야기와 놀이와 그밖에 많은 것에 열을 올리는 사이에 야간열차는 한밤을 뚫고 설렘과 호기심으로 가득 찬 우리를 다른 시공간으로 충실하게 안내하고 있었다.

　입석의 피곤함이 겹쳐 잠시 잠이 들었다가 웅성거리는 소리에 잠을 깨니 창밖은 훤하고 기차는 부산진역으로 서서히 들어서고 있었다. 근처 초량초등학교 수돗가에서 간단하게 세면을 하고 용두산 공원을 향하는데 차가운 공기와 아침 햇살이 내 온몸을 기분 좋게 깨워 주는 듯했다. 국가 대표 농구 선수 김화순을 배출한 동주여상을 허리에 걸고 용두산 공원에 올라 부산을 조망하고 이내 태종대로 향했다. 서두른다고 했지만 영도 다리를 건널 때는 벌써 오후에 들어서고 있었다. 겨울 해는 짧아서 태종대 입구에 다다랐을 때 오후 해는 이미 많이 기울어지고 있었다. 태종대를 다 둘러보기에는 열차 시각과 다음 여정이 허락하지 않았다. 어쩔 수 없이 근처 중식당에서 늦은 점심 겸 저녁을 해결하고 발길을 돌려야 했다. 다음을 기약하고 부산진역으로 향하는데 아쉬운 마음에 내내 태종대 쪽을 돌아보곤 했다.

부산진역에서 중앙선 야간열차를 타고 또 다른 목적지인 서울로 향한 그 밤은 많이 추웠다. 하필 우리가 탄 열차가 난방이 고장 나서 입에서 김이 나올 정도였다. 한참 후에야 승무원이 지나가기에 사정 이야기를 했더니 조치를 취하겠다고 했다. 얼마나 지났을까 난방 시스템이 고장 나서 기관차를 교체해야 하니 안동까지는 조금이나마 난방이 되는 맨 앞 객차로 이동하라는 방송이 흘러 나왔다. 그러자 불평 한마디 없이 의연하게 앉아 가던 승객들이 조용하고도 빠르게 앞 객실로 이동해 갔다. 일사분란하다 못해 순종적인 그 광경이 나에게는 너무 어색하고 괴이했다. 안동이 지나고 또 한참을 달려도 난방은 제 기능을 하지 않고 승무원도 자취를 감춘 채로 결국은 종착역인 청량리역에 도착했다. 정수라의 「아! 대한민국」이 대히트를 하고 있던 1983년 겨울은 그런 시기였다.

오랜 시간 추위에 떨나가 새벽녘에 청량리역에 내린 우리는 역 주변의 다방에서 몸을 녹이면서 전철 운행이 시작될 때까지 기다리며 오늘의 일정을 의논했다. 이틀간 야간열차로만 이동하고 또 부산에서 서울까지 떨면서 온 우리에게 필요한 것은 휴식이었다. 그래서 그날 하루는 각자의 친척 집에서 묵고 다음 날 아침 성북역에서 만나기로 하고 헤어졌다.

다음 날 성북역에서 만난 우리는 한결 가뿐한 몸과 마음으로 춘천을 향해 떠났다. 도중에 강촌에서 내려 등선폭포를 올랐다. 등선폭포 정상까지는 가벼운 코스여서 얼마 걸리지 않아 정상에 도착했다. 정상 평원에 펼쳐진 갈대(억새) 군락은 탄성이 절로 났다. 갈대밭에 누워 보니 따뜻한 느낌이 좋았다. 바깥으로는 혹독한 겨울과 싸우고 안으로는 온기를 간직한 갈대에게 절로 고개가 숙여졌다. 오후에 춘천에 도착해 숙소를 잡으니 밖이 어둑해졌다. 망설이다 소양강 댐에 도착하니 주변은 깜깜하고 겨울 된바람은 얼음장으로 피부를 찌르는 듯했다. 결국 다음 날 아침 일찍 오기로 하고 물러나 숙소로 돌아오니 피로가 한꺼번에 몰려왔다.

여행 넷째 날이 밝자마자 소양강 댐에 올라 주변을 둘러보고 곧바로 인천으로 향했다. 인천에 도착해서 무턱대고 걷다가 조그만 공원에서 맥아더 동상을 만나고 연안 부두로 향했다. 연안 부두에 도착하니 우리를 맞이해 주는 것은 접근 금지 보안 표지판과 멀리 보이는 군함이었다. 우리나라의 현실을 다시금 생각하게 해 준 인천을 뒤로하고 수원에 도착하니 이미 어둠이 깔려 있다. 여행의 피로 때문일까 말수가 부쩍 줄어든 채 우리는 다시 전라선 야간열차에 몸을 싣고 전주로 향했다.

아침에 전주역에 도착하자마자 친구의 친척 집을 방문할 예정이었지만 한겨울 느닷없는 방문은 결코 바람직하지 않다는 다수의 의견이 있었고 광주가 바로 지척이었기에 모두들 곧장 광주로 돌아가기를 바라는 눈치였다. 비빔밥으로 식사를 하고 광주행 고속버스에 몸을 싣고 그동안의 여정을 생각하다 보니 눈꺼풀이 천근만근으로 느껴졌다. 정신없이 자다 광주에 도착했다는 방송을 듣고 터미널에 내리니 함박눈이 소담스럽게 내리고 있었다. 우리들도 조용히 함박눈을 맞으며 그동안에 한 뼘은 더 자랐을 우정을 새기며 헤어졌다.

크리스마스 이브에 함박눈이라니…. 다리는 무거웠지만 밟히는 눈 소리만큼이나 마음은 가볍고 청량했다.

차비와 숙박비만 지닌 채 무작정 떠난 사실상의 무전여행이다 보니 이렇다 할 구경도 못 했지만 우리는 함께 전국을 한 바퀴 돌았다는 커다란 성취감을 느꼈다. 꿈 많던 고교시절은 그렇게 흘러갔다.

고려대학교 입학식에 어머니와 함께

촌놈의 오기, 사법시험

내 고향은 전남 영암군 도포면이다. 전기도 늦게 들어왔고, 버스도 늦게 들어왔다. 중학교 1학년을 마치고 그해 겨울방학 때 광주로 전학을 갔는데, 혼자서 영암읍에서 시외버스를 타고 광주에 갈 때 표를 끊으면서 버스 타는 방법을 두세 번 확인할 정도로 문명화가 더딘 곳에서 자랐다.

광주에 전학을 가서 가장 어려웠던 점은 문화충격이었다. 농촌에서는 듣도 보도 못 했던 문화와 문명의 이기를 접했을 때 사춘기 마음에 주눅이 들었다. 전남도청 앞에 처음으로 섰을 때, 주변의 고층빌딩이 너무 높아서 현기증이 났다. 어지러워서 서 있기가 힘들었다. 나만이런 경험을 해 보았는지 모르지만 광주는 나를 주눅 들게 만들었다. 중학교 2학년 때 반에서 두세 명씩 뽑아서 저녁에 수학 심화 학습을 시켰다. 공부를 하는 거야 별문제가 안 되었는데 문제는 엉뚱한 데 있었다. 공부를 할 때 그중 한 친구의 엄마가 우리들을 격려하기 위하여 야식거리로 빵과 우유를 사 오셨다. 다들 하나씩 받아서 먹었다. 그런데 나는 그때 카톤팩 우유를 처음 보았다. 우유를 받아 놓고 팩을 여는 방법을 몰라서 광주 친구들이 먹을 때까지 곁눈질을 하면서 기다려야 했다. 지금 생각하면 아무것도 아니지만 어린 마음에 그것도 문화충격이었다. 그 외에도 공중전화를 처음 사용해 보았고, 좌변기도 난생 처음 이용해 봤다.

고등학교를 마치고 서울에서 대학을 다닐 때도 또 이런 문화충격을 느꼈다. 광화문 이순신 장군상 부근에 섰을 때 전남도청 앞에서 경험했던 현기증을 또 느꼈다. 서울 광화문 네거리에 솟아 있는 마천루는 광주와는 비교가 안 되었다.

나는 사법시험 공부를 2학년 여름방학 때 시작하여 4학년 7월 2차 시험을 볼 때까지 딱 2년이 걸렸다. 참으로 열심히 공부했었는데, 긴 공부 기간이다 보니 때로는 지칠 때도 있었고 슬럼프가 올 때도 있었다. 나는 그때마다 남들과 다르게 독특한 방법으로 슬럼프를 극복했다. 늘어질 때면 광화문에 가서 이순신 장군님을 뵈었다. 광화문의 마천루 숲에 서서 위를 보면서 촌놈의 오기를 다졌다. '이 잘난 서울에서 촌놈 이건태는 반드시 해내고 말겠다'. 아무것도 가진 것이 없는 시골 촌놈이 오기 하나로 광주와 서울에서 버텨냈다.

고려대 법대에 입학하여 1학년은 재수를 할까 고민을 했었다. 그 이유는 고등학교 3학년 때 열심히 했더라면 서울대 법대에 진학할 수 있었을 텐데 그러지 못했다는 나에 대한 불만과 아쉬움 때문이었다. 그러나 집안 형편상 재수는 어려웠다. 학교에 정을 붙이지 못 하고 그냥 저냥 시간이 흘렀다. 85학번 학력고사가 끝나자 그때서야 마음이 정리되었다. 그해 겨울 방학 때 고교 동기 2명과 함께 북악산 등산을 했다. 그곳에서 고려대를 나의 모교로 하기로 결심했다. 그때 산에서 셋이서 합창으로 고려대 교가를 불렀다. 이렇게 어렵게 정을 붙였지만 나는 고려대를 진심으로 사랑한다. 존경하는 교수님들, 좋은 동기들,

훌륭한 선배, 후배들, 무엇보다 나보다 우리를 우선하는 공동체 정신을 심어 주는 학풍. 고려대는 응원전을 통해 하나가 된다. 어깨동무를 하고 공동의 목적을 위해 목소리를 같이하는 이 행동이 나보다 우리를 심어 주는 것 같다.

2학년 여름방학 때 친구와 독서실을 잡아 사법시험 준비에 착수했다. 더운 여름에 시원하게 공부할 수 있는 장소가 필요했다. 종암동에 있는 글방이라는 독서실이었는데, 지금도 있는지 모르겠다. 하루에 150페이지씩 읽기로 계획했고, 그 계획을 100% 달성했다. 방학이 끝나고 경영대 아래 쪽에 있는 매점에 앞에서 오랜만에 선배, 동기들과 만나 안부도 묻고 잡담도 할 때였다. 의자에 앉아 있는데, 친구가 햇볕을 가렸다. 내가 그 친구에게 "좀 나와 봐라. 햇볕 좀 쬐자"라고 했다. 여름방학 내내 독서실에 박혀 있었더니 정말 햇볕이 반가웠다. 같이 공부했던 친구는 그해 여름방학 때 내가 공부하는 걸 보고 나를 '기계'라고 불렀다.

2학년 겨울방학 때 어느 날, 그 전날 고등학교 반 친구들과 술자리를 한 탓에 좀 늦게 도서관으로 걸어가고 있었다. 우연히 친하게 지내던 형 세 분을 도서관 앞에서 만났다. 문○○, 선○○, 차○○. 모두 2차 준비를 하고 있던 친한 형들이었다. 형들은 기분 전환을 위해 관악산에 가는 길이었다. 형들의 권유도 있었고, 내친 김에 하루 더 놀자는 생각에 따라 나섰다. 참 추운 날이었다. 관악산은 내린 눈이 그대로 얼어붙어 빙판길이었다. 우리들은 정상 부근까지 가서 어느 바위 밑에 자리를 잡았다. 그날 산행은 정상 정복이 목표가 아니었다. 우리들은 양지바른 곳에 과일과 소주를 따라 놓고 산신제를 지냈다. 그리고 우리 네 사람이 모두 합격하게 해 달라고 신령님께 빌었다. 산을 내려올 때는 너무 미끄러워서 미끄러지기도 했지만 다친 사람 없이 산행을 마쳤다. 우리는 저녁에 학교 부근 찻집에서 이런저런 수다를 떨었다. 그날 하루만큼은 법에 관한 대화를 하지 않기로 약속했기에 머릿속에서 공부 부담을 지웠다. 이날 함께했던 형 세 분 모두 그해 사법시험 2차, 3차에 합격했고 그중 한 분이 나중에 검찰총장이 되었다. 나도 물론 그해 1차에 합격하고 그다음 해에 2차, 3차에 합격했다. 관악산 산신령이 우리가 정성을 다해 빌었던 소원을 들어 주셨다.

관악산 산행이 있고 얼마 후에 나는 집 근처 독서실로 공부 장소를 옮겼다. 그런데 그곳에서 역시 사법시험 공부를 하는 다른 학교 선배들과 어울리게 되었다. 같이 점심도 하고 잡담도 하며 지내다 자연스럽게 친해졌다. 그러면서 조금씩 조금씩 느슨해지고 있었다. 그러던 중에 그중 한 선배의 생일날이었다. 독서실 사람들은 청량리에 있는 나이트클럽에 놀러 가자고 의견이 모아졌다. 택시 2대에 분승하여 가기로 했다. 나는 택시를 타려던 순간 이 택시를 타면 어쩌면 내년 1차 시험에 떨어질지 모른다는 생각이 들었다. 나는 선배들에게 미안하다는 말을 남기고 돌아섰다. 그리고 독서실을 옮겨 버렸다.

3학년 때 1차 시험을 한 달쯤 앞두고 학교 도서관에서 공부를 하다가 이동 시간을 절약하고 막판 스퍼트를 올리기 위하여 2학년 겨울방학 때 나와 버렸던 그 독서실에 다시 들어갔다. 예전에 만났던 선배들은 보이지 않았다. 그때 해 보니 하루에 공부할 수 있는 최대 시간은 15시간이었다. 잠자는 시간 6시간, 식사 시간 및 이동 시간 3시간. 체력이 한계에 도달하면 5분 정도씩 쉬어야 했다. 독서실 바닥에 큰 대자로 눕는 게 가장 회복이 빨랐다. 내 바로 옆 자리에 나처럼 사법시험 1차를 준비하는 학생이 있었다. 통성명을 한 적이 없으니 지금도 누군지 모른다. 나와 똑같이 쉴 때는 큰 대 자로 누웠다. 그 학생이 공부할 때 '사각사각' 벌레가 나뭇잎을 갉아먹을 때 나는 소리가 들리는 것 같은 느낌이 들었다. 나와 그는 한계점까지 공부했다. 아마 그 학생도 그해 1차 시험에 합격했을 텐데 누군지 몰라 아쉽다.

2차 시험은 줄곧 도서관에서 공부했다. 1차 시험에 합격하자 학교에서 고시실 책상을 배정해 주었으나 고시실에 들어간 지 하루 만에 나와 버렸다. 숨이 막히는 답답함을 견딜 수 없었다. 중앙도서관에서 보름, 과학도서관에서 보름 이런 식으로 교대로 장소를 옮겨 가면서 강행군을 했다. 아침에 도서관에 도착하면 사범대학교 앞 공터에서 아침 해를 보면서 맨손체조를 하고, 일주일에 한 번씩 학교 체력단련장에 가서 벤치 프레스로 하체 운동을 했다. 하체가 부실하면 의자에 오래 앉아 있을 수 없다.

1987년은 우리 역사상 가장 긴박한 순간 중 하나였다. 6·10 민주항쟁이 한창이던 그때 나는 사법시험 2차 시험을 치르는 와중에 있었다. 중앙도서관에서 2차 막바지 준비를 하고 있는데, 시위 학생이 들어와 "때가 어느 때인데, 공부가 왠 말인가? 학우들 모두 나가 동참합시다"라고 외쳤다. 그래서 반대쪽으로 도망가 공부를 하고 있으면 여지없이 그쪽에 와서 똑같은 구호를 외쳤다. 잠깐 쉴 때 신문을 보면 나도 모르게 한 시간이 훌쩍 가 버렸다. 신문이 마치 마약 같았다.

2차 시험은 동국대학교에서 있었다. 4일 동안 하루에 2시간씩만 자고 치르는 체력전이었다. 전날 밤에 다음 날 치를 과목을 총정리하지 못하면 안 되는 시험이니 잠을 최대한 줄일 수밖에 없었다. 그 전해에 2차 시험을 통과한 문○○ 선배에게 어떻게 하루에 2시간씩만 자고 4일을 버틸 수 있냐고 물었더니, 닥치면 하게 된다고 했다. 그 말대로 정말 가능했다. 인간이란 적응력이 대단한 생물이라는 사실을 새삼 알게 되었다. 4일 동안 2차 시험을 마치고 동국대학교 계단을 내려오는데 고개가 숙여지지 않아 밑에 있는 계단을 볼 수가 없었다. 고개를 숙이지 못하니 허리를 굽혀야 했다. 시험을 칠 때는 긴장을 해서 몰랐는데, 4일 동안 긴장을 하며 고개를 숙여 답안을 쓰다 보니 고개가 굳어 있었다. 긴장이 풀리면서 그때서야 비로소 느낄 수 있었던 것이다. 그렇게 2차 시험을 치르고 집에 돌아와 적어도 2일은 잔 것 같다.

이렇게 하여 2학년 여름방학 때 시작했던 수험 기간이 끝났다. 참 폭발적으로 열심히 했다. 그때처럼 한다면 세상에 못 할 게 없으리라. 이 에너지와 오기는 어쩌면 어렸을 때 소를 몰고 다니면서 체화된 농촌 특유의 강인함이 아닐까 싶다.

3차 시험은 면접 시험이었다. 매해 2, 3명은 3차 면접 시험에서 떨어지기 때문에 긴장이 안 될 수 없었다. 나는 3차 면접 시험에서 매우 곤혹스럽고 특이한 질문을 받았다. 법학 지식에 관한 질문과 답변이 끝났을 때 한 면접관이 내게 물었다. 나는 이분이 틀림없이 검사일 거라고 생각했다. 이때 있었던 상황을 문답식으로 정리하면 이렇다.

문 학교에 다닐 때 데모를 해 본 적 있습니까?

답 없습니다.

문 그러면 대자보를 본 일이 있습니까?

답 예, 있습니다.

문 그 대자보 내용에 대하여 동의했습니까?

답 예, 그 내용이 맞는다고 생각했습니다.

문 데모를 한 학생들에 대하여 어떻게 생각합니까?

답 그 친구들은 대의를 위하여 자신들을 희생하고 있는데, 저는 그들이 하는 일에 동참하지 않고 사법시험을 준비하고 있어서 늘 미안하게 생각했습니다.

대충 이런 문답이 오갔다.

나는 친하게 지냈던 고향 선배로서 고려대 부총학생회장을 했던 민○○ 선배, 내 고교 친구 진○○, 법대 동기 이○○ 등등이 학생운동을 하는 것에 대해 존경과 미안함을 가지고 있었다. 그래서 내가 생각하고 있던 그대로를 그 면접관에게 솔직하게 대답했다.

29회 사법시험 3차 면접 시험이 있었을 때가 1987년 11월쯤이었을 텐데 비록 6·29 항복 선언이 있었지만 당시는 여전히 전두환 대통령 시절이었다. 집에 돌아와 괜한 걱정이 엄습해 왔다. '내가 너무 솔직하게 대답하여 국가관이 불건전하다는 이유 등으로 혹시 낙방하는 것은 아닌가'라는 불안감이 밀려들었다.

나중에 우연히 신문에서 연세대 허영 교수님의 사진이 실렸는데, 3차 면접에서 내게 곤혹스러운 질문을 던졌던 바로 그분이었다. 만약 그 질문을 던진 분이 허영 교수님이 아니라 현직 검사였다면 나는 어쩌면 3차 시험에 탈락했을 수도 있었겠구나 하는 생각을 하면서 허영 교수님께 감사하는 마음 한편으로는 안도의 한숨을 쉬며 가슴을 쓸어내렸다.

그 당시 사법 시험 합격자 명단은 출신 학교 법대 게시판에 게시했다. 합격자 발표가 있던 날 오전에 같이 2차 시험을 봤던 1년 선배 집에 갔다. 내가 서울대를 갈까 고려대 법대를 갈까 고민할 때 고려대 법대에 가서 같이 공부를 하자고 조언했던 바로 그 선배였다. 나는 형과 같이 학교에 가서 게시판 앞에 섰다. 게시판을 확인하기가 두려웠다. 운명을 하늘에 맡기고 게시판을 훑었다. 이건태. 내 이름이 있었다. 내 입에서 "아, 됐다"는 탄성이 나도 모르게 흘러 나왔다. 정신을 수습하고 형의 이름을 찾았다. 이름이 없었다. 나는 붙었고, 형은 떨어졌다. 한편으로는 기쁘고 다행이라는 감정과 한편으로는 미안하고 안타까운 감정이 교차했다. 형은 기어이 축하 저녁을 사 주고 나를 보냈다. 내가 만약 그 입장이었다면 그렇게 못 했을 텐데. 그 형은 조세법 책을 여러 권 펴낸 베스트셀러 작가이고 조세법 분야 최고 전문 변호사다.

사법 시험은 어려운 시험이다. 어려운 이유가 여러 가지가 있겠지만 결국은 자기와의 싸움에서 이겨야 하기 때문에 어렵다. 내가 이 시험 준비에 들어가기 전에 어떤 선배에게 물었다. "사법 시험의 실질 경쟁률을 몇 대 몇입니까?" 그 선배는 1 대 1이라고 대답했다. 결국은 자신과의 싸움에서 이기는 자가 합격한다는 취지였다. 나는 열심히 공부했다. 그러나 열심히 공부했다고 다 되는 것도 아닌 것 같았다. 나에게 사법 시험을 볼 기회를 주고, 열심히 했다고 해서 합격을 허락해 주고, 검사가 되게 해 준 신에게 감사한다.

고려대학교 졸업

1980년대에
대학교에 다닌다는 것

1984년 3월에 고려대에 입학했다. 그때는 반드시 교련 과목을 이수해야 했다. 교련 수업은 주로 건전한 국가관을 심어 주는 내용을 강의했다. 사실 교련 강사는 예비역 장교들이었기 때문에 대학생들에게 가르칠 만한 전문 지식을 가지고 있지 못했다. 그래서 교련 수업 때는 강사조차도 본인의 수업을 겸연쩍어했었다. 대학에 입학하면 1학년들을 성남 남한산성 밑에 있는 문무대라는 곳에 입소시켜서 일주일 동안 군사 훈련을 시켰다. 문무대 입소를 앞두고 입소를 거부해야 한다는 논의가 있었지만 실행은 되지 못했고 입소를 했다. 훈련 강도는 세지 않았다. 학생들은 시키니까 한다는 정도의 불만과 인식이 있었다. 그 시절은 뭘 해도 좋은 나이이고 1학년 때라 아직 서먹서먹한 친구들도 많았기 때문에 동기들끼리 모여 내무반 생활을 한다는 것 자체는 약간의 설렘과 기대가 있었다. 실제로 법대 친구들은 그 기회에 많이 가까워졌다. 또 2학년 때에는 선방 부대에 입소시켜서 철책선에서 현역 군인들과 경계 근무를 서게 했다. 칠흑 같은 밤에 전방 철책선 초소에서 실탄이 장전된 총을 들고 경계 근무를 했다. 초소에서 현역병 2명, 학생 2명이 1시간 정도 같이 근무하면서 현역병들의 고생담도 들고 우리가 준비해 간 재미있는 이야기도 전해 주었다. 분단 상황을 체험하고 군장병들의 노고도 알고 색다른 경험을 한 시간인 것은 분명했다. 이때는 전두환 군사독재 시절이었다. 문무대 입소 훈련과 전방초소 근무가 비록 일부 긍정적인 측면이 있었지만 그것은 어디까지나소극적, 반사적 결과일 뿐이고 그 본질은 대학의 민주화 투쟁을 누그러뜨리려는 전두환 군사독재의 의도 아래 실시된 프로그램이라는 것이다.

1학년 때 교련 수업이 막 시작하려던 참에 81학번 총학생회장 후보 김○○ 선배가 들어와 총학생회가 부활했고 자신이 총학생회장 후보라고 소개했던 기억이 난다. 그러니까 이 시절은 전두환 군사독재 시절이었던 반면에 민주화 운동, 학생운동이 태동하여 강력하게 전개되던 시절이었다.

1984년부터 1987년까지 내가 대학을 다닌 4년은 우리 역사에서 군사독재가 마지막으로 발호하던 시기였고, 그에 대항하여 학생운동, 민주화운동이 왕성하게 전개되었던 시기였다. 굳이 운동권 서클 모임이아니라 고등학교 동문 MT나 동문회 모임만 가더라도 운동가요가 대중가요만큼 널리 불렸다. 이른바 정보형사들이 대학교 안에 들어와 활동했다. 전두환 군사독재는 언론기본법을 만들어 언론사를 통폐합하고 보도지침을 내려 보도를 통제했다. 그에 대응하여 학생들은 5·18 민주화운동의 영향을 받아 민주화 운동을 강력하게 전개했다. 1987년 1월 서울대 학생 박종철이 물고문을 받던 중에 사망하는 사건이발생했다. 전두환 독재정권이 4·13 호헌 조치를 발표하자 국민들은 직선제 개헌을 요구하는 시위를 대대적으로 벌였다. 1987년 6월 연세대

학생 이한열이 최루탄에 맞아 사망하는 사건이 발생했다. 1987년 6월 10일부터 수십만의 국민이 직선제 개헌과 독재 타도를 외치며 거리에 쏟아져 나왔다. 전두환 군사독재는 6월 29일 직선제 개헌을 수용하는 항복 선언을 했다.

이때는 학생들의 데모와 이를 진압하기 위한 최루탄 발사와 경찰의 교내 진입이 일상적으로 벌어졌다. 학교 정문을 통과할 때에는 항상 최루탄 냄새에 눈물 콧물을 흘려야 했다. 학교에 갔다가 학교가 폐쇄되어 발길을 돌린 적도 여러 번 있었다. 학교가 문을 닫으면 가까운 성균관대나 경희대에 가서 공부를 했다. 2학년 때로 기억되는데, 민정당사 난입사건을 계기로 시험 거부를 했다. 그때 다른 단과 대학은 시험 거부를 풀었음에도 법대는 나름의 논리에 따라 끝까지 시험을 거부했던 기억이 있다. 고려대 김준엽 총장이 민정당사 난입사건을 일으킨 학생들을 보호하려고 하다가 전두환 군사독재 정부의 눈 밖에 나서 총장직에서 물러났다.

3학년 여름, 동대문운동장 부근에서 고모가 운영하던 식당에 가던 길이었다. 동대문운동장 정류장에서 버스에서 내렸다. 전경 3명이 신분증을 제시해 달라고 요구했다. 불심검문이었다. 나는 학생증을 제시했다. 고려대 교색이 진홍색이었기 때문에 학생증도 진홍색이었다. 그래서 고려대 학생증은 유난히 눈에 잘 띄었다. 전경들은 학생증을 보더니 곧장 내 가방을 열어 보라고 요구했다. 나는 여기서부터는 압수수색에 해당하니 영장을 가져오라고 했다. 그 당시 한창 2차 시험을 준비할 때라서 헌법이나 형사소송법 지식이 머릿속에 가득했다. 전경들이 갑자기 내 멱살을 잡고 불끈 들었다. "당신들 이래도 돼?" "대한민국에서는 이래도 된다. 왜?" 이렇게 소란이 일자 어디에 있었는지 전경 10여 명이 우루루 몰려오더니 나를 번쩍 들어서 골목으로 데리고 갔다. 그곳에 전경 버스가 있었고, 버스 맨 뒷좌석 가운데 나를 앉혔다. 그때부터 약 1시간 동안 구타가 시작되었다. 주로 머리와 뺨을 때렸고, 머리채를 잡고 흔들었다. 내 주민등록번호로 전과와 시위 전력을 조회했다. 온갖 욕설, 모욕이 쏟아졌다. 전경들도 나와 같은 또래였는데, 그들은 왜 그렇게 무자비하게 폭력을 행사했는지 모르겠다. 나는 그때 폭력이 사람을 얼마나 무너지게 만드는지를 경험했다.

　나는 학생운동을 하지 않았지만 학생운동을 했던 선후배, 동기들이 존경스러웠고 사법 시험을 준비하는 사람으로서 그들에게 미안한 마음을 늘 갖고 있었다. 학생운동을 했던 사람이나 나처럼 사법시험을 준비했던 사람이나 군사독재를 몰아내야 한다는 생각은 같았다. 내가 대학을 다녔던 그 시절은 우리 현대사에서 가장 긴박했고 중요했던 시기였다.

사법연수원 노동법학회

나는 사법연수원 19기인데, 우리 때 사법연수원은 서초동에 있었다. 지금은 서울중앙지방법원 제3별관, 제4별관으로 사용되고 있다. 지금은 낡았지만 그때만 해도 깨끗하고 실용적인 건물이었다. 특히 외부에서 2층 대강당으로 올라가는 주황색 계단이 인상적인 건물이었다. 나는 결혼식을 사법연수원에서 했었다. 친구들과 기념 촬영을 그 계단에서 했는데, 아주 인상적이었다.

사법연수원은 2년 과정인데, 전반기 1년은 연수원 안에서 수업을 받고 후반기 1년은 법원, 검찰, 변호사 실수 수습을 받는다. 전반기 1년차 때에 집이 먼 연수원생들은 기숙사 생활을 했다. 기숙사는 3인 1실이었다. 사법연수원 바로 길 건너 맞은편에 그 유명한 삼풍백화점이 있었다. 그 당시만 해도 빌딩 숲이 우거진 때가 아니어서 사법연수원 부근 포장마차에서 파는 닭곰탕도 먹을 수 있었다.

나는 81학번 대학 선배 2명과 한 방을 쓰게 됐다. 조○○ 선배는 젠틀하고 합리적이고 사유분방한 가치관을 가진 분이었다, 전○○ 선배는 사회참여적이고 진보적인 가치관을 가진 분이었다. 두 분은 친구였지만 가치관과 기질이 전혀 달랐다. 나는 이 두 선배로부터 이런저런 영향을 받았다. 마치 하얀 백지에 색깔이 입혀지듯이 말이다.

하루는 조○○ 선배가 말했다. "건태, 김○○ 방에서 포커 하는데, 같이 가자", "저 포커 못 하는데요?", "어, 그래? 그러면 언제 당구나 한 번 치자", "저 당구 아직 못 배웠어요", "뭐 당구도 못 해? 그러면 고스톱은 치냐?", "고스톱도 못 합니다", "야, 세상 뭔 재미로 사냐?"

나는 "세상 뭔 재미로 사냐?"는 말에 머리가 띵했다. 나는 그 후 당구도 배우고 포커도 배우고 고스톱도 배웠다. 조○○ 선배가 말한 세상 사는 재미를 배웠다. 나는 조○○ 선배를 좋아한다. 그는 타인을 배려하고 합리적이고 개인의 행복을 중시한다.

하루는 전○○ 선배가 말했다. "건태, 법조인이라면 사회에 책임을 져야 하는 게 아니겠어?", "혼자만 잘 먹고 잘 살려고?", "그건 아니지 않아?" 전○○ 선배는 조○○ 선배와 전혀 다른 시각에서 내 머리를 띵하게 만들었다. 내가 아는 운동가요는 모두 전○○ 선배에게 배웠다. 전○○ 선배가 기숙사 방에서 부르니까 나도 모르게 배웠던 것이다. 전○○ 선배의 권유로 노동법학회에 들어가게 되었다. 김○○, 장○○, 노○○ 등등. 그곳에서 지금은 이름만 말해도 알 만한 선배들과 인연을 맺었다. 19기 노동법학회 회원들은 그 후 노동, 인권 분야에서 빛나는 활동을 했다. 전○○ 선배는 참여정부에서 일하고 국회의원이 되었고, 김○○ 선배도 참여정부에서 일했다. 노○○ 선배는 대법관이 되었다. 장○○ 선배는 일제강점하 강제동원피해 진상규명위원회 위원 등으로 활동했다. 내가 검사 생활을 하면서 서민을 위해 활동을 했던 것에는 아마 이때 얻은 생각들이나 가치관들이 작용했던 것 같다.

특등 사수

　사법연수원을 마치고 군법무관으로 입대를 했다. 군법무관으로 임관되어 자대 배치를 받기 전에 경북 영천에 있는 육군3사관학교에서 3개월 정도 훈련을 받았다. 막연하게 군법무관 훈련은 별거 아닐 거라고 생각했지만 웬걸, 훈련은 매우 힘들었다.

　제일 힘들었던 훈련은 200킬로미터 행군과 유격훈련이었다. 200킬로미터 행군은 그야말로 500리 길을 주야로 걷고 또 걷는 훈련이었다. 걷고 또 걷고. 길에서 먹고 길에서 자고. 양말을 두 겹으로 신고 양말 안쪽에 양초를 발라 마찰을 최소화했지만 발에 온통 물집이 잡혀 터지고 쓰라렸다. 잠시 쉴 때면 군화를 벗어 발을 마사지하기 바빴다. 뙤약볕에 목은 타고 수통의 물은 금세 없어졌다. 군화 굽이 닳아 결국 떨어져 나갔다. 구령에 맞춰 군가를 부르고 또 불러야 했다. 군가는 힘을 주기는커녕 스트레스만 주었다. 그렇지만 군가를 부르지 않으면 행렬의 대오가 무너지니 안 부를 수도 없었다. 조그마한 소형 라디오를 사시 귀에 꽂고 별별 노래를 다 들었다. 좋은 노래도 한두 번이지 금방 식상해졌다. 단지 걸을 뿐 아무런 변화도 없는 지루함을 달랠 길이 없었다. 몸은 지치고 힘들고 정신은 지루하고 단조롭고⋯. 정말 이탈하고 싶은 생각이 저절로 들었다. 부상병들은 의무부대 차량에 탑

승했지만, 우리 동기들 중에 꾀병을 부린 사람은 없었다. 그때 여론을 주도했던 81학번들이 분단의 아픔을 감내하자고 하여 꾀병을 부리기 어려운 분위기가 만들어졌던 것도 작용했었다.

유격훈련은 무슨 산인지 모르지만 영천 육군3사관학교에서 10시간 정도 행군을 하여 도착할 수 있었다. 4월이었지만 산 위는 추웠다. 찬물로 샤워를 하기가 어려웠지만 온수가 공급되지 않았다. 몸에 조금씩 찬물을 바르고 끼얹었다가 찬물에 익숙해지면 샤워를 해야 했다. 대구에서 개업한 동기 변호사 형들이 통닭을 사 가지고 위문을 왔다. 막타워에서 뛰어내리고, 줄을 타고 절벽을 수직으로 내려오고, 낮은 포복으로 구르고. 그렇게 훈련소의 시간이 끝을 향해 가고 있었다.

군사 훈련을 받으면서 내가 사격에 재능이 있다는 사실을 알게 되었다. 기억이 확실치 않지만 "사거리 100미터부터 200미터까지 서서 쏴", "쪼그려 쏴", "엎드려 쏴" 등으로 자세를 바꿔 가면서 20발 쏴서 절반을 맞추면 합격이었다. 불합격자는 다시 사로에 올라가야 했다. K2소총으로 가늠좌를 통해 저 멀리 표적을 보면 그야말로 가물가물거렸다. 숨을 정지하고 가늠자와 가늠쇠, 표적이 일치하는 순간을 기다렸다가 방아쇠를 당기면 신기하게도 가물가물 보이는 표적이 넘어갔다. 그렇게 15발을 명중시키면 뒤에 있는 조교들이 응원성 멘트를 날린다. "야, 오늘 만점 나오겠다. 훈련생, 조그만 더 집중하세요." 사격은 심적 동요가 그대로 총구로 나타나는 마인드컨트롤 게임이다. 아주 미세한 심적 동요라도 있게 되면 여지없이 목표를 놓치고 만다. 결국 16발째를 실패했다. 다시 마음을 가다듬고 차분히 방아쇠를 당겨 나머지를 모두 명중시켰다. 19발 명중. 조교들이 뒤에서 부산을 떨지 않았다면 20발 전부를 맞출 수 있었을 텐데 하는 아쉬움이 남았다.

1차 사격이 끝나고 불합격자들의 2차 사격이 있었다. 떨어진 동기가 대신 쏴 달라고 부탁을 하여 다시 사로에 올라갔다. 이번에도 똑같이 조교들이 뒤에서 떠드는 바람에 19발 명중에 만족해야 했다. 비록 만점을 받지는 못했지만 두 번 연속 19발을 명중시켰다는 사실은 분명히 사격에 재능이 있다는 걸 말해 준다.

권총 사격은 사거리가 짧아도 맞추기가 쉽지 않다. 야간 10미터 권총 사격이 있었다. 사선에 서면 표적지를 잠깐 보여 주고 불을 꺼 버린다. 방금 봤던 표적지라도 칠흑 같은 어둠 속에서는 맞추기 어렵다. 다행히 나는 5발을 맞춰 간신히 턱걸이 합격을 했다. 2차 사격이 이어졌다. 1차 때 불합격한 동기가 양옆에 있는 동기들에게 자기 표적지에 쏴 달라고 부탁을 했다. 나도 불합격한 동기의 표적지를 향해 10발을 모두 쏴 줬다. 2차 사격이 끝나고 결과 발표가 있었다. 엉뚱하게도 내가 10점 만점을 받았다. 야간 권총 사격에서 만점은 있을 수 없는 점수였다. 더욱이 나는 분명히 10발 모두 내 표적지가 아니라 옆 표적지에 쐈는데 귀신이 곡할 노릇이었다. 동기들과 이 이해할 수 없는 결과에 대하여 분석해 본 결과 내 옆 사로에 있던 동기들이 칠흑 같은 어둠 속에서 불합격자의 표적지에 쏜다는 것이 엉뚱하게 내 표적지에 쐈기 때문이었다. 우리들은 이 엉뚱한 결과를 놓고 한바탕 웃었다. 나를 사격의 신이라고 놀렸다.

장교들의 군사 훈련은 비록 법무병과라고 하더라도 사병 못지않게 힘들었다. 당연한 일이다. 그래야 전투에서 자신을 지킬 수 있고 사병들을 이끌 수 있다. 훈련을 마치고 중위 계급장을 달고 포천에 있는 맹호부대 기갑여단에 군법무관으로 배치되었다. 그런데 배치 당일 기갑여단은 유격훈련 중이었다. 여단장은 전입신고를 받지 않고 나에게 훈련에 참가할 것을 명했다. 나는 자대 첫날부터 사병들과 함께 훈련을 받았고, 비를 맞으면서 장거리 행군을 하여 자대에 들어왔다. 여단장은 육군에서 여단과 연대급에 처음 배치하는 군법무관을 길들이기 위해 일부러 유격 훈련에 투입했던 것이다. 나는 기갑여단에서 1년을 근무하고 다음 해 5군단 군관사로 옮겨 그곳에서 전역했다.

군법무관 영천 삼사관학교 시절 유격훈련

군법무관 생활

군법무관 1년 차 때는 포천군 신북면에 있는 육군 맹호부대 기갑여단에 배치되었다. 2년 차 때는 포천군 이동면에 있는 육군 5군단 군관사로 배치되었다.

이동면에는 포천 갈비와 이동 막걸리가 유명하다. 그 무렵 온천이 개발되었다. 이동면에서 서쪽으로 가면 산정호수가 나온다. 이동면에서 북쪽으로 구불구불한 구도로를 타고 가면 백운계곡이 있다. 백운계곡은 깊고 아름답다. 여름이면 백운계곡 깊은 곳에 사병들과 군인가족을 위한 물놀이 시설이 마련되었다. 나도 가족들과 함께 물놀이 시설을 이용한 적이 있다. 물이 한없이 깨끗하고 무척 차가워 발을 오래 담그고 있을 수가 없었다. 광덕산과 백운산 사이 계곡을 타고 사창리로 넘어가는 길을 카라멜 고개라고 부른다. 급경사로 꼬불꼬불하기가 설악산 한계령에 견줄 만하다. 운전을 해서 정상에 올라가 백운계곡 정상 휴게소에서 커피 한잔 하면 그만이다. 백운계곡 정상 휴게소가 경기도 포천과 강원도 화천의 경계 지점이다.

나는 5군단에 근무할 때 결혼을 했고 신혼집을 포천읍 외곽에 얻었다. 골든빌라라는 5층짜리 다가구주택이었다. 주인댁 부부가 포천읍내에서 양복점을 했다. 참 착하고 성실한 분들이었다. 군법무관 때가 시간이 가장 느리게 가던 시절이었다. 아내와 단 둘이서 신혼을 보내기에 더없이 좋았다. 시간도 여유가 많았고 시골에 풍광 좋은 곳이었으니 낭만도 있었다.

군법무관이 주로 하는 일은 군법 교육과 법률 상담이었다. 군법 교육은 자주 발생하는 군무 이탈과 폭행 방지에 주안점이 있었다. 법률 상담은 주로 하사관들이 대상이었다.

5군단 군판사 때 사병 군무 이탈 사건 재판이 기억난다. 그 사병은 포천 지역에 사는 지역 방위병이었다. 재판을 하면서 군무 이탈을 한 이유를 살펴보았는데, 군 생활에 적응을 못 하고 특별한 이유도 없이 군무 이탈을 했다. 군무 이탈은 군의 유지 문제로 선처하기 어려운 범죄다. 군무 이탈 사건을 가볍게 다루면 군 기강이 무너지게 된다. 군무 이탈로 실형을 선고받으면 당사자의 장래에 치명적인 오점을 남기게 된다. 그런데 정작 문제는 이 사병이 군무 이탈이 자신의 장래에 얼마나 지장을 줄지에 대하여 아무런 생각이 없다는 점이었다. 내 고민은 이 사병이 또 다시 군무 이탈할 가능성이 높아 보인다는 데 있었다. 군무 이탈 재범은 집행유예 기간 중 재군무 이탈이기 때문에 선처할 방법이 없다. 나는 법정에서 이 사병에게 만약 다시 군무 이탈을 하게 되면 선처할 방법이 없다는 사정을 상세히 설명해 주었다. 나는 집행유예를 선고했고 이 사병은 석방되었다. 그러나 내 우려대로 몇 달 뒤 그 사병은 또 군무 이탈을 하여 구속되어 재판에 회부되었다. 어쩔 수 없이 실형을 선고했다. 마음이 아팠다.

나는 전역 후에 검사의 길을 걸었지만 판사가 참으로 어려운 직업이라는 사실을 그때 알았다. 검사는 피고인이 저지른 범죄와 그 범죄가 국가와 사회에 미친 영향을 감안하여 구형을 한다. 검사의 구형은 피고인의 개인 사정이나 그 사건의 구체적인 사정도 살피지만 국가와 사회의 요구도 같이 고려한다. 그래서 검사의 구형은 피고인의 입장에서 볼 때 너무 무겁다고 여겨진다. 그러나 판사는 그 피고인과 그 범죄에 딱 맞는 형량을 도출해야 한다. 이것을 전문 용어로 구체적 타당성이라고 부른다. 판사가 고민 끝에 얻은 형량이 중형이라 하더라도 판사는 그 형을 선고해야 한다. 그때 판사는 피고인에게 중형이라는 벌을 내려야 하는 인간적인 부담을 감당해야 한다. 또 판사가 고민 끝에 얻은 답이 무죄이거나 가벼운 형이라면 언론과 여론의 비난을 무릅쓰고 이 역시 그대로 선고해야 한다. 그러니 판사가 얼마나 무거운 직업인가. 검사는 최종 결정자가 아니므로 상대적으로 부담감 없이 구형을 할 수 있다. 반면에 판사는 최종 결정자이기에 그럴 수 없다. 판사는 검사가 뭐라고 요청하든지 간에, 여론이 뭐라고 빗발치든지 간에 그 사건에 딱 맞는 형량을 찾아서 엄정하게 선고해야 한다. 그리고 그 결론은 존중되어야 한다. 그래야 억울한 사람이 생기지 않는다. 판사는 진정 외롭고 고귀한 직업이다.

그 당시 군에서 사병 간 폭행치사 사건이 종종 발생했다. 폭행치사 사건이 발생하면 지휘관이 문책되고 가해자는 엄벌에 처해졌다. 군내 구타 사건을 근절하기 위해 군법 교육을 집중적으로 실시했지만 쉽게 없어지지 않았다. 폭행 치사 사건이 발생하면 대규모로 사병들을 모아 놓고 공개재판을 했다. 다행히 5군단에서는 폭행 치사 사건이 없었지만 예하 사단에서 발생한 적이 있었다. 재판은 사건이 발생한 사단의 군사법원에서 했다. 폭행 치사 사건에 대해서는 일벌백계로 엄단했다. 청춘을 희생하여 군복무를 하러 입대했다가 집에 다시 돌아가지 못하는 일은 절대 없어야 한다. 얼마나 안타까운 일인가. 피해자의 부모는 억장이 무너지고 잊을 수 없는 한이 가슴속에 남을 것이다. 가해자도 평생 죄책감을 지고 살아야 한다. 지금은 구타 사건이 군부대에서 사라졌는지 모르겠지만 아직도 있다면 매우 안타까운 일이 아닐 수 없다.

군대는 장교와 사병으로 구성된다. 그런데 장교와 사병 사이에서 장교를 보좌하고 사병을 챙기면서, 부대의 궂은 일, 실무적인 일을 도맡아 하는 허리가 있다. 바로 하사관들이다. 내가 맹호부대 기갑여단 군법무관을 할 때 여단장 부속실에 상사가 한 분 있었다. 나이가 꽤 많은 줄 알았는데, 그는 보기와 달리 나이가 많지 않았다. 그가 그렇게 늙어 보이는 것은 군대에서 하사관들의 생활이 그만큼 고달프기 때문이었다. 본부 중대의 선임 하사는 중사였는데, 이분도 마찬가지였다. 기갑여단 예하에 대대가 3개 있었다. 법률 상담을 요청하는 분들은 주로 하사관들이었다. 특히 이들은 박봉을 받았는데 군부대 주변에 살다 보니 자녀들이 빗나가는 경우가 있었다. 나는 어떤 상사의 아들이 인천지방검찰청에 구속되어 선처를 구하기 위하여 주임검사를 찾아가 간곡히 말씀드린 일도 있었다. 하사관들의 봉급과 처우가 지금은 얼마나 개선되었는지 궁금하다.

군사법제도는 군무 이탈 사건이나 폭행 치사 사건을 처리하는 데에는 적절하지만, 군 내부 비위 사건을 수사하고 재판하는 데에는 사법 정의 측면에서 개선할 필요가 있다. 군형법 위반 사범은 군의 기강 확립을 위해서 군사법원에서 처리해도 되겠지만 그 외 일반 범죄의 경우에는 군사법원은 여러 가지로 취약한 측면이 있다.

지금은 어떤지 모르겠지만 그 시절 군사법원과 군검찰은 인력과 시설이 너무 미비해 아쉬운 점이 많았다. 군판사와 군검찰관은 사단 이상에 설치되어 있는 법무참모부에서 배속되어 법무참모의 지휘감독을 받았다. 군판사는 직무상 독립되어 있다고 하지만 군판사 업무 이외에 국가송무, 국가배상 등 다른 모든 부분에 있어서 법무참모의 부하이니 영향을 받지 않을 수 없었다. 군검찰관은 사건 처리에 있어서 결재를 받도록 되어 있었다. 구속영장 청구, 기소 여부 결정에 대하여 결재를 받아야 하니 군검찰권은 군지휘관에 예속되어 있었다. 군 지휘관의 입장에서 볼 때 군판사와 군검찰관은 법무참모부에 배속된 부하일 뿐이었다.

군판사와 군검찰관은 다루는 사건의 종류, 사건의 질과 양이 일반 판사, 검사에 비해 현저히 부족했다. 그리고 일반 법원과 검찰이 동종 사건을 처리하는 기준에 대해서도 알지 못했다. 그러므로 동종, 동질의 사건이라도 군사법원의 재판과 일반법원의 재판이 다를 수밖에 없다. 실제로 군판사와 군검찰관은 사건 처리 경험이 부족하여 재판과 수사를 할 때 일반 법원과 검찰에 있는 동기들에게 전화로 문의를 하는 경우가 상당하다. 또한 군판사와 군검찰관이 물리적으로 분리되어 있지 않다. 실제로 내가 근무했던 5군단 법무참모부 사무실도 한 사무실을 군판사인 나와 군검찰관인 농기가 같이 사용했다. 일반 사회에서 판사와 검사가 한 방에서 같이 근무한다고 하면 피고인이나 변호인이 그 재판의 공정성을 인정할 수 없을 것이다.

군사법원법에는 지휘관의 확인 제도가 있다. 예를 들어서 군사법원에서 특수강도를 범한 피고인에게 징역 2년을 선고했더라도 지휘관이 곧바로 형을 감형할 수 있었다. 막강한 권한이다. 지휘관이 전시에서 전력의 유지와 작전의 원활한 실행을 위해서 이런 권한을 행사하는 것은 그나마 이해할 수 있으나 평시에 이런 권한을 인정할 필요가 있는지 의문이 들지 않을 수 없다.

군사법원법에는 심판관 제도가 있다. 군사법원에서 재판을 하는 사람이 군판사 이외에도 일반 장교가 심판관이라는 이름으로 참여한다. 그런데 보통 심판관을 맡는 장교의 계급이 군법무관보다 높기 때문에 심판관이 재판장을 맡게 된다. 재판 진행에 관하여 경험이 전혀 없고 법률 지식도 없는 일반 장교가 재판장이 되는 것은 문제가 아닐 수 없다. 일반 장교들은 재판장을 해 보는 것을 일종의 명예직으로 생각한다. 그러니 군사재판이 제대로 된 재판이라고 할 수 있겠는가.

이런 문제점들을 개선하기 위하여 2016년 1월 군사법원법이 개정되어 2017년 7월부터 시행되었다. 기존에 사단급에도 설치되어 있던 보통군사법원과 군검찰부를 군단급 이상에만 설치하도록 변경되었다. 군검찰관의 명칭도 군검사로 변경했다. 지휘관의 확인권도 기존에는 제한 없이 행사했던 것을 사형, 무기징역, 무기금고가 선고되었을 때에는 행사할 수 없도록 했고, 피고인이 작전, 교육 및 훈련 등 업무를 성실하고 적극적으로 수행하는 과정에서 발생한 범죄에 한정하여 선고된 형의 3분의 1 미만의 범위에서 형을 감경할 수 있도록 대상과 감형 범위를 제한했다. 심판관 제도도 군형법 및 군사기밀보호법에 규정된 죄에 관한 사건 중 고도의 군사적 전문 지식과 경험이 필요한 사건에 한하여 운영하도록 축소했다.

그러나 여전히 군사법원과 군검찰은 일반 법원과 검찰에 비하여 피고인의 인권 보장, 공정한 재판이라는 형사 소송 절차의 요청이 미흡한 것이 사실이다.

2018년 10월 국회에는 송기헌 의원이 대표 발의한 군사법원의 조직 등에 관한 법률안, 군검찰의 조직 등에 관한 법률안, 군형사소송법안이 제출되어 있다.

이 법안들에 따르면, 군사법원의 독립성과 공정성을 강화하고 장병의 재판받을 권리와 인권을 보장하기 위하여 평시 군사재판 항소심을 서울고등법원으로 이관하고, 국방부에 각 군 군사법원을 통합하여 설치하고, 제1심 군사재판은 국방부장관 소속의 5개의 지역군사법원이 담당하고, 평시 관할관 및 심판관 제도는 폐지하고 전시와 사변 시에만 운영하도록 하며, 지역 군사법원장을 민간 법조인 중에서 임명하도록 되어 있다.

아울러 군검찰의 독립성과 중립성을 강화하여 군내의 사건, 사고의 처리에 대한 공정성과 투명성을 제고하고 군내의 법질서를 보다 효과적으로 유지하기 위하여, 각급 부대에 설치되어 있는 군검찰부를 폐지하고, 국방부장관 및 각 군 참모총장 소속으로 검찰단을 설치하도록 했다. 국방부장관 및 각 군 참모총장은 군검사를 일반적으로 지휘·감독하고, 구체적 사건에 관하여는 소속 검찰단장만을 지휘·감독하도록 함으로써 군검사에 대한 구체적 지휘권 행사를 제한했다. 군검사가 구체적인 사건과 관련한 지휘·감독에 대하여 그 적법성 또는 정당성 여부에 이견이 있는 경우 이의를 제기할 수 있도록 군검사의 이의제기권을 신설했다. 전시·사변 시에 사건을 신속하게 처리하고 군 기강을 확립하기 위하여 각 부대별로 보통검찰부를 설치하도록 하고, 군 검사는 군검찰부가 설치되어 있는 부대의 장의 지휘·감독을 받도록 하는 등 전시·사변 시의 특례를 규정했다.

장병들은 국민으로서 국방의 의무를 이행하기 위하여 군에 입대했을 뿐 별종의 신분이 아니다. 나는 송기헌 의원이 대표 발의한 이 개정안이 장병들의 인권과 공정한 수사 및 재판을 위하여 옳은 길이라고 생각한다.

군법무관 영천 삼사관학교 훈련 시절 - 전해철 중대장, 이건태 소대장

특수부에 배치된 초임 검사

"이건태 검사를 특수부에 배치한다". 공판검사를 마치고 부 배치를 기다리고 있었다. 한○○ 차장검사가 부 배치 결과를 발표했다. 전혀 예상하지 못했는데 특수부에 배치됐다. 한○○ 차장검사는 나를 따로 불러 그 배경을 설명했다. "사실 나는 이 검사가 공판검사를 할 때 괴로우면서도 기뻤다. 검찰 출신 변호사들이 찾아와 이 검사가 공판을 너무 열심히 해서 변호사 업무를 제대로 하기 어려우니 자제시켜 달라고 부탁했다. 변호사들이 역할을 할 영역을 좀 남겨 줘야 하는데 틈을 주지 않는다는 하소연을 여러 번 들었다. 그렇게 열심히 하는 검사라면 비록 초임이지만 특수부에 발탁하는 게 좋겠다고 판단했다".

초임 검사는 먼저 형사부에 배치한다. 이때 초임 검사는 부장검사로부터 도제식 지도를 받는다. 부장검사는 수사, 공소장 작성, 직원 대하는 방법, 민원인 대하는 방법, 상사에 대한 예의, 검사로서의 생활 규범 등등. 초임 검사는 부장검사에게만 배우는 것이 아니라 선배 검사들에게도 배운나. 일하면서 이런저런 고민이나 어려움을 만나면 쉬운 고민거리는 1~2년 선배에게 물어보고, 좀 더 어려운 문제는 3~5년 선배에게 물어보는 식이다. 특히 부장검사나 선배 검사와 갈등 상황이 생기면 수석 검사와 상의한다. 한마디로 검찰청에서 부는 부장검사를 중심으로 형제처럼 뭉쳐 지내는 한 팀이다.

초임 검사가 형사부에서 6개월 정도 근무하면 공판부에 배치되어 공소유지 업무를 익히도록 한다. 수사검사가 사건을 재판에 회부하면 그 후 법정에서 재판 업무는 공판검사가 전담한다. 공판검사는 재판에 회부된 사건이 무죄가 선고되지 않도록, 검찰이 구형한 형량이 선고되도록 법리와 증거로 판사를 설득해야 한다. 내가 공판부에 배치되었을 때 우리 청의 무죄율이 매우 높았다. 이 당시에는 무죄율이 높으면 대검찰청에서 질책을 하던 때라서 공판검사는 무죄율을 낮추기 위해 애를 먹었다. 공판검사는 다루는 사건이 많아 수사검사가 작성해 준 공판카드에 의존해서 재판에 들어갈 뿐이지 미리 기록을 읽고 들어갈 시간을 내기가 어렵다. 나는 무죄를 다투는 사건은 미리 기록을 검토했고 증인 신문도 탄탄하게 준비했다. 그러다 보니 새벽까지 일하기가 일쑤였다. 내 노력 덕분인지 무죄 선고가 대폭 줄었고 무죄율이 낮아졌다. 이런 공을 한○○ 차장검사가 높이 평가했던 것이다.

한○○ 차장검사는 성격이 불같은 분이었다. 한번은 차장검사실에서 호출을 해 찾아뵈었더니 문을 열자마자 불호령이 떨어졌다. "이 검사. 남천동이 어딘 줄 알아? 저기 보이는 데 너머가 남천동이야. 이런 사건을 처리하지 않고 본청에 떠넘기겠다고? 초임이 벌써부터 요령을 피우는 거야? 기록 가지고 가". 찍 소리 한 번 못 하고 혼이 빠져 돌아나왔다. 배당받은 사건의 관할이 부산본청 관할이어서 이송하겠다고 결재를 올렸다가 우리 청과 지근거리이니 직접 처리하라는 취지였다. 부산 지리를 잘 몰라 실수를 했다. 한○○ 차장검사는 초임 검사 기강을 바짝 들게 가르치겠다고 작심하고 불호령을 내렸던 것이다.

그 시절 차장검사는 엄한 분들이 많았다. 일반 회사는 대리, 과장, 차장, 부장, 이사, 부사장, 사장 순의 직급 체계를 가지고 있지만 검찰은 평검사, 부부장검사, 부장검사, 차장검사, 지청장 또는 검사장 순이다. 검찰에서 차장은 기관장인 검사장이나 지청장을 보좌하여 또는 대리하여 청의 모든 업무를 지휘한다.

일반적인 사건 결재는 모두 차장검사 전결이기 때문에 검사장이나 지청장은 평검사를 만날 일이 별로 없다. 그러므로 검사장이나 지청장은 부장검사나 검사의 성격, 자세, 업무 능력을 평가할 때 꼭 차장검사의 의견을 듣는다. 검사장과 지청장은 차장검사의 의견이 명백히 잘못된 것이 아니라면 그의 의견을 존중한다. 그러니 검사 입장에서 차장검사는 매우 어려운 존재일 수밖에 없다.

차장검사는 사건을 어느 검사에게 배당할지 결정한다. 이른바 '배당권'이다. 사건의 성격, 질을 따져서 가장 적임인 검사를 찾아 배당한다. 그러다 보니 차장검사는 소속 검사의 특성과 역량을 파악하고 있어야 한다. 차장 입장에서는 사건 처리에 차질이 생기면 안 되기 때문에 중요 사건은 믿음이 가는 검사에게 배당할 수밖에 없다. 그러다 보니 일을 잘하는 검사에게는 계속 사회적 반향이 크면서 어려운 사건이 배당되기 일쑤다. 이렇게 고생한 검사는 나중에 인사로써 보답을 받게 된다. 지금은 부별 배당이라고 하여 차장검사가 각 부에 배당을 하면 부장이 소속 검사에게 배당을 하는 시스템이 정착되어 있다.

검사 인사가 발표되면 부장검사들은 자기 부에 받고 싶은 검사 명단을 만들어 차장검사에게 보고한다. 부장검사들은 좋은 검사를 받고 싶어 치열하게 경쟁을 한다. 일 잘한다고 알려진 검사를 차지하려고 차장검사를 설득하는 것이다. 차장검사가 이를 취합하여 청 전체 검사 배치안을 만들어 검사장이나 지청장에게 보고하고 두 사람이 상의하여 결정한다. 큰 청의 경우 차장검사가 두 명 있거나 서울중앙지방검찰청처럼 4명이 있는 경우도 있다.

특수부 근무는 그렇게 시작되었다. 그 당시 부장검사는 후에 대검찰청 차장검사로 퇴직한 문○○ 선배, 소속 검사는 검사장으로 퇴직한 한○○ 선배, 차장검사로 퇴직한 최○○ 선배였다. 어느 청이나 특수부는 검사 수가 형사부에 비해 적다. 내 전임 검사는 나중에 국회의원이 된 김○○ 선배였다.

이들 선배들로부터 검사의 일에 대해서 참 많이 배웠다. 문○○ 부장검사는 후배들에게 치밀한 일처리를 가르쳤다. "검사가 내린 결정에 흠이 있어서는 안 된다. 내 결정에 부장이든, 차장이든 이의를 제기하지 못할 정도로 완벽해야 한다". 이 가르침은 그 후 나도 후배들에 꼭 해 주었던 말이었다.

특수 전담 검사는 경찰이 송치한 사건을 맡지 않는다. 대검찰청에서 지시한 사건, 청 자체 범죄 첩보로 발굴된 사건, 검사가 자체적으로 발굴한 사건을 담당한다. 주로 공무원 뇌물 사건, 대형 경제 사범 등을 전담하여 처리한다. 특수 전담 검사는 그 청 자체 수사 인력인 수사과를 지휘한다. 그러니까 수사 경험이 필요하다. 초임 검사를 배치하는 것은 이례적인 일이다.

고마운 선배

특수부에 발탁되어 올라갔으나 일할 거리가 없었다. 보통 특수부 검사실은 일거리를 3, 4개 준비하고 있다가 무르익으면 하나씩 꺼내서 수사를 한다. 대검찰청에서 하달된 첩보이든, 해당 청에서 생산된 첩보이든, 아니면 검사실에서 생산된 첩보이든 여러 건을 동시에 내사를 하다가 그때그때 상황을 봐서 시의성과 시급성을 따져서 수사에 착수한다.

특수검사는 일거리가 없으면 불안하다. 한 건 멋지게 성공하여 언론에 크게 보도되더라도 2~3일만 지나면 그것은 벌써 옛날이고 또 새로운 사건을 준비해야 한다. 그래서 청 회식이 있으면 특수검사는 기관장의 눈에서 제일 먼 곳, 사각 지역에 앉는다. 가장 인정을 받아 특수검사로 배치되었음에도 일단 배치가 되면 좋은 수사를 하여 실적을 내야 하는 부담감을 어느 누구보다 강력하게 느낄 수밖에 없다.

내가 초임 시절 부산지방검찰청 동부지청 특수부 검사로 일할 때 부산일보 사회면에 톱기사로 두 번 정도 보도되었다. 그중 첫 번째 사건은 옆방 최○○ 선배 검사가 준 사건이었다. 악질적인 법조 브로커 한 명을 구속하고 일거리가 없어서 전전긍긍하고 있을 때였다. 최○○ 선배가 불러서 그 방에 갔더니 앞에다 기록 한 권을 툭 던졌다. "이 검사, 너 이 사건 한 번 해 봐라". 최○○ 선배는 부산 사람이었다.

기록을 열어 보니 이른바 해결사라고 부르는 변호사법 위반 사범 10여 명을 내사한 기록이었다. 인적 사항, 집 주소, 사무실 주소, 집과 사무실 사진, 혐의 사실, 증거까지 완벽하게 내사가 되어 있었다. "형님, 왜 수사가 다 된 사건을 저한테 하라고 하십니까?", "형이 시키면 군소리 말고 하는 거지, 뭔 말이 많나?"

나는 최○○ 선배의 지도하에 수사 계획을 만들어서 보고했다. 마치 내가 준비한 사건처럼. 수사팀은 내 방 인력과 최 선배 방 인력에 수사과 인력까지 합하여 최 선배가 짜 줬다. 아침 일찍 수사가 시작되었다. 주의사항을 교육시키고 각 조당 3명씩, 10개조를 내보냈다. 그렇게 하여 변호사법 위반으로 10명을 구속했다. 특수검사가 수사를 마치면 대검찰청에 정보 보고를 하고, 상사에게 수사 결과를 보고한다. 보통 저녁 늦게 구속영장이 발부되고 집행을 마쳐야 수사가 끝나기 때문에 정보 보고와 수사 결과 보고를 작성하다 보면 새벽에 마치거나 날을 꼬박 새는 수도 있다. 최 선배는 정보 보고와 수사 결과 보고서까지 옆에서 지도를 해 줬다. 나는 아침에 의기양양하게 부장검사, 차장검사, 지청장에게 수사 결과 보고를 했고, 칭찬을 배가 터지도록 들었다. 그리고 기자들에게 배포할 보도자료도 최 선배가 지도해준 대로 작성하고 배포했다.

그 수사는 최 선배가 나를 특수검사로 키우기 위해 작심하고 A부터 Z까지 가르친 사건이었다. 마치 어미 곰이 새끼 곰에게 사냥을 가르치듯이 하나부터 열까지 그렇게 지도했다. 옛날 검찰에는 이런 도제식 교육이 있었고, 선후배 간에 끈끈한 정이 있었다. 그렇다 하더라도 그 당시 최 선배의 후배 챙기기는 특별했다. 고향 후배도 고등학교 후배도 대학 후배도 아닌 후배를 그렇게 챙겨 주었다.

수원지검 공판부장 시절 월악산 등산
- 오른쪽이 당시 공안부장이었던 조응천 의원, 바로 뒤쪽이 당시 특수부장이었던 이득홍 전 법무연수원장

존경하는 선배

검사 두 번째 임지가 해남지청이었다. 해남은 농업과 어업이 고루 발달하고 인구도 많고 면적도 넓은 살기 좋은 고장이다. 검사 관사는 단독주택이었고, 걸어서 출퇴근을 할 정도로 청사와 가까웠다. 관사 울타리 안에 마당 겸 텃밭 겸 약 20평 정도 되는 땅이 있었다. 아내는 이곳에 호박도 키우고 고추도 키웠다. 가을에 호박을 수확하는데 거짓말을 조금 보태서 집채만 한 호박들이 여기저기 풀 속에 숨어 있었다. 서울에서 나고 자란 아내와 세 살 된 첫째 아이가 얼마나 신기해 하고 좋아하던지 그 모습이 선하다.

해남지청처럼 소규모 청은 지청장과 검사 2~3명이 단출하게 근무한다. 직원들과도 가족처럼 지냈다. 해남, 완도, 진도를 관할한다. 이 지역은 서울에서 멀어서 그렇지 만약 가깝다면 서울 사람들이 몰려왔을 정도로 풍부한 관광 자원을 가지고 있다.

해남 대흥사는 신라 시대에 지어진 고찰로서 대한불교 조계종 제22교구의 본사이다. 해남 천일관은 젓갈과 떡갈비가 맛있는 집이다. 그 당시에 외부에서 손님이 오면 모시고 가곤 했는데, 지금도 있는지는 모르겠다. 땅끝에 작은 산이 있는데 그곳에서 내려다보면 바다가 잔잔한 파도로 일렁이며 연한 옥색빛을 발한다. 해남에서 진도로 넘어

가는 진도대교에서 울돌목에서 벌어진 명량대첩의 현장을 구경하고 맛있는 회도 먹을 수 있다. 완도는 보길도, 명사십리가 유명하고, 진도는 운림산방과 신비의 바닷길 행사가 유명하다.

해남지청에서 여름 휴가 철에 있었던 일이다. 부산동부지청에서 모셨던 조○○ 지청장으로부터 전화가 왔다. "이 검사, 잘 있어요?"

이분은 새까만 후배라도 말을 내리지 않았다. 여름 휴가 때 전남 지역의 유명한 정원들을 답사하기로 했고, 보길도에 있는 윤선도 정원을 보러 가려고 하니 땅끝에서 출발하는 배편 시간을 알아봐 주고 보길도와 월출산에 숙소를 예약해 달라는 부탁이었다. 인터넷이 없었던 시절이니 부산에서 완도 보길도와 영암 월출산 숙소를 알 길이 없었다. 나는 배편을 알아봐 드리고 내가 가족과 묵은 적이 있었던 보길도 민박집과 내 고향 영암 월출산 도갑사 앞에 있는 작은 호텔에 예약을 했다. 그리고 일요일에 보길도로 가는 배편 시간에 맞춰 땅끝 선착장에 나갔다. 조○○ 지청장은 깜짝 놀라며 반가워했다. "이 검사, 뭐 하러 나왔어요. 이런 민폐가 있나. 고마워요". 이렇게 보내 드리고 그 다음 주 월요일에 일을 하고 있는데 조○○ 지청장으로부터 전화가 왔다. "이 검사, 급한 일이 생겨 일정을 취소하게 되었으니 월출산 숙소 예약을 취소해 주세요. 자꾸 미안합니다". 나는 월출산 숙소 예약을 취소했다. 그리고 며칠 뒤 이상한 생각이 들었다. 예약을 취소하려면 당신이 직접 하면 될 텐데 굳이 내게 전화를 한 게 이상했나. 불현듯 스치는 생각이 있어 월출산 호텔에 전화를 해서 내 의심이 맞는지 확인을 했다. 아니나 다를까 조○○ 지청장은 내가 취소한 예약을 다시 살려서 예정대로 월출산에서 1박을 하고 떠났다. 내가 땅끝에 나온 것을 보고 또 내게 폐를 끼칠까 봐서 나를 속인 것이었다. 이분은 이런 분이었다.

내가 부산동부지청에 초임 발령을 받고 특수부에서 근무할 때 조○○ 지청장이 오셨다. 이분은 밖에서 보면 도저히 검사로 보이지 않았다. 이웃집 아저씨 같은 인상이었다. 말투나 행동도 검사 티가 전혀 안 났다. 본인도 자신이 검사로 보이지 않는다는 점을 자랑삼아 말씀하셨다. 그 무렵 특수부에서 기획을 담당했던 한○○ 선배가 프랑스로 유학을 떠났다. 후임 기획 업무를 내가 맡게 되었다. 사실 청 전체 기획 업무를 초임 검사가 맡는 경우는 그때나 지금이나 없다. 더욱이 부산동부지청처럼 큰 청에서는 더더욱 상상할 수 없다. 그것은 내가 뛰어났기 때문이 아니라 특수부장이 최고의 기획통이어서 초임 검사가 맡더라도 지도가 가능했고, 조○○ 지청장이 형식에 얽매이지 않는 스타일이었기 때문이다. 청 기획 검사는 지청장을 거의 매일 대면하여 지침을 받고 보고하는 직책이다. 그러다 보니 조○○ 지청장의 인품을 알 수 있었다.

어느 날 조○○ 지청장이 전화로 수사 중인 뇌물사건에 대해서 구속해야 하는지 물었다. 나는 죄질이 불량해서 구속하는 게 맞는다고 보고를 드렸다. 그 사건은 피의자가 구청 공무원이었는데 업자가 돈이 없다고 하자 뇌물로 약속어음을 받은 사안이었다. 조○○ 지청장은 내 보고를 듣고 어떤 분에게 전화를 하여 구속할 수밖에 없다고 통보를 했다. 사실 뇌물 액수가 적었기 때문에 부탁을 들어주고 불구속 하도록 지시할 수도 있었던 사안이었다. 그러나 조○○ 지청장은 주임검사의 의견이 옳다고 생각했고, 주저 없이 그대로 실행했다.

내가 부산동부지청을 떠나 해남지청으로 발령이 난 후에 조○○ 지청장은 검사장에 승진하지 못하고 후배가 있었던 자리로 발령되었다. 왜 조○○ 지청장이 승진하지 못했는지 부산동부지청에 남아 있던 선배들에게 물었더니, 선거 사건 처리에 관하여 대검찰청과 충돌하는 바람에 찍혀서 그렇다는 말을 들었다. 그 당시는 김영삼 대통령 시절이었는데, 힘센 국회의원이 챙기는 사람의 선거법 위반 사건 처리에 있어서 주임검사의 의견을 지켜 주기 위해서 대검찰청과 대립했다는 것이었다.

조○○ 지청장은 겸손하고 부드러웠지만 매우 강직했다. 부산동부지청장은 검사장 승진 후보 자리이다. 타협을 했으면 무난하게 승진했을 텐데 주임검사의 의견이 옳다고 보고 이를 지켜주려고 하다가 눈 밖에 난 것이다. 조○○ 지청장은 올곧은 인품으로 후배들의 존경을 받았다. 내가 나중에 차장검사를 하고, 지청장을 할 때 조○○ 지청장이 보여 준 모습이 귀감이 되었다. 검찰청의 기관장인 지청장과 검사장은 검사들이 올린 의견이 옳으면 이를 지지해 주고 지켜 주어야 한다. 그래서 검찰청의 기관장은 어금니가 튼튼해야 한다. 이를 악물고 버텨야 하니까.

교육감 아들 비리 사건

나는 해남지청처럼 소규모 검찰청의 경우에 검찰권 행사는 가급적 자제되어야 한다고 생각한다. 청 실적을 위한 수사를 하게 되면 힘든 농촌을 못 살게 구는 민폐형 수사이기 때문이다. 그래서 나는 해남지청 평검사 때나 거창지청장 때나 그런 기조로 수사권을 행사했다.

해남지청 근무 시절 ○○경찰서가 '혐의 없음' 의견으로 송치한 사기 사건이 좀 이상했다. 피해자 A는 동업자 B와 함께 공사금액 20억 원에 상당하는 모 고등학교 증축 공사를 하기로 하고 이 공사를 도급받기 위하여 동업자 B에게 1억 원을 줬다. 동업자 B는 교육청 공무원에게 부탁하여 공사를 도급받을 수 있도록 해 준다는 말을 믿고 건축업자 C를 통해 소개 받은 모 방송국 광주총국 부장 대우 D에게 6천만 원을 줬으나, 공사를 도급받지 못했고, 돈도 돌려 받지 못했다. 그래서 A는 B, C, D를 사기로 고소했다. 그런데, ○○경찰서는 B만 기소 의견으로 송치했을 뿐 C, D는 '혐의 없음' 의견으로 송치했다.

피해자 A로부터 나온 돈이 B, C, D 순으로 건너갔는지를 우선 밝혀야 하는데, 이에 대한 수사가 안 되어 있었다. 도대체 D가 누구이고 무슨 힘이 있었기에 그 사람에게 6천만 원이라는 거금을 줬을까?

수표 추적을 해 봤더니 6천만 원이 D에게 들어간 사실이 확인되었다. 그리고 B, C를 추궁했더니 D가 ○○○○ 교육청 교육감의 친아들이라는 사실이 드러났다. 이 사건은 교육감의 아들이 아버지를 팔아서 학교 공사를 주겠다는 명목으로 6천만 원을 챙긴 사안임이 드러났다. 나는 교육감의 아들 D와 브로커 C를 변호사법 위반으로 구속했다. 이로써 이 이상한 사건은 제대로 처리되었다.

왜 ○○경찰서는 C, D를 구속하지 않았을까? 몰랐을까? 강력한 청탁이나 압력을 받았을까? 아마 후자일 가능성이 높다고 본다.

이 사건을 상부에 보고하자 아침에 득달같이 광주고등검찰청 문○○ 선배로부터 전화가 왔다. 문○○ 선배는 당대 최고의 특수검사로 이름을 날리던 검사였다. 서울지방검찰청 특수부에서 9시 뉴스에 단골로 보도될 정도로 큰 사건을 많이 했던 분이었는데, 나중에 교통사고로 크게 다쳐 고생하시다가 결국 운명을 달리하셨다. 검찰로서는 매우 아까운 분이었다. 문○○ 선배는 "어이, 이 검사. 정말 좋은 사건 했다. 잘했어". 최고의 특수검사로부터 칭찬을 들으니 너무너무 기분이 좋았다.

하루는 전화로 제보가 접수되었다. 제보자는 이름을 밝히지 않았다. 내용인즉 ○○군의회 의장의 친동생이 임도 허가를 받아 임도 공사를 하면서 15톤 트럭으로 암석을 몰래 훔쳐가고 허가 없이 반출했다는 것이었다. 수사관들을 급히 보내 확인해 보니 제보 내용이 모두 사실이었다. ○○군의회 의장의 친동생 E는 임도 공사를 하면서 산 주인 몰래 15톤 트럭 17대 분의 암석을 절취하고, 허가 없이 15톤 트럭 42대 분의 암석을 반출한 혐의가 밝혀졌다. 나는 E를 산림법 위반으로 구속하여 재판에 회부했다.

해남에 십계파라는 조직폭력배가 있었다. 시골에 있는 폭력배라고 우습게 알아서는 안 되는 조직이었다. 과거 이들에 대한 판결문을 보면 칼부림 사건도 있었다. 십계파의 움직임을 눈여겨보던 중에 야근을 하는데 십계파 행동대장이 여관에서 행패를 부린다는 신고를 받고 수사관들을 내보냈더니 신고 내용이 맞았다. 행동대장을 구속해 버렸다. 그리고 십계파 두목 F가 곧 결혼을 하는데 상인들로부터 축의금 명목으로 돈을 뜯을 거라는 정보를 입수했다. 계속하여 정보를 수집하고 있던 중에 하루는 십계파 두목이라는 사람으로부터 전화가 왔다. "검사님, 저 아무개입니다. 저 진짜 결혼합니다. 그리고 돈 뜯는다는 거 헛소문입니다. 그런 일 없을 테니 제발 저 좀 괴롭히지 마십시오". 직접 검사에게 전화를 해서 본인의 입장을 밝히는 걸 보니 두목감은 되는 것 같았다. 해남읍에는 공중 목욕탕이 2개가 있었다. 나는 시설이 좀 좋은 곳은 지역 유지들이 가기 때문에 부딪치기 싫어서 시설이 좀 낡은 곳을 이용했다. 어느 날 목욕을 마치고 탕에서 나와 물기를 닦고 있는데, 어떤 젊은이가 내 앞에서 무릎을 꿇고 박카스를 따서 바치면서 "검사님, 목 축이십시오"라고 했다. 깜짝 놀랐다. 십계파임이 분명했다. 나는 그 후 공중 목욕탕에 갈 수 없었다. 어찌 되었든 내가 있을 때 십계파는 검찰이 자신들을 눈여겨보고 있다는 사실을 알고 있었다. 십계파는 검찰을 두려워했고, 생업은 편안해졌다.

중국 동포를 울린 사기 사건

1996년경 무렵 한국에서 중국에 들어간 사람들 중에 중국 동포들을 상대로 한국에 입국할 비자를 내주겠다고 속여서 사기를 친 나쁜 사람들이 있었다. 이런 사기범들이 아주 많아 중국 동포 사회에서 모국에 대한 원성이 자자했다. 우리 정부도 이 문제를 심각하게 인식하고 대검찰청이 가해자들을 검거하여 엄히 처벌하도록 지시했다.

사기범들은 중국 동포 사회의 한 마을 전체를 쑥대밭으로 만들었다. 그 당시 한국에 들어와 일을 하면 중국에 돌아가 집 장만 하고 평생 쓸 돈을 모을 수 있었기 때문에 너도나도 한국에 들어오려고 하던 때였다. 흔히 하는 방법이 위장결혼을 해서 한국 국적을 얻는 것이었다. 위장결혼을 하려면 위장결혼을 해 줄 한국 사람과 일을 주선해 주는 브로커가 필요했다. 위장결혼 방법은 절차도 복잡하고 손도 많이 간다. 그래서 한국에서 온 유력자가 대사관에 힘을 써서 비자를 내준다고 하니 그만 그 말에 속아 넘어간 것이다.

중국 동포 사회에서 피해자들이 단체로 작성해서 대검찰청에 보낸 고소장들이 청별로 분류되어 배당되었다. 인천지방검찰청에도 몇 건이 내려왔고, 그 모두가 나에게 배당되었다. 나는 그중에서 가장 피해가 큰 2건을 뽑아 가해자 2명을 반드시 구속하겠다고 마음먹었다. 이들의 행위는 용서할 수 없었다.

목사 A는 사기전과 28범에 형기 합계 18년을 징역 산 사람이었다. 이런 사람이 어떻게 목사가 되었을까. 이 사람은 최종 출소 후에 개과천선하여 목사 안수를 받고 목사가 되었다. 그리고 전국의 교정 시설을 다니면서 자신의 잘못을 회개했다. 재소자들에게 나처럼 살지 말라고 설교했다. 그 덕분에 정부로부터 표창도 받았다. 그러면서 어엿한 목사로 인정을 받게 되었다. 그런데 A가 선교활동을 하기 위하여 중국에 가게 되면서 사단이 나기 시작했다. 한국이라는 감시를 벗어나 중국에 가게 되니 한국에서 오신 유명한 목사님으로 대우를 받게 되면서 마음 깊은 곳에 잠재되어 있던 옛날 습성이 되살아난 것이다. 그는 목사라는 신분을 내세워 한국에 들어갈 비자를 받아 주겠다는 명목으로 이 마을 저 마을 다니면서 수많은 중국 동포로부터 돈을 받아 챙겼다. 그리고 한국으로부터 도망 와 버렸다. 피해를 입은 중국 동포들의 사연은 절절했다.

그러나 목사 A는 화려한 전력자답게 도대체 종적을 찾을 수가 없었다. 목사 A를 찾기 위해 백방으로 수소문했으나 행방이 묘연했다. 나는 경제 사범에는 잘 쓰지 않는 수사 방법인 감청을 하기로 했다. 특정 경제범죄 가중처벌 등에 관한 법률 위반(사기)에 해당하면 통신비밀보호법에 의해 감청이 허용되었다. 나는 목사 A의 집 전화에 대해 감청을 실시했다. 두 달쯤 되었을 때 드디어 발목이 잡혔다. 수사관들이 잠복하고 있다가 목사 A를 검거했다. 목사 A를 구속했다는 소식을 중국 동포의 대표에게 전화로 알려 줬다. 그들은 기뻐하면서도 피해 변제를 받을 방법을 물었다. 그러나 목사 A가 변제하지 않은 이상 국가가 변상할 수는 없는 노릇이었다.

또 다른 한 명은 중국에서 봉제 공장을 했던 사장 B였다. B는 한국에서 사업을 하다 망한 뒤에 중국에 가서 봉제 공장을 했다. B는 사람이 친절하고 정직해 보여 중국 동포들로부터 신망을 얻었다. B는 봉제 공장 사장이라는 지위와 중국 동포들의 신망을 이용하여 한국 비자를 받게 해 준다고 속여 역시 많은 중국 동포들로부터 거액을 받아챙겼다. 피해액이 목사 A만큼 컸다. B는 매우 영리한 사람이었다. 이역시 국내에 들어온 후 행방이 오리무중이었다. B에 대해서도 감청영장을 받아 감청을 실시했고, 결국 구속했다.

대검찰청에서 내려온 사건들을 모두 처리하고 최○○ 검사장에게 종합 보고를 했다. 최○○ 검사장은 "이 검사, 이 사건들은 평생 기억에 남을 거다. 이런 민생 사건이 보람이 된다"라고 했다.

검사 생활하면서 언론에 보도되는 큰 사건도 처리를 했지만 진정으로 보람 있는 사건은 억울한 사람을 구제한 사건, 진짜 나쁜 사람을 처벌한 사건, 민생을 구제해 준 사건들이다. 그것이 검사의 존재 이유가 아닐까 싶다.

성 때문에 붙잡힌 사람

인천지방검찰청에서 외사 업무를 담당할 때 일이었다. 인천출입국사무소에서 급히 업무 연락이 왔다. 중국에서 여권 없이 강제퇴거된 우리 국민이 들어왔는데, 그 혐의가 중국인들을 배에 태워 한국에 밀입국시키려다가 실패한 혐의라는 것이었다. 그 밀입국 사범 A를 구속하고 공범을 추궁하기 시작했다.

A는 이미 중국 공안당국에 일체를 진술한 상황이었기 때문에 혐의를 술술 진술했다. A의 말에 의하면 부산에서 배를 구해서 혼자서 공해상까지 가서 중국 배를 접선하여 밀입국할 중국인들을 태워 나오다가 중국 공안에 걸려서 실패했다고 했다. 그러면서 부산에서 배를 구해 준 공범의 이름이 'B○○'이라고 했다. A가 공범에 대하여 아는 것은 오직 이름 'B○○'뿐이었다. 이 말을 듣는 순간 "B○○"을 잡는 것은 일도 아니라는 생각이 들었다. 대한민국에 B씨 성을 가진 그 나이 또래가 몇 명이나 되겠는가? 아니나 다를까 주민등록 조회를 해 봤더니 부산에 딱 한 명이 나왔다. 공범이 그렇게 특정되었다.

즉각 우리 청 수사관과 인천출입국 직원들로 수사팀을 꾸려 부산에 내려 보냈다. 다행히 'B○○'이 전혀 예상을 못 하고 있어서 쉽게 검거할 수 있었다. 그리고 'B○○'을 통하여 다른 공범도 검거할 수 있었다.

이렇게 해서 이 사건은 매우 쉽게 해결되었다. 'B○○'은 그야말로 희귀한 성씨 때문에 검거되었다.

포선(捕船) 교환

　포로(捕虜)라는 말은 있어도 포선(捕船)이라는 말은 없다. 포로 교환이라는 말은 들었지만 포선 교환이라는 말은 들은 적이 없다.

　이게 무슨 말인가?

　인천지방검찰청에서 외사 업무를 담당하고 있을 때였다. 인천해양경찰서에서 보고가 왔다. 중국 산동성 정부로부터 자신들이 중국 영해를 침범한 혐의로 한국 어선을 나포했는데, 인천해양경찰서가 같은 혐의로 잡아둔 중국 어선과 1대 1로 공해상에서 맞교환하자는 제의가 접수되었으니 어떻게 할지를 지휘해 달라는 취지였다.

　나는 범법 행위를 했으면 각자 처벌하면 될 일이지 중국 정부와 한국 정부가 불법 행위를 한 선박을 맞교환한다는 것은 있을 수 없다고 생각했다. 우선 사실 관계를 좀 더 파악하기 위하여 중국에 나포된 선박과 우리가 나포한 선박의 성능과 크기 등을 알아보도록 해경에 지휘했다. 해경의 보고에 따르면 중국에 나포된 우리 어선이 우리 해경에 나포된 중국 어선보다 훨씬 현대식이고 크다고 했다.

　나는 맞교환을 반대하는 취지로 부장검사에게 보고했다. 부장검사도 나와 의견이 같았다. 그런데 차장검사는 의견이 달랐다. 그 당시 차장검사는 나중에 국회의원을 한 이○○ 차장검사였다. 이○○ 차장검사는 보고를 받자 대뜸 "이 검사, 어느 쪽 배가 더 새 거야?"라고 물었다. 내가 "우리 배가 더 크고 새 것입니다"라고 하자, 이○○ 차장검사는 "그러면 맞바꾸면 우리가 이익이잖아. 왜 안 돼?" 나는 머리가 띵했다. 이○○ 차장검사는 자신의 의견은 교환에 찬성이니 검사장에게 보고하여 지침을 받으라고 했다. 나는 원○○ 검사장에게 보고를 했다. 원○○ 검사장은 자신은 교환에 반대한다면서 차장검사의 의견이 다르니 대검찰청의 의견을 들어보자고 했다. 대검찰청에 보고를 했다. 대검찰청은 몇 시간 뒤에 답을 줬다. "교환하라".

나는 해경에 중국 산동성 정부의 제의를 받아들여 배를 맞교환하도록 지휘했다. 해경은 우리가 나포한 중국 어선을 공해상까지 가지고 가서 공해상에서 중국에서 나포한 우리 배와 맞교환했다.

해경은 나중에 중국에서 풀려난 우리 어선의 선장을 불러 경위를 조사했다. 중국 산동성 정부가 맞교환하자고 제의한 데에는 그만한 이유가 있었다. 우리 어선은 최신식 GPS 시스템을 장착하고 있었다. 중국 산동성 정부가 영해 침범 혐의로 우리 어선을 나포했으나, 우리 선장은 격렬하게 혐의를 부인했다. 우리 선장은 어선에 설치된 GPS 시스템을 켜서 항적을 제시했다. 과학적인 증거를 제시하자 중국 산동성 정부는 궁색한 상황에 놓이게 되었다. 그러던 중에 중국 산동성 소속 어선이 우리 해경에 나포되었다는 소식을 듣고 자신들의 문제를 해결하기 위하여 우리 해경에 선박을 맞교환하자고 제의했던 것이다.

그 당시에도 중국 어선들이 우리 영해를 침범하여 고기잡이를 하는 것 때문에 우리나라 해경이 골머리를 앓았다. 통상 중국 어선이 우리 영해를 침범하여 조업을 하면 영해및접속수역법 위반으로 선장을 구속하고 선박을 나포한다. 나중에 선장은 정해진 벌금을 선납 받고 석방해 준다. 나는 대검찰청에 보고하여 벌금 액수를 대폭 높였다.

요즘도 중국 어선들이 우리 영해를 침범하는 일이 자주 발생하고 있다. 중국 어선들은 우리 해경에 폭력으로 대항하고 있다. 우리 해경의 노고에 감사드리고 싶다. 내가 경험했던 초유의 포선 교환과 같은 일이 그 이후에도 또 있었는지 궁금할 뿐이다.

의료 장비 납품 비리 사건

1999년 1월 서울지방검찰청 서부지청(현 서울서부지방검찰청) 형사제3부에서 특수 전담 검사로 일할 때였다. 내가 잘 아는 지인이 어떤 분을 소개해 주면서 이분을 한 번 만나 달라고 하여 검사실에서 면담을 했다. 이분은 지방의 A대학병원에서 MRI를 구매하는 과정에서 병원장 갑이 수천만 원 대의 뇌물을 받았으니 병원의 비리를 뿌리 뽑아 달라고 했다. 제보 내용이 신뢰할 수 있었으나 내부 고발자가 아니어서 아무런 증거도 가지고 있지 않았다.

MRI 1대에 보통 30억 원 정도 했으니 뇌물이 오갈 가능성이 충분했다. 조달청 입찰이라서 공정하다고 하겠지만 열 사람이 한 도둑을 막지 못한다는 말이 있듯이 부정을 저지르고자 하면 왜 구멍이 없겠는가?

조달청에 공문을 보내 전국 국공립 병원의 MRI, CT 등 구매 내역을 받았다. A대학병원이 세계적인 다국적 기업 B사로부터 MRI 1대를 약 30억 원에 구매한 사실이 확인되었다. 수사 보안을 위하여 A대학병원을 포함하여 여러 병원의 구매 서류를 조달청으로부터 모두 받아서 분석에 들어갔다.

분석을 해 보니 담합 입찰의 정황이 포착되었다. 또 담합 입찰을 하기 위하여 공문서를 허위로 작성한 정황도 포착되었다. 법원으로부터 압수수색 영장을 발부받았다. 압수수색 영장이 발부되었다는 것은 혐의가 어느 정도 소명되었다는 사실을 의미한다.

B사 관계자들을 상대로 수사에 착수했으나 초기에 진전이 없었다. 눈에 뻔히 보이는데 진척이 없으니 답답할 노릇이었다. 이때 한국 주재 B사의 본국 대사관 대변인으로부터 전화가 왔다. 유창한 한국어로 이렇게 말했다. "우리나라 정부가 이 수사를 지켜보고 있습니다". 나는 생전 처음 등줄기에 식은땀이 흐르는 걸 느꼈다. 우리나라가 1997년 외환위기를 당해 IMF로부터 구제 금융을 받고 외환을 갚기 위해 금모으기 운동을 하던 시절이었다. 그런데 다국적 기업에 대하여 수사를 했으니 만약 수사가 실패할 경우 책임이 뒤따를 가능성이 있었다. 그 당시 서울지방검찰청 서부지청장은 검사장 승진을 앞두고 있었기 때문에 만약 수사가 실패하고 외교 문제로 비화하면 승진이 물 건너갈 수 있었다. 나는 내가 모신 지청장에게 그런 피해를 주고 싶지 않았다.

B사 영업 담당자가 담합 입찰 정황을 제시하면서 파고 들어가고 들러리 업체까지 수사가 확대될 조짐을 보이자 뇌물 공여 사실을 실토했다. 그렇게 해서 A대학병원 병원장 갑이 수천만 원의 뇌물을 받은 사실이 드러났다. 갑을 구속한 이후에 B사 영업 담당자가 다른 지방의 C대학병원 병원장 을에게 억대의 돈을 준 사실이 드러났다. 병원장 을을 구속했다. 병원장 을은 완강히 부인했으나 B사 영업 담당자와 대질을 하겠다고 하자 혐의 일체를 인정했다. 병원장 을에게 그 돈을 어디에 썼는지를 추궁하자 그 대학교 총장 병에게 억대의 돈을 준 사

실이 드러났다. 병을 구속했다.

나는 사건의 진행 상황을 볼 때 B사의 영업 방식이 전형적인 리베이트 방식이라는 사실에 주목했다. 틀림없이 본사에 보고하기 위하여 작성해 둔 뇌물 장부가 있을 것이었다. 드디어 우리 수사팀은 B사 압수물을 분석하여 컴퓨터에서 뇌물 장부를 찾아냈다. 그리고 통역사를 불러서 뇌물 장부를 전부 해석했다. 이렇게 하여 이 사건이 전국으로 확대되었다.

나는 우리 검사실 인원만으로는 전국 수사를 감당할 수 없어서 임○○ 부장검사에게 특수 전담 검사 전원을 투입해 달라고 요청했다. 특수 전담 검사실 3곳이 투입되었고 뇌물 장부에 기재된 병원을 배당했다.

이 수사는 1998년 1월 말에 착수하여 그해 5월에 종료되었다. 서울과 지방에서 각 지역의 최대 규모 병원 17개가 단속되었고, 대학총장, 병원장, 교수, 방사선과 과장 등 17명을 뇌물수수죄 등으로 구속 기소했고 10명을 불구속 기소했고 2명을 국방부 검찰부에 이첩했고(이들도 구속되었음) 2명을 징계 통보했다.

이 수사를 계기로 조달청 입찰제도가 개선되었고 의료 장비 납품 시장에 일대 개혁이 이루어졌다.

지금은 수사 상황 브리핑을 차장검사가 하는 것으로 통일되어 있으나 그 당시에는 부장검사가 했었다. 그 당시 내가 모시던 임○○ 부장검사는 9시 뉴스에 너무 자주 얼굴이 나간 나머지 거리를 다니다 보면 알아보는 사람이 있을 정도였다. 1999년 3월 초에 서울지방검찰청 검사장에게 수사 상황을 보고하기 위하여 자료를 만들면서 세어 보았더니 1999년 1월 22일부터 2월 12일까지 불과 21일 만에 KBS 9시 뉴스에 8회, MBC 9시 뉴스에 13회나 방송이 되었다.

이 사건은 1999년 2월 말에 B사 본국의 공영방송에서도 3분 프로그램으로 보도되었고 1999년 3월 초에 B사 본국의 최대 일간지에서 사회면 톱기사로 보도되었을 정도로 B사 본국에서도 사회 문제가 되었다.

나는 서울지방검찰청 검사 회의 때 전 검사 앞에서 이 사건 수사결과를 브리핑했고 법무연수원 검사 교육에서도 모범 수사 사례로 선정되어 수년 간 강의를 했다.

1999년 5월 수사를 마무리할 무렵 이 사건을 하면서 가장 통쾌했던 일이 있었다. 외무부로부터 온 공문 하나가 검사실에 도착했다. B사 본국 주재 우리나라 대사관에서 우리 외무부에 보고한 공문이었다. 그 내용은 "1999년 5월 12일 B사 본사의 부회장 G가 우리나라 대사를 방문하여 이 사건과 관련하여 B사의 최고 경영진을 대신하여 무엇보다도 한국 정부에 대해 심심한 사과의 뜻을 표명했다"는 것이었다. B사 본사가 우리 정부에 공식적으로 사과를 한 것이다. 나는 이 공문을 받고 B사 본국의 한국 주재 대사관 대변인의 코를 납작하게 만들었다는 사실에 얼마나 통쾌했는지 모른다. 그는 수사 초기에 의기양양하게 유창한 한국어로 "우리나라 정부가 이 수사를 지켜보고 있습니다"라고 나를 협박했었다.

한 건 더 불겠다고 하십시오

서울지방검찰청 서부지청(현 서울서부지방검찰청) 형사 제3부에서 특수 전담 검사로 일할 때였다.

공사 사업자를 상대로 수사를 하여 뇌물을 줬다는 진술이 확보되었다. 뇌물을 받은 자를 상대로 추궁을 했으나 절대로 돈을 받은 일이 없다고 완강하게 부인했다. 눈물을 흘리면서 왜 그 사람이 나를 끌고 들어가려고 하는지 모르겠다고 오히려 나를 설득했다. 나는 억울한 사람을 만드는가 싶어서 뇌물을 준 사람을 상대로 안 받았다고 하는데 확실히 준 게 맞는지를 다시 확인했다. 뇌물 공여자는 주지도 않는 뇌물을 줬다고 거짓말하는 사람이 어디 있겠느냐고 답답해했다.

뇌물 범죄는 뇌물 공여자와 뇌물 수수자 사이에 은밀하게 이루어지고 현금으로 주고받기 때문에 물증이 없다. 결국은 뇌물 공여자의 진술에 의존하게 된다. 뇌물 공여자의 진술에 신빙성이 있는지가 관건이다. 뇌물 공여자의 진술에 일관성과 합리성이 없고, 정황이 맞지 않으면 기소가 되더라도 무죄가 선고될 가능성이 있다. 그래서 특수검사들은 뇌물 공여자의 진술에 신빙성이 있는지 여부를 정밀하게 점검한다.

그 사건에서 뇌물을 받았다고 의심을 받는 사람이 진실로 억울해

하니 과연 뇌물 공여자의 말만 믿고 사건을 진행해야 할지 고민이 되었다. 다만, 내가 많은 뇌물 사건을 수사해 보았지만, 주지도 않은 뇌물을 줬다고 거짓으로 진술하는 경우는 보지 못했기 때문에 여전히 공여자의 진술에 더 신빙성이 있다고 보았다. 사업자들은 뇌물을 줬다고 진술을 하는 순간 그 공무원에게 구속, 파면 등 엄청난 충격을 주기 때문에 어지간해서는 진술하지 않고 버틴다.

수사가 진퇴양난에 빠진 상황에서 뇌물 공여자가 제안을 했다. 뇌물 공여자가 뇌물을 준 것은 틀림없는 사실이니 회사 장부에 수기로 뇌물 액수를 적어 놓겠다고 했다. 나는 깜짝 놀랐다. 나는 뇌물 공여자에게 "어디 감히 증거를 조작하려고 하느냐"고 호통을 쳤다.

뇌물을 줬다는 사람과 받지 않았다는 사람 사이에서 진실게임 상황이 계속되었다. 뇌물 공여자가 검사와 면담을 요구했다. 뇌물 공여자는 충격적인 말을 했다. "검사님, 제가 저 친구에게 뇌물을 준 게 틀림이 없습니다. 그리고 한두 번 준 게 아닙니다. 만약 이런 식으로 계속 부정하면 한 건 더 불겠다고 한다고 전해 주십시오. 그러면 틀림없이 시인할 겁니다".

나는 공무원에게 그대로 전했다. "만약 계속 부인하면 한 건 더 불겠다고 합니다". 그 공무원은 이 말을 듣자 한숨을 내쉬었다. 그리고 이내 "검사님, 모두 인정하겠습니다. 죄송합니다". 이렇게 하여 밀고 당기던 진실게임이 뇌물 공여자의 승리로 끝났다.

뇌물 사건을 수사해 보면 뇌물 공여자들이 돈 받은 공무원을 자백하는 순서가 있다. 뇌물 공여자들은 대부분 사업을 하는 사람들이기 때문에 자신의 사업에 영향이 없는 이상 뇌물을 준 사실을 말하지 않는다. 일단 버틴다. 그러나 수사에 협조를 해야 하는 상황이 되면 뇌물을 준 사람들 중에서 나이가 많아 곧 퇴직할 공무원이나 자신들이 생각할 때 공무원으로서 평가가 낮거나 인간성이 나쁜 사람부터 분다. 이때가 되면 뇌물 공여자의 입에 의해 공무원의 운명이 결정된다.

조선·중앙·동아 환경신문

기업들의 가장 큰 애로사항 중에 하나가 사이비 언론 피해다. 가장 전형적인 방법이 취재를 빌미로 광고비를 뜯어내는 방법이다.

1998년 10월경 대검찰청이 전국 검찰청에 사이비 언론 단속을 지시했다. 각 청 특수검사들이 실적을 내려고 눈에 불을 밝히고 첩보를 수집했다. 이와 같은 경우에 실적을 못 내면 해당 검찰청의 검사장이나 지청장은 체면이 서지 않고, 특히 특수부장은 기관장을 볼 면목이 없게 되니, 특수부 검사 입장에서는 신경이 안 쓰일 수 없다.

나는 다행히 매우 유능하고 성실한 장ㅇ 계장, 이ㅇㅇ 계장과 같이 근무하고 있었다. 나중에 이 두 분은 모두 검찰 일반직 간부로 성장했다. 보통 검사실은 검사 1명, 계장 2명, 여직원 1명으로 구성된다. 검사가 수사를 함에 있어서 계장의 보좌가 매우 중요하다. 검사가 훌륭한 계장을 만나면 좋은 실적을 올릴 수 있지만, 그렇지 못하면 힘만 들고 실적을 내기도 어렵다. 예컨대 검사가 무슨 수사를 하고자 하는데, 계장이 투덜투덜대면 수사에 탄력이 붙을 수가 없다.

나는 두 분 계장에게 이번 사이비 언론 수사 아이템은 환경 업체에 피해를 주는 사이비 언론을 단속하자고 제의했다. 고마운 것은 자발적으로 이ㅇㅇ 계장은 서울의 북쪽 의정부, 포천 등으로 가고, 장ㅇ 계장은 서울의 남쪽 성남, 수원, 김포, 인천 등으로 나가 피해 사례를 수집해 오겠다고 했다. 검사가 이런 계장을 만나는 것은 큰 행운이다. 사무실에서도 일하기 싫어 게으름을 피우는 사람이 있을 텐데, 스스로 출장을 나가서 범죄 첩보를 수집해 오겠다니 얼마나 고마운지.

출장을 다녀온 두 분 계장의 보고는 기대 이상이었다. 구체적인 피해 사례를 수집해 왔을 뿐만 아니라 스토리가 아주 재미있었다.

예전에 난지도에 쓰레기 매립장이 있었다. 난지도는 1978년 서울의 쓰레기 매립장이 된 이후 15년간 무려 9,200만 톤의 쓰레기를 매립하여 100m에 가까운 거대한 산 두 개로 변신했다. 난지도는 매립지 폐쇄 이후에 난지도와 주변 지역이 생태공원 '월드컵 공원'으로 조성되었다. 월드컵 공원 홈페이지에 들어가 보면 과거 쓰레기 매립장일 때 사진과 현재 생태공원으로 변모한 후의 사진이 대비되어 올라와 있다.

1993년 난지도 쓰레기 매집장이 폐쇄된 이후에 김포 수도권 쓰레기 매집장이 만들어져 지금까지 운영되고 있다.

예전에 망태기를 메고 집게로 쓰레기를 주워서 생계를 꾸리던 사람을 '넝마주이'라고 불렀다. 이 사건 수사를 하면서 환경 업체로부터 들은 바로는 난지도 쓰레기 매립장 시절에 활동했던 사람들을 넝마주이 1세대로 부르고, 김포 수도권 쓰레기 매립장 시절에 활동했던 사람들을 넝마주의 2세대로 부른다고 했다. 넝마주이가 차츰 없어지면서 한 죽은 폐기물 처리 업체로 발전했고, 한 죽은 환경신문사로 발전했다는 것이다. 그래서 옛날에는 뿌리가 같은 형제였는데, 세월이 흘러 환경신문사가 폐기물 업체를 괴롭혀서 돈을 뜯어내는 세태가 되었다고 했다.

환경 업체들의 피해 사례를 수집한 결과 이들로부터 광고비 명목으로 돈을 뜯어낸 사이비 언론사의 사명이 재미있었다. 《조선환경신문》, 《중앙환경신문》, 《동아환경신문》이었다. 《조선일보》, 《동아일보》, 《중앙일보》와 아무 관련이 없는 환경신문들이 조·중·동 신문을 마치 간판처럼 달고 있었던 셈이다.

이들에게 폐기물 업체, 제조 업체는 먹잇감이었다. 수익구조가 취약한 이들 사이비 언론은 취재를 빙자하여 기사를 쓰겠다고 협박하여 광고비 명목으로 돈을 갈취했다. 평기자는 물론이고 본부장, 편집인, 발행인, 대표 직급을 막론하고 종횡무진 휘젓고 다녔다.

《○○환경신문》 발행인 A는 기자 24명을 채용하면서 보증금 명목으로 5천여 만 원을 받아 챙기고, 구리시에 있는 식품 업체를 협박하여 돈을 뜯어낸 사실이 드러나 직업안정법 위반과 공갈죄로 구속했다. 기사를 채용할 때 돈을 받으면 이들이 그 돈을 어디서 벌충하겠는가? 전형적인 사이비 언론의 행태였다.

《○○환경신문》 경인취재본부장 B는 인천 지역 제조업체, 실내 수영장, 건설업체 5곳을 협박하여 돈을 뜯어낸 사실이 드러나 공갈죄로 기소했다.

《○○환경신문》 편집국장 C는 인천 지역 폐기물 업체를 협박하여 광고비 명목으로 돈을 뜯어낸 사실이 드러나 공갈죄로 구속했다.

《○○환경신문》 기자 D는 인천 지역 폐기물 업체 2곳을 협박하여 광고비 명목으로 돈을 뜯어낸 사실이 드러나 공갈죄로 구속했다.

《○○환경신문》 편집인 E는 인천 지역 폐기물 처리 업체를 찾아가 무기성 오니 수만 톤을 매립하여 지하수가 오염될 소지가 있다는 취지의 기사가 게재된 신문 초판을 보여주면서 광고비를 주지 않으면 신문을 발행하겠다고 겁을 줘서 광고비 명목으로 돈을 뜯어낸 사실이 드러나 공갈죄로 구속했다.

《○○환경신문》 충북지사장 F 등 일당은 폐기물 업체를 협박하여 5,000만 원을 달라고 집요하게 요구하고 있던 중에 마침 우리 검사실의 수사에 적발되어 공갈죄로 기소했다.

《○○환경신문》 인천총국 취재부장 G는 폐기물 처리 업체 2곳을 협박하여 광고비 명목으로 돈을 뜯어낸 사실이 드러나 공갈죄로 구속했다.

이들 중에 단연 압권은 《○○환경신문》 대표 H였다. 이 사람은 남양주시청에서 폐기물을 받아 처리하는 업체를 협박하여 광고비 명목으로 5천여만 원을 뜯어내는 등 드러난 공갈 범죄가 7건이나 되었다. H는 죄질이 아주 나빴기 때문에 반드시 검거하려고 했으나 수사한다는 소문을 듣고 잠적해 버렸다. 수사관들이 H의 주거지 앞에서 택시를 빌려서 잠복근무까지 했으나 결국 잡지 못했다. 결국 H를 지명 수배할 수밖에 없었는데, 그렇게 잡으려고 했던 H가 몇 개월 후에 불심검문에 걸려서 잡혀 왔다.

조·중·동 환경신문이 제조업체나 폐기물업체를 등쳐서 피해를 입힌 사실을 밝혀내 환경 관련 사이비 언론을 일망타진했다. 드러난 혐의 이외에 얼마나 많은 민폐를 끼쳤을지 불 보듯 뻔하다. 1998년 가을을 기점으로 이 분야 사이비 언론은 크게 위축되었거나 소멸했을 것이다.

IT 터미네이터 검사

"선배님, 축하해요. 이제 IT 검사가 되겠어요". 특수 전담 김○○ 검사가 그해 인사에서 내가 정보통신부 초대 파견 검사로 발령이 난 것을 축하해 주었다. 나는 기계를 다루는 데 별 취미가 없어서 그때나 지금이나 컴퓨터에 밝지 못했다. 그런 내가 정보통신부라고 하는 IT의 핵심 부처에 법률자문관으로 파견을 가게 되었으니 나 스스로도 어안이 벙벙했다.

검찰의 파견 제도는 다른 부처와 달리 좀 특이했다. 다른 부처는 통상 경쟁에서 뒤처진 인력을 파견으로 돌린다고 들었는데, 검찰은 우수 검사를 다른 부처에 파견 보냈다. 검사들이 외부 기관에 파견을 가려고 하는 이유는 수사에 지쳐 있는 상태이기에 새로운 분야에서 사람도 사귀고 전문 지식도 배우고 싶기 때문이고, 나중에 복귀할 때 해당 부처의 장이 고생했다고 인사를 챙겨주기 때문이다. 그래서 최고 인기 있는 파견처가 청와대, 국회, 국가정보원 등 이른바 힘이 막강한 부처들이다.

나는 서울지방검찰청 서부지청(지금은 서울서부지방검찰청으로 승격되었음)에서 열심히 일을 한 실적을 인정받아 파견을 가게 되었던 것이다. 법무부는 검사의 적성과 전문성을 감안하여 파견을 보내지만 꼭 그런

것만 아니었다. 검찰 간부들은 검사들은 뭘 맡겨 놔도 잘한다는 오랜 믿음을 가지고 있다. 아마 그런 차원에서 전문성이 전혀 없는 나를 정보통신부에 파견하지 않았을까 생각한다.

정보통신부에 파견을 갔지만 한 달 정도는 아무것도 할 일이 없었다. 검찰에 있을 때 내가 이러다 과로로 죽을 수도 있겠다 싶을 정도로 격무에 시달렸었는데, 어느 날 갑자기 아무런 일도 없이 방에 혼자 남아 있게 되었다. 나는 마치 금단 증상에 시달리는 환자처럼 안절부절 못하고 좁은 방을 빙빙 돌았다. 그렇게 한 달쯤 지났을 때 어느 사무관이 법률 자문을 받으러 왔다. 아, 얼마나 기다렸던 손님인가. 나는 최선을 다해 자문을 해 줬다. 그랬더니 그게 소문이 나서 사무관이나 서기관들이 한 명씩 찾아오기 시작했다. 2년을 채우고 정보통신부를 떠날 때 하루는 너무 바쁘고 힘들어서 그날 했던 자문 건수를 체크해 보았더니 총 8건이나 자문을 해 줬다는 사실을 알고서 나 스스로 놀란 일이 있었다. 정보통신부 파견을 마치고 검찰에 돌아갈 때 내 방 캐비닛 2개가 자문해 준 서류로 가득 찼을 정도였다.

정보통신부에서 했던 일들 중에서 가장 보람 있었던 일은 정보통신부가 개인정보 보호와 IT 기반 구축에 관한 기본적인 법 제도를 만들 때 동참했다는 사실이다. 이는 매우 귀중하고 의미 있는 경험이 됐다.

하루는 정보보호심의관실 소속 기획과장 A가 찾아왔다. 정보통신기반보호법을 제정하는 작업을 하고 있는데, 부처 간 협의가 안 돼 어려움이 많으니 도와달라고 했다. 이미 법안의 초안은 만들어져 있었다. 정보통신기반보호법은 해킹, 컴퓨터 바이러스, 서비스 거부 공격 등 전자적 침해 행위로부터 주요 정보통신 기반시설을 보호하기 위한

법이었다. 주요 정보통신 기반시설은 국가안전보장·행정·국방·치안·금융·통신·운송·에너지 등의 업무와 관련된 전자적 제어·관리 시스템 및 정보통신망을 말한다. 한마디로 가장 중요한 통신 시설과 전산실을 해킹으로부터 보호하는 법이었다. 법의 취지는 충분히 공감이 가고 시급한 법이어서 별다른 쟁점이 없을 것으로 보였으나 그렇지가 않았다.

이 법을 추진하는 책임 부처는 정보통신부였으나 이 법의 내용을 보면 요소요소에 국가정보원의 권한 조항이 들어 있었다. 명찰은 정보통신부의 법이었으나 실질은 국가정보원의 법이었던 것이었다. 정보보호 기획과장 A가 내게 도움을 요청한 내용도 부처 협의를 할 때 같이 참여하여 국가정보원 직원들을 설득해 달라는 것이었다. 자신들은 겁이 나서 제대로 말을 못 하니 현직 검사가 대신 나서 달라는 취지였다. 그 후 정보통신부와 국가정보원은 이 법안을 두고 몇 차례 부처 협의를 했다. 나는 그때마다 참석하여 문제 조항에 대하여 법리적 논거를 제시하며 삭제의 당위성에 대해 설명하고 관철시키곤 했다. 그렇게 하나둘 정성을 기울이다 보니 문제 조항 10여 개 중에서 1개만 남기고 모두 정리하는 나름의 성과를 거두게 되었다. 끝까지 미해결된 문제 조항은 바로 이 법 제7조에 규정된 국가정보원이 기술적 지원을 어느 범위까지 수행할 수 있는지에 관한 내용이었다. 이에 대해 실국장 선에서는 더 이상 의견이 좁혀지지 않았다. 정보통신부는 국가정보원이 기술적 지원을 한다는 명분으로 다른 부처의 전산실이나 민간 통신회사나 금융기관의 전산실에 들어오는 것을 우려했다. 반면 국가정보원은 기술 지원을 민간 보안업체에 맡길 수 없다는 논리를 폈다.

실국장급에서 부처 협의가 실패하면 결국 차관회의에서 논의할 수밖에 없다. 나는 차관회의를 앞두고 정보통신부 정보보호심의관실과 정보통신부 차관이 발언할 내용을 협의했다. 그리고 정보통신부 차관의 발언에 대하여 국가정보원 차장이 발언을 하면 이어서 법무부 차관이 발언할 내용을 법무부 법무심의관실과 미리 협의해 두었다. 차관회의 당일 정보통신부 차관이 법안을 발표했고, 그 안에 대하여 국가정보원 차장이 문제점을 지적하는 발언을 했다. 양 부처의 차관이 부딪히는 상황이 되자 법무부 차관이 중재안을 제시했고, 결국 그 중재안대로 합의가 이루어졌다. 이렇게 차관회의가 끝나는가 싶었으나 일이 그렇게 간단히 끝나지는 않았다. 국가정보원 차장이 돌아가 합의 내용을 보고했으나 국가정보원장이 합의안에 반대했기 때문이다. 결국 차관회의가 다시 열렸고, 이번에는 국무조정실장이 적극적으로 중재에 나서 현장에서 문구를 작성하여 최종 합의에 성공했다. 정부안이 성사되어 국무회의를 통과했고 법안이 국회에 송부되었다.

그러나 이번에는 국회 과학기술정보통신위원회 법안 소위에서 문제가 생겼다. 법안 소위 위원이었던 A의원이 국가정보원 직원 2명을 소위 회의실에 대동하고 들어와서 정부 협의 단계에서 국가정보원의 입장이 반영되지 않았으니 국가정보원의 주장을 들어 보자고 제의했다. 이때는 김대중 정부였고, A의원은 야당 의원이었다. 국가정보원 직원은 상당한 시간 동안 이 법이 이대로 가면 국가안보에 큰 문제가 발생한다는 취지의 주장을 폈다. 소위 위원장이 정보통신부 의견이 뭐냐고 물었다. 정보통신부 B실장은 정부 단계에서 차관회의를 두 번이나 할 정도로 충분히 협의를 해서 온 법안이라고 설명하면서 이 자리에 법무부 파견 검사가 나와 있으니 법무부 의견을 들어 달라고 요청했다. 나는 국가정보원의 의견을 들었으니 법무부의 대표를 불러서 의견을 들어 달라고 요청했다. 일이 이렇게 되자 소위 위원장은 A의원이 법무부와 국가정보원 양측의 의견을 들어서 중재안을 만들면 이 안을 소위원회 안으로 하겠다고 정리했다. 그렇게 법안 소위가 끝났다.

그러나 A의원은 법무부의 대표를 부르지 않았다. 오후에 과학기술정보통신위원회가 열렸다. 법안 소위 위원장이 A의원이 만든 안을 소위 안으로 하기로 했다고 보고했다. 이어서 A의원이 법안을 발표하려고 했다. A의원은 법무부의 의견을 듣지 않았기 때문에 A의원이 발표할 법안은 틀림없이 국가정보원의 요구가 반영된 안일 가능성이 매우 높았다. 상황이 매우 긴박했다. 나는 긴급하게 법무부에 상황을 알렸다. 그로부터 3분쯤 후에 당시 야당의 실세 중진 의원 C에게 메모가 전달되었다. 그리고 C의원이 손을 들어 발언권을 얻어 발언했다. "본 의원이 알기로는 법무부의 반대 의견이 있는데, 반영되지 않았다고 합니다". A의원은 당황한 빛이 역력했다. 그렇게 해서 이 법안은 다시 소위로 되돌려졌다. A의원을 앞세운 국가정보원의 막판 뒤집기는 실패했다. 법안은 정부 원안대로 소위를 통과했고, 상임위를 통과했다. 이제 법이 제대로 가는가 싶었는데, 그렇지도 않았다. 산 넘어 산이라는 생각이 들 정도로 넘어야 할 관문이 많았다.

사달은 법사위에서 벌어졌다. 법사위 소위에서 이번에 여당 D의원이 국가정보원의 입장을 대변했다. 소위 회의장 밖에는 법무부 검사들이 나와 있었고, 국가정보원 직원들도 여럿 나와 있었다. 그중에는 국가정보원에 파견된 검사도 나와 있었는데, 법무부 검사가 국가정보원 파견 검사에게 "형이 이 자리에 있으면 안 되지"라고 쏘아부치자

무안해하며 돌아가 버렸다. 법사위 소위 회의실에서 이번에는 정보통신부가 법무부와 국가정보원 사이에서 중재를 했다. 다행히 법사위는 법무부의 말발이 통하는 상임위였다. 이런 복잡한 과정을 거쳐 탄생한 법이 바로 정보통신기반보호법이다. 이 법을 떠올릴 때마다 난산의 위기와 고통을 이겨내고 순산한 산모의 심정이 되곤 한다.

만약 그때 국가정보원의 요구를 모두 들어주었다면 그 후 불법 도청 사건으로 국가정보원장이 구속되는 사건에서 보았듯이 주요정보통신기반시설에서 개인정보가 누설되는 사건이 발생했을 가능성이 높다. 나는 정보통신기반보호법이 올바르게 제정될 수 있도록 최선을 다했고, 성과를 이룬 데 대해 뿌듯한 기쁨을 맛봤다.

또 하나 중요한 법안이 이 시절에 만들어졌다. 바로 정보통신망이용촉진및정보보호등에관한법률 개정 법률안이었다. 이 개정 법률안은 개인정보를 보호하는 내용들로 구성되어 있었다. 이 당시 OECD는 개인정보 보호에 관한 가이드라인을 만들어서 각 회원국에 제시했다. 정보통신부가 OECD의 정보보호 가이드라인을 법률로 도입했던 것이 바로 이때였다. 지금은 개인정보 보호가 매우 중요한 이슈였지만 이때만 해도 그 중요성을 심각하게 느끼지 못하던 때였다. 나는 정보통신부가 개인정보보호에 관한 기본법인 정보통신망이용촉진및정보보호등에관한법률 개정 법률안을 만들 때 동참했던 것을 큰 보람으로 여기고 있나.

정보통신기반보호법과 정보통신망이용촉진및정보보호등에관한법률 개정 법률안이 국회를 통과하고 그해 연말에 정보통신부 직원 회식을 할 때 나는 정보통신부 간부와 직원들로부터 감사 인사를 받았다.

2002년 2월 25일 중앙일보 '사람과 사람' 섹션에 '정통부에 날리는 IT 검사'라는 제목으로 내 활약상이 보도되었다.

지난해 7월부터 정통부에 정보통신법률자문관으로 파견돼 일하고 있는 이건태(36) 검사. '정통부 파견검사 1호'인 그는 부처 내에서 '사이버테러 터미네이터', 'IT자문변호사', 'IT전도사' 등 여러 가지 애칭을 얻었다. (…)

정통부에서 그가 하는 역할은 IT 관련 법의 초안 작성, 문제점 지적 및 대안 제시, 국회 토론 참여 등 다양하다. (…)

그동안 정보통신기반보호법 제정과 정보통신망이용촉진및정보보호등에 관한법률의 전면 개정에 관여했다.

IT 문외한이던 내가 IT의 책임부처인 정보통신부에서 IT 관련 기반을 놓는 데 참여하고 그 공을 인정받아 정보통신부장관 표창도 받았으니 그 시절을 생각하면 뿌듯한 생각이 든다.

삽을 들고 나갑시다

2002년 8월 나는 창원지방검찰청 거창지청 지청장으로 발령을 받았다. 동기들이 서로 지청장을 나가려고 경쟁을 했다. 운이 좋게 지청장을 나가게 되었다. 거창지청처럼 소규모 지청이 전국에 16개가 있다. 평검사로 10여 년을 근무하면 드디어 지청장 인사를 맞게 된다. 소규모 지청의 지청장부터 부장검사의 직급에 해당한다. 평검사 생활 전체를 놓고 평가를 받아 선택을 받는 것이니 그 의미가 적지 않다. 지난 10여 년간 평검사로서 열심히 일했던 것을 평가받게 되어 정말 기분이 좋았다. 인사를 관장하는 검찰1과 검사에게 전화하여 인사 후평을 물어봤더니 "공정하게 지난 10년을 평가하여 내린 인사이니 자부심을 가져도 됩니다"라는 답을 들었다.

경남 거창은 경남 서북부 지역을 대표하는 거점 지역이다. 그래서 거창, 합천, 함양 등 서너 개 군을 관할하는 각종 관공서들이 모두 거창에 있다. 아주 오래 전에는 거창이 오지 중에 오지여서 부산지방검찰청에서 직원이 사고를 치면 그 벌로 '거창을 갈래 아니면 사표를 낼래'라고 물으면 십중팔구 사표를 내겠다고 했다는 우스갯말이 있을 정도였다. 내가 지청장을 갔을 때는 대전 진주 간 고속도로가 뚫려서 격지일지언정 오지는 아니었다. 서울에서 3시간 정도면 도착할 수 있었다.

거창의 첫 느낌은 내 고향 영암과 너무 똑같았다. 읍내의 모습도 똑같았고 사람들이 사는 모습도 똑같았다. 마치 고향에 온 것처럼 편안했다.

거창지청에 부임한 지 일주일쯤 되었을 때 폭우가 쏟아지기 시작했다. 태풍 루사가 들이닥쳤다. 거센 폭풍과 함께 양동이 퍼붓듯이 비가 쏟아졌다. 함양군 마천면 내마마을 주민 4명이 산사태로 귀중한 목숨을 잃었다. 양○○ 검사가 사체 인도 지휘를 하고 보고를 했다. 마을 위쪽에서 산사태가 났고, 집채만 한 바위 2개가 굴러 내려오면서 마을을 짓뭉개 버렸다. 마침 대부분의 주민들은 마을회관에 모여서 텔레비전을 보고 있어서 화를 면했으나, 집에 있던 주민들이 화를 당했다.

나는 창문을 통해 비가 주룩주룩 내리는 걸 바라보면서 검찰은 이 상황에서 무얼 해야 하는가를 고민했다. 김○○ 사무과장에게 어떻게 하는 게 좋은지 상의를 했다. 검찰이 대민봉사기관이 아니어서 딱히 할 일이 없으니 나중에 수재 의연금을 모아 군청에 전달하면 되겠다고 보고했다. 맞는 말이었다. 임무와 기능이 다르니 검찰이 달리 할 일은 없었다. 그러나 이성적으로 이해가 되면서도 농촌 출신으로서 그저 지켜보고만 있다는 것이 도저히 용납이 안 되었다. 나는 검찰과 지역범죄예방협의회(지금은 '법사랑회'로 이름이 바뀌었음) 합동회의를 개최했다. 나는 이렇게 말했다. "비록 검찰 본연의 업무는 아니지만 우리 지역이 태풍 루사로 초토화되었는데, 이 상황에서 그냥 보고만 있을 수 없습니다. 검찰이 최대한 직원들을 뽑아 인력을 지원할 테니 건설업에 종사하는 범죄예방위원회 간부님들은 장비를 지원해 주시면 감사하겠습니다. 그래서 거창, 합천, 함양에서 1개 마을씩을 맡아서 복구를 도웁시다". 그래서 거창 사과마을, 합천 양계장, 함양 내마마을을 선정하여 복구 작업을 했다.

나는 거창 사과마을, 합천 양계장, 함양 내마마을에 가서 삽을 들고 직원들과 함께 복구 작업을 했다. 함양 내마마을에 갔더니 천○○ 함양군수가 바로 조금 전에 민주당 노무현 대통령 후보가 다녀갔다고 알려 주었다. 집채만 한 바위 2개는 마을을 깔아뭉갠 뒤에 마을 아래 논바닥에 보무도 당당하게 놓여 있었다. 자연재해가 그렇게 무서운 것을 그때 처음 현장에서 실감했다.

태풍 루사는 과히 역대급이었다. 전국에서 124명이 사망하고 60명이 실종되었으며, 8만 8,625명의 이재민이 발생했다.

그런데 태풍 루사로부터 딱 1년 뒤 2003년 9월에 태풍 매미가 들이닥쳤다. 태풍 매미 역시 태풍 루사를 능가하는 역대급이었다. 매풍 매미도 거창지청 관내인 거창, 합천, 함양에 큰 피해를 주고 떠났다. 태풍 매미로 인한 피해로 전국에서 117명이 사망하고 13명이 실종되었으며, 1만 975명의 이재민이 발생했다.

나는 태풍 매미 때에도 태풍 루사 때와 똑같은 방법으로 각 군당 1개 마을씩 복구 작업을 도왔다.

거창에서 근무하면서 가장 잘한 일이 뭐냐고 묻는다면 주저 없이 태풍 루사와 태풍 매미 때 대민 봉사를 한 일이라고 말할 수 있다.

천기누설

해인사는 국내 최대 사찰로서 국립공원인 합천군 가야면 가야산 자락에 있다. 가야산을 뒤로하고 매화산을 앞에 두고 있어 그 웅장한 모습과 주변 경관이 어우러져 매우 아름답다.

나는 합천 해인사가 창원지방검찰청 거창지청의 관내에 있었기 때문에 지청장으로 근무하는 동안 외부에서 손님이 오시면 관내 유명 관광지로 합천 해인사를 안내해 드렸다. 국민들에게 많이 알려져 있는 성철 스님도 합천 해인사에서 수도를 하신 분이고, 내가 근무할 당시에 합천 해인사 방장 법전 스님이 대한조계종의 종정 스님이었기 때문에 합천 해인사의 위상이 더욱 높았다.

합천 해인사는 신라 의상대사의 법손인 순응(順應), 이정(利貞) 두 스님이 신라 제40대 애장왕 3년(802) 10월 16일 왕과 왕후의 도움으로 창건했다. 법보종찰(法寶宗刹) 해인사는 불보사찰(佛寶寺刹) 통도사, 승보사찰(僧寶寺刹) 송광사와 더불어 한국의 삼보 사찰로 꼽힌다. 해인사를 일러 법보종찰이라 하는 것은 고려대장경, 곧 팔만대장경이라고도 불리는 무상법보를 모시고 있는 까닭이다.

내가 거창지청장에 부임한 때가 2002년 8월이었는데, 그해 10월 1일 해인사 창건 1,200주년 개산대재가 2,000여 스님과 불교 신자, 축하객

이 참석한 가운데 경남 합천 해인사에서 열렸다.

그런데 2002년 12월 대통령 선거가 있었기 때문에 이 행사에는 대권 후보나 후보 부인들, 정치인들이 불심을 잡기 위하여 방문했다. 내 기억에 노무현 대통령의 부인 권양숙 여사도 이때 참석했다.

행사가 끝나고 합천경찰서에서 아주 흥미로운 정보 보고를 보내 왔다. 종정 법전 스님과 권양숙 여사가 나눈 대화를 정리해서 보냈는데, 연극 극본처럼 대화체로 정리되어 있었다. 그날 행사가 끝나고 다른 귀빈들은 모두 돌아갔으나 불교 신자인 권양숙 여사는 종정 알현을 청했고, 종정께서 허락하여 만남이 이루어졌다고 했다. 그때 대화 내용을 다시 기억해 보면 대략 이러했다.

> **권양숙 여사**: 종정께서 알현을 허락하셔서 감사합니다.
>
> **종정 스님**:　먼 길 오시느라 고생이 많으셨습니다.
>
> **권양숙 여사**: 제가 불자로서 아직 법명이 없습니다. 저에게 법명을 내려 주시면 영광이겠습니다.
>
> **종정 스님**:　대덕화라고 하시는 게 좋겠습니다.
>
> **권양숙 여사**: 이렇게 큰 이름을 내려 주셔서 영광입니다. 그런데 제가 이렇게 큰 이름을 받아도 될지 모르겠습니다.
>
> **종정 스님**:　자격이 충분하니 지금 지지율이 낮다고 너무 심려하지 마십시오.

대략 위와 같은 내용이었다. 권양숙 여사는 매우 흡족한 기분으로 돌아갔다고 했다. '대덕화'라는 법명은 과거 육영수의 여사의 법명이었다. 내가 지금 그 보고서를 갖고 있지는 않으니 100% 장담을 할 수는 없으나 종정 스님이 분명히 대통령 당선을 암시하는 표현을 쓰셨다고 정보 보고되었던 것으로 기억된다. 검사가 이 보고서를 자기고 와서 '노무현 후보가 지지율이 제일 낮아 현재로서는 당선 가능성이 희박한데, 종정 스님이 이렇게 말씀하시니 이걸 어떻게 받아들여야 할지 모르겠습니다'라는 취지로 당황해하며 내게 설명했던 기억이 지금도 생생하다. 2002년 9월 22일 실시한 갤럽 여론조사에서 이회창 31.3%, 정몽준 30.8%, 노무현 16.8% 순이었으니 그 당시로서 노무현 후보가 당선될 가능성이 낮아 보였다. 종정 스님의 말씀을 덕담으로 본다면 여론조사 수치를 감안할 때 과한 측면이 있었고, 미래 예측으로 본다면 예사로이 볼 일이 아니었다. 나는 검사에게 혹시 나중에 이 보고가 역사가 될지도 모르니 이 보고 내용을 그대로 대검찰청에 정보 보고하라고 지시했다. 아마 대검찰청에 그 정보 보고서가 남아 있으리라고 생각된다.

그런 일이 있고 난 후 얼마 지나지 않은 10월 27일 노무현 후보가 종정 스님을 알현하기 위하여 해인사를 방문했다. 합천경찰서에 따르면, 종정 스님이 큰 법명을 주신 것에 감사하기 위하여 그날 있었던 대구 팔공산 동화사(桐華寺) 개산 1509주년 기념법회에 참석하는 길에 일부러 들렀다고 했다. 노무현 후보와 종정 스님의 대화도 역시 대화체로 보고되었다. 그 대화도 기억나는 대로 그 취지를 살려 재구성하면 대략 이러했다.

노무현 후보: 종정 스님께서 제 내자에게 큰 이름을 주셔서 감사합니다.

종정 스님: 지금 지지율이 낮다고 실망하지 마십시오. 자격이 충분합니다.

2002년 12월 19일 노무현 후보는 드디어 대통령에 당선되었다. 노무현 후보가 대통령에 당선되는 경로는 그야말로 한편의 드라마였다. 우리 정치사에서 처음으로 국민 경선 방식으로 치러진 민주당 당내 경선이 시작되었을 때 단연 대세는 이인제 후보였다. 그런데 아무도 예상하지 못한 결과가 나왔다. 광주 지역 경선에서부터 노무현 후보 돌풍이 불었고, 그것으로 경선은 끝이었다. 그러나 노무현 후보는 민주당 대통령 후보가 된 이후에 높았던 지지율이 빠지기 시작하여 이회창 후보에게 크게 뒤지는 상황이 되었다. 더욱이 대한축구협회장이었던 정몽준 후보는 월드컵 4강 신화에 힘입어 인기가 급상승하면서 대통령 선거전에 뛰어들었다. 노무현 후보의 지지율이 3위로 밀리자 정몽준 후보와의 단일화를 요구하는 목소리가 커졌다. 노무현 후보는 후보 단일화를 받아들이는 도전을 감행했고, 간발의 차이로 정문준 후보를 이겼다. 그런데 투표 전날 밤 정몽준 후보가 갑자기 지지를 철회하면서 또 다시 위기를 맞았다. 투표 당일에도 오전까지만 해도 폐색이 짙어 보였으나 오후가 되면서 지지자들이 결집하고, 이심전심으로 주변 사람들을 독려하여 투표장에 나오게 함으로써 예상을 깨고 막판 뒤집기에 성공했다. 노무현 후보는 진정한 승부사였다.

나는 대통령 선거가 끝난 후 합천 해인사 주지 세민 스님을 뵈었다. 그리고 종정 스님이 권양숙 여사에게 했던 그 말씀에 대하여 물었다. 세민 스님은 내가 그 문제를 묻자 매우 당혹스러워했다. 종정 스님의 그 말씀을 두고 불교계에서 이런저런 말들이 있었다는 얘기도 나중에 듣게 됐다. 세민 스님의 말씀은 '덕담'보다는 '예언'에 무게 중심이 있었다. 종정 법전 스님은 과연 미래를 보았던 것일까?

성민보육원

경남 함양읍에 성민보육원이 있다. 나는 설이나 추석 때 불우이웃을 챙기는 행사를 할 때면 항상 성민보육원을 찾았다. 신○○ 원장은 대학생 때 이곳에 자원봉사를 왔다가 아이들을 돌보는 일을 천직이라고 생각하여 눌러앉았다. 그리고 전(前) 원장님이 신 원장의 장인어른이 되었다. 신 원장 내외의 봉사 정신과 아이들에 대한 사랑은 각별하다.

신 원장은 자원봉사자들이 명절 때 물품을 제공하기 위하여 방문하면 본인이 방문객들과 기념 촬영을 하고 아이들은 같이 찍게 하지 않는다. 이곳 아이들은 마치 자기 집처럼 편안하게 지낸다. 부모들 중에 못된 사람들은 아이들을 학대하는 경우도 있다. 또 부모가 있더라도 경제적 사정이 어려워 아이들의 생활환경이 대단히 열악한 경우도 있다. 그에 비하면 성민보육원의 아이들은 훨씬 좋은 환경에서 사랑과 관심을 받으면서 자라고 있다.

신 원장으로부터 들은 이야기 중에 감동을 받은 일이 있다. 보육원의 아이들은 성년이 되면 출원해야 한다. 출원할 때쯤 나이가 대학교에 입학할 무렵이므로 보육원 아이들은 대학교에 입학할 수 없다. 정부가 보육원 아이들의 대학 학비를 지원하지 않고, 보육원도 아이들의 대학 학비를 댈 능력이 안 된다. 그러나 신 원장 부부 입장에서는 친자식처럼 기른 아이들인데 성년이 되었다고 하여 대학교에 가고 싶어 하는데도 보내 주지 못한다는 것이 대단히 마음이 아픈 일이라고 했다. 그래서 신 원장 부부는 돈을 아끼고 모아서 아이들을 대학교까지 보내고 있었다. 심지어 학교 부근에 방을 얻어줘 가면서까지 친자식처럼 챙겨 주고 있었다. 아이들이 한둘이 아니고 재정 상황이 허락해야 하는 것이니 지금은 어떤지 모르겠지만, 내가 지청장을 할 때는 그랬었다.

성민보육원은 믿음이 가는 복지 시설이다. 신 원장 부부는 아이들의 진짜 아빠, 엄마다. '이 시설은 정부의 지원금과 시민들의 기부금을 모두 아이들을 위해 사용하겠구나' 하는 신뢰가 드는 시설이다. 신 원장 부부처럼 훌륭한 분들이 있고, 믿을 수 있는 복지 시설이 있기에 불운하게 태어난 아이들이 방치되지 않고 행복한 삶을 만들어 갈 수 있다.

당장 송치하라고 하세요

거창지청처럼 작은 지역을 관할로 둔 검찰은 수사권 행사를 가급적 자제해야 한다. 경찰에서 송치된 사건이나 고소고발 사건을 정확하게 처리해 주면 충분하다. 법질서를 확립하겠다고 단속 활동을 강화하게 되면 지역사회를 불안하게 할 우려가 있다. 과거에 수사권을 과도하게 행사하다가 지역사회에 불안감을 조성하고 불만을 초래한 사례들이 있었다. 이런 기관장들은 떠난 후에 두고두고 욕을 먹기 십상이다.

소규모 검찰청이 수사권 행사를 자제한다고 하여 꼭 필요한 경우에도 참으라는 소리는 아니다. 지역사회에서 반드시 해결해야만 하는 사건이 있다. 시·군 단위 지역이라고 하더라도 지방의원, 지역유지 등이 나쁜 짓을 하여 지탄의 대상이 되는 경우도 종종 있게 마련이다. 그런데 지방의원이나 지역유지들이 잘못을 저질러도 경찰이 소극적으로 수사를 하거나 안면에 바쳐서 수사가 유야무야되는 경우도 있다. 지역사회가 안에서는 불만이 팽배해 있음에도 겉으로는 아무 일도 없는 것처럼 보이는 수가 있다. 검찰은 이처럼 지역사회에서 지탄의 대상이 된 사건을 반드시 해결해 줘야 한다. 그것이 검찰의 존재 이유이다.

2002년 6월 제3회 전국동시지방선거가 있었다. 합천군의회 의장 A

는 그 선거에서 경쟁 후보가 없어서 무투표로 당선되었다. 모르는 사람들은 얼마나 인기가 있었으면 경쟁 후보가 없었냐고 축하해 주었다. 그러나 A가 출마가 예상되는 경쟁자를 매수하여 출마를 포기시켰다는 사실을 알 만한 사람들은 다 알고 있었다. 이 소문은 차츰 퍼져서 합천군 전체가 수군대기 시작했다.

드디어 합천경찰서가 수사에 착수했다. 그런데 수사에 착수했다는 보고를 받았는데 성과가 없이 시간이 계속 흐르고 있었다. 공직선거법 위반 사건의 공소시효는 선거일로부터 6개월이었다. 6개월이 지나면 공소시효가 완성되어 면죄부가 주어지는 셈이 된다. 최○○ 검사가 합천경찰서 수사 과장에게 왜 수사에 진척이 없는지를 물어보았다. 경찰의 대답은 심증은 명백한데 범행을 부인하고 있고 물증이 없어서 어떻게 할 방법이 없다는 취지였다. 경찰에 계속 맡겨 둔다고 해결이 날 것 같지 않았다. 당장 송치 명령을 내려서 송치받아 처리하는 게 맞는다는 판단이 들었다. 그러나 한편으로는 송치 명령을 내려 송치를 받았는데 우리도 해결을 못 하면 어떻게 하나 하는 걱정이 되었다. 검찰이 송치 명령을 내렸다는 소식이 주민들에게 알려질 거고 합천군민 전체가 검찰의 수사를 지켜보게 될 텐데, 은근히 걱정이 아닐 수 없었다.

나는 그래도 송치를 받아서 우리가 해결을 해야 한다고 판단했다. "최○○ 검사, 즉시 송치하라고 하세요. 죽이 되든 밥이 되든 우리가 해결합시다".

최○○ 검사가 합천경찰서에 즉시 송치하라고 지시했다. 최 검사실과 수사계로 수사팀을 구성했다. 최 검사는 사건을 송치받아 기록을 검토했다. 그야말로 광범위하게 기초 자료를 조사했다. A와 매수 대상자의 계좌를 추적하고 은행 CCTV를 확인하고 가능한 모든 자료를 수집했다. 경찰이 확보하지 못한 많은 증거가 확보되었다. 드디어 A를 불렀다. 최○○ 검사가 오전 일찍부터 조사를 시작했다. 퇴근하여 관사에서 수사 결과를 기다리고 있었다. 밤 9시가 채 되지 않아 최 검사로부터 전화가 왔다. "청장님, 자백 받았습니다. 사건 전모가 밝혀졌습니다". 그렇게 하여 송치 받은 지 채 일주일이 안 돼 최 검사는 합천군의회 의장 A를 후보 매수 혐의로 구속했다. 그렇게 합천군 전체를 수군거리게 만들었던 사건은 해결되었다.

어항 속 금붕어

거창 읍내에는 초등학교가 두 곳이 있다. 하나는 국공립인 거창초등학교이고, 하나는 사립인 샛별초등학교이다. 거창지청장으로 부임해서 보니 샛별초등학교의 인기가 높았다. 샛별초등학교가 사립이어서 시설이 더 좋고 잘 가르친다고들 말했다. 샛별초등학교는 1964년에 설립되었으며 명문 거창고등학교와 같은 재단 소속이다. 거창초등학교는 1907년에 설립된 학교로서 거창을 대표하는 초등학교이다. 거창 사람들은 대부분 거창초등학교를 졸업한 사람들이다. 나는 아이가 둘인데 모두 거창초등학교에 보냈다. 내 아이들이 비록 1~2년 짧은 기간 동안 거창에서 살게 될 공산이 컸지만 거창 친구를 많이 사귀었으면 하는 바람이 있었기 때문이다. 나중에 아이들이 컸을 때 거창 이야기가 나오면 "저도 거창초등학교 출신입니다"라는 말을 할 수 있도록 만들어 주고 싶었다.

아이들은 넓은 운동장에서 뛰어 놀았고 시골 친구들도 많이 사귀어 친구들 집에 가서 놀기도 하고 논둑, 밭둑을 돌아다니며 내가 어린 시절 했던 불놀이도 하며 즐겁게 놀았던 것으로 기억한다. 남의 집 강아지가 아이들을 따라 우리 집까지 따라온 적도 있다. 아마 이 시기가 아이들이 가장 여유롭고 어린이답게 지냈던 때가 아니었나 싶다. 이는 아이들에게 꿈 많던 어린 시절의 추억을 만들어 주고 싶어 했던 마음 한편의 바람이 표출된 것인지도 모르겠다.

거창 읍내라는 작은 도시에서 살다 보면 금방 얼굴이 알려진다. 흔히 말해 바깥출입을 하는 사람이라면 대부분 거창지청장의 얼굴을 알고 있다고 보면 된다. 마치 어항 속의 금붕어처럼 행동거지가 조심스러울 수밖에 없다. 지청장이 어젯밤에 누구를 만나 저녁을 먹었는지 그다음 날이면 알 만한 사람은 다 안다.

거창지방에는 지역지인 《거창신문》이 있었다. 하루는 《거창신문》을 보다가 한 기사를 보고 깜짝 놀랐다. 그 기사의 내용을 간략히 정리해 보면 이렇다.

'거창 지역 검찰 책임자가 법질서 준수를 솔선수범했다. 본지 기자가 우연히 우리 지역 검찰 책임자가 가족과 함께 나들이 나온 것을 발견했다. 그는 상가들이 밀집한 편도 1차선 도로 앞에서 가족들과 도로를 건너야 하는 상황인 듯싶었다. 기자는 거창지청장 가족이 어떻게 하는지 지켜보았다. 편도 1차선 도로이고 마침 통행하는 차도 없었으니 무단횡단하더라도 아무 문제가 없었다. 그는 무단횡단 해서는 안 된다면서 가족들을 데리고 그곳에서 50미터를 더 가서 횡단보도를 건너서 길을 돌아왔다. 비록 작은 일이었지만 우리 지역 검찰 책임자가 법질서를 준수하고 솔선수범하는 모습을 보여 준 것은 준법정신의 표출이었다.'

순간 등골이 오싹해지는 느낌을 받았다. 나뿐만 아니라 내 가족들도 일거수일투족이 누군가에 의해 유심히 관찰되고 평가될 수 있음을 새삼 깨달았기 때문이다. 이때부터 우리 가족은 서울에서 누릴 수 있었던 익명성의 자유를 포기해야만 했다. 거창 시골 지역이었지만 마음 편하게 쇼핑도 못할 정도로 주변의 눈을 의식할 수밖에 없었다.

우리 가족은 일요일이면 읍내에 있는 칼국수 집에 가서 해물칼국수를 먹곤 했다. 손으로 칼국수 면발을 뽑아 칼국수 면이 좀 굵어서 가는 칼국수 면에 비해 먹는 맛이 있었다. 해물도 충분히 넣어 주기 때문에 국물 맛이 진했다. 그런데 이 칼국수 집에는 주차장이 없었다. 그래서 먼 곳에 있는 주차장에 차를 세워 두고 10분 정도 걸어서 와야 하는데, 그 중간에 앞에서 기자가 지적한 상가들이 늘어 서 있는 편도 1차선 길을 건너야 했다. 주차장에서 칼국수 집까지 오는 도중에 횡단보도가 최단거리에 있지 않기 때문에 무단횡단하지 않고 횡단보도를 건너려면 한참을 갔다가 거꾸로 돌아와야 하는 불편을 감수해야 했다. 가급적 횡단보도를 이용하는 등 교통질서를 잘 지키는 편이지만 내가 언제나 늘 횡단보도를 지킨다고 어떻게 장담할 수 있겠는가. 다행히 그날은 무슨 이유였는지 횡단보도 아닌 찻길을 그냥 뛰어서 막 건너려는 아이들을 달래서 한참을 빙 돌아서 횡단보도를 건너 식당으로 갔던 것인데 그 순간 하필 나를 아는 《거창신문》 기자의 눈에 띄었던 모양이었다.

군수님,
묘지 옆에 나무 좀 심어 주십시오

하루는 사건 결재를 하는데 검사의 판단이 틀린 것 같아 양○○ 검사에게 전화를 했다.

"양 검사, 피의자들이 지적장애인들이고 기초생활수급자인데, 벌금을 낼 형편이 될까요?"

양 검사의 보고는 이랬다. 이 사건은 산림법 위반 사건이었다. 피의자들은 부부였는데, 두 사람 모두 정도가 심한 지적장애인이었다. 이 부부는 겨울철 난방을 위한 땔감에 쓰려고 남의 선산에 가서 묘지 주변 나무를 베었다. 이 사실을 안 선산 주인이 이 부부를 산림법 위반으로 고소했다. 양 검사는 이 부부의 사정을 딱하게 여겨서 고소인에게 고소를 취소해 줄 수 있는지 물었다. 그러나 고소인의 태도가 완강했다. 양 검사는 측은지심이 풍부한 사람이었다. 양 검사는 어떻게 해서든 고소 취소를 받아서 이 부부를 선처해 주고 싶어서 여러 차례 고소인과 통화를 했다. 그런 과정에서 고소인이 왜 고소 취소를 하지 않고 완강하게 이 부부의 처벌을 원하는지 그 이유를 알게 되었다. 고소인은 선산이 있는 합천 출신이고 서울에 살고 있었다. 그런데 무슨 일인지 고향 마을 사람들과 사이가 멀어졌다. 고소인은 고향 사람들이 자기를 미워한 나머지 이 부부를 꼬드겨서 자기 선산에서 나무를 베게 만들었다고 생각했다. 이 부부를 시킨 고향 사람들이 사과를 하지 않은 이상 고소를 취소해 줄 수 없다는 입장이었다.

고소 사건에서 죄가 인정이 되는 이상 고소 취소가 없으면 검사가 함부로 죄를 지은 사람을 용서해 줄 수 없다. 검사에게 기소 여부를 결정할 재량권이 있지만 재량권을 함부로 사용하는 것은 허용되지 않는다.

'그러면 그렇지. 양 검사가 섣불리 결정을 했을 리 없지'. 나는 양 검사의 고민이 충분히 이해가 되었다. 그렇다고 하여 이 불쌍한 부부에게 벌금을 부과할 수도 없었다. 고소 취소를 받을 수도 없고, 불쌍한 부부를 처벌할 수도 없었다. 내 기억에 그때가 아마 2월쯤이었던 것 같다. 이 일을 어떻게 하나?

나는 심○○ 합천군수에게 전화를 했다. "군수님. 부탁이 있습니다. 왜 식목일 날 나무 심지 않습니까? 이번 식목일에 이러저러한 사정이 있어서 딱한데, 거기에 나무 좀 심어 줄 수 있습니까?" 심○○ 군수는 흔쾌히 승낙을 했다. 나는 사건을 처리하지 않고 식목일이 되기를 기다렸다. 식목일에 묘지 주변에 나무가 심어졌다.

이제 검찰이 이 부부를 선처해 줄 수 있는 근거가 생겼다. 피해가 회복되었기 때문이다. 양 검사는 피해가 회복되었다는 것을 이유로 이 부부를 기소유예 처분했다. 그리고 고소인에게 그간의 사정을 설명했다. 고소인도 검찰이 이 부부를 용서해 준 이유를 이해했는지 항고를 하지 않았다.

청장님,
저 여기서 안 나가렵니다

　검사들은 격무에 시달린다. 내가 서울서부지청(지금은 서울서부지검)에서 기획 검사를 맡고 있을 때 지청장의 지시로 도대체 검사들이 어느 정도 야근을 하고 있는지를 전수 조사 한 일이 있었다. 주말을 빼고 월요일부터 금요일까지 모든 검사들의 퇴근 시간을 아무도 모르게 조사했다. 기획 검사가 지청장의 특명을 받아 퇴근 시간을 조사한다는 게 소문 나면 검사들은 신경이 쓰일 거고 또 좋아할 리가 만무하다. 그 당시 조사한 자료를 가지고 있지 않아서 정확한 통계가 없지만, 내 기억에 검사들이 평균 밤 9시 50분에 퇴근하는 걸로 조사되었다. 수치로 보면 실감이 나지 않을 수 있지만 하루도 빠짐없이 모두가 밤 9시 50분에 퇴근해야만 하는 직장이니 얼마나 격무인가? 조사를 하다 보니 신기한 경우도 발견되었다. 어느 검사는 평균 퇴근 시간이 늘 자정 이후였다. 이 검사는 첫 손에 꼽힐 정도로 열심히 일하는 검사였다. 내가 이 사실을 지청장에게 보고했더니, 이 검사가 가정에 문제가 없는지 모르겠다고 걱정했던 기억이 있다. 가정에 문제가 있는 거 아닌지 의심을 받을 정도로 열심히 일했던 이 검사는 나중에 검사장이 되었다.

이처럼 격무에 시달리는 검사들에게 유일한 희망과 탈출구가 외국 유학이다. 검사가 가족들에게 점수를 딸 수 있는 유일한 방법이 외국 유학이다. 검사는 절제된 생활을 해야 하지만 대신에 업무를 통하여 보람을 얻고 좋은 수사를 하면 인정을 받고 언론에 크게 보도되기도 한다. 그러나 검사의 부인은 남편이 검사이기 때문에 덩달아 조심하면서 살아야 한다. 본래 재산이 있는 가정이 아니라면 검사의 부인은 절약이 몸에 밴 생활을 할 수밖에 없다. 그러니 검사가 아내에게 해 줄 수 있는 유일한 선물이 외국 유학이다. 정식 명칭은 검사 국외 연수인데, 검사들은 통상 외국 유학이라고 한다. 국외 연수는 보통 1년 또는 2년을 보내 준다. 1년짜리는 통상적인 경우이고 2년짜리는 외국어 실력이 뛰어난 검사들이 국외 연수를 간 김에 미국에서 변호사 자격을 취득해 올 기회를 주기 위해서이다. 검찰은 일을 잘해야 인정을 받지 외국어 잘한다고 인정을 받는 조직이 아니고 미국 변호사 자격이 취득하기 어려운 것도 아니어서 특별히 2년짜리가 더 선호되는 분위기는 아니었다.

외국어 시험을 봐서 그 성적을 기준으로 선발을 하기 때문에 본래 외국어 실력이 좋은 것이 아니라면 일을 하면서 틈틈이 공부를 해야 한다. 온전히 외국어 실력만 보는 것은 아니다. 경우에 따라 외국어 실력은 좋은데 근무 실적이 불량한 검사는 대상에서 제외된다. 실제로 외국어 시험에서 1등을 했으나 근무 실적이 불량하여 탈락된 사례도 있었다. 그런데 인지 부서에 근무하는 검사나 청에서 일을 많이 맡은 검사들은 일에 파묻혀 살기 때문에 외국어 공부를 할 시간을 확보하지 못해 시험 볼 기회를 놓쳐 버리는 수가 꽤 있었다. 외국 유학 시험은 일정 시기가 넘으면 후배들에게 기회를 주기 위하여 시험 볼 자격을 주지 않는다. 나도 그런 경우에 해당하여 국외 연수 기회를 갖지 못했다. 내가 본래 영어 실력이 없었던 것은 아니다. 고려대학교 법과대학에 입학하여 1학년 때 신입생 전체를 대상으로 한 영어 특별시험이 있었고, 그 시험에서 법과대학에서 딱 2명이 합격했는데, 내가 그중 한 명이었다.

거창지청장에 부임해 가서 근무하고 있을 때 대검찰청에서 공문이 왔다. 근무 실적이 우수한 검사를 선발하여 국외 연수 6개월 기회를 준다는 내용이었다. 나는 근무 실적을 기준으로 뽑는다면 선발될 가능성이 높다고 생각했다. 국외 연수를 갈 수 있다는 생각에 약간 흥분이 되었다. 그러나 공문 뒷장을 보고는 이내 실망을 하고 포기할 수밖에 없었다. 근무 실적 우수검사로 선발이 되면 그로부터 2달 안에 텝스나 토플 등 어학시험에서 일정 수준 이상의 점수를 받은 성적표를 제출해야 한다는 단서가 있었기 때문이다. 영어를 안 한 지가 너무 오래 되어서 'I, My, You'가 헷갈리는 수준이었다. '아, 이럴 줄 알았으면 밤을 새서라도 영어를 좀 해 둘걸' 하는 후회가 되었다. 그러나 어쩌랴, 일하다 보니 벌써 고참이 되어 버렸는걸.

그로부터 1시간쯤 후에 총무계 김○○ 수사관으로부터 전화가 왔다. "청장님, 이 공문을 보니 청장님이 대상이 될 것 같은데, 신청하실 거죠?" 나는 미국에 국외 연수를 가고 싶기는 한데 영어 실력이 안 되어서 포기한다고 설명해 줬다. "아, 그래도 밑져야 본전이니 한번 해 보시지요". 나는 김 수사관에게 2개월 안에 영어 시험을 통과할 자신이 없다고 거듭 말해 줬지만 김 수사관은 안타까워했다.

이렇게 김 수사관과 전화 통화를 끝내고 전화기를 놓자마자 김 수사관이 내 방에 들어왔다. "청장님, 제가 보기에 청장님은 충분히 선발될 가능성이 높습니다. 한번 해 보십시오". 나는 김 수사관의 마음이 고마웠지만 현실적으로 어려운 일이니 괜히 스타일 구길 필요 없다고 말했다. 그러자 김 수사관이 "청장님, 만약 청장님이 신청하지 않으면 저 청장실에서 안 나가렵니다"라고 말했다. 수사관이 지청장에게 해외 연수 신청을 압박하기 위하여 농성을 하겠다는 말이었다. 이 돌발적인 상황을 맞아 나는 김 수사관의 마음이 너무 고마웠다. 나는 어쩔 수 없이 근무 실적 우수 검사 선발 신청에 동의했다. 김 수사관은 신청을 하면 2일쯤 후에 대검찰청에서 선발 여부가 결정된다고 했다.

2일 후에 김 수사관에게 대검찰청에 연락해서 결과를 알아보라고 했다. 김 수사관이 알아보았으나, 나는 선발이 되지 못했다. 은근히 기대를 하고 있었으나 탈락되었다는 소식에 실망감을 지울 수 없었다. 생각해 보니 나는 다들 나가고 싶어 하는 외부 기관 파견을 다녀왔고, 다들 나가고 싶어 하는 지청장 발령을 받았다. 동기들에 비해서 혜택을 받은 셈인데, 지청장에 발령받은 지 얼마 되지 않아 또 국외 연수 대상에 선발된다면 다소 형평에 맞지 않는다는 생각이 들었다. 생각이 여기에 이르자 이해가 되었고 실망감은 사라졌다.

이런 일이 있은 지 한 달여의 시간이 흘렀다. 갑자기 법무부 검찰과에서 전화가 왔다. 검찰과는 검사 인사를 담당하는 부서다. "근무 실적 우수 검사로 선발이 되었으니 2개월 안에 외국어 시험 성적표를 제출하십시오". 이게 꿈인지 생신지 모를 일이었다. 분명히 대검찰청 단계에서 떨어졌는데, 어떻게 법무부에서 다시 선발되었다는 것인지 궁금했다. 법무부 담당자의 설명에 따르면, 선발된 검사가 국외 연수를 포기하는 바람에 내가 보결로 선발되었다고 했다. 나는 망외의 행운을 잡았다.

집에 와서 아내에게 이 소식을 알렸더니 정말 좋아했다. 아내는 "당신, 이 시험 떨어지면 집에 들어올 생각 마세요"라고 엄포를 놓았다. 나는 영어 텝스 책을 잡고 야간에, 휴일에 공부를 했다. 일주일쯤 공부를 했더니 옛날 감각이 살아 돌아왔다. 그리고 혼자 대구에 가서 텝스 시험을 봤다. 다행히 법무부에서 요구하는 점수를 받을 수 있었다.

나는 거창지청장을 마치고 국외 연수 자원으로 분류되었으므로 서울동부지방검찰청 부부장검사로 발령을 받았고 그곳에서 한 달여쯤 근무를 하다가 미국 샌디에이고에 있는 샌디에이고주립대학(UCSD)으로 국외 연수를 떠났다. 미국에 갈 때 어느 대학에 갈지 잠시 고민을 했다. 하버드 대학이 있는 미국 동부로 갈지, 아니면 날씨가 좋고 교포들이 많은 서부로 갈지를 검토했으나, 주변에서 샌디에이고가 천당 밑에 999당이라고 해서 샌디에이고주립대학(UCSD)을 선택하게 되었다. 이렇게 하여 나는 가족과 함께 국외 연수를 갈 수 있었다. 김 수사관이 지청장실에서 떼를 부린 덕분이었다.

법조윤리협회를 출범시키다

2007년 7월 27일 법조윤리협의회가 출범했다. 노무현 정부의 사법 개혁의 일환으로 도입되었다. 그해 1월 법조윤리협의회 신설 등을 담은 변호사법 개정안이 국회를 통과했다. 법조윤리협의회가 출범하는 날 언론은 전관예우와 사건 브로커를 막는 기구라고 소개하며 환영했다.

법조윤리협의회는 법조윤리 전반에 대한 상시적인 감시와 분석 및 대책 업무를 수행한다. 법조윤리협의회는 법관·검사 등 공직에서 퇴직한 변호사로부터 수임자료 등을 제출받아 징계사유나 위법혐의가 발견된 때에는 징계신청 또는 수사의뢰를 할 수 있다.

변호사법에 규정된 법조윤리협의회의 업무는, 법조윤리의 확립을 위한 법령·제도 및 정책에 관한 협의, 법조윤리 실태의 분석 및 법조윤리 위반행위에 대한 대책의 수립, 법조윤리와 관련된 법령을 위반한 자에 대한 징계개시의 신청 또는 수사 의뢰, 그 밖에 법조윤리의 확립을 위하여 필요한 사항에 대한 협의이다. 법조윤리협의회는 필요하다고 인정하는 경우에는 관계인 및 관계 기관·단체 등에 대하여 사실의 조회, 자료의 제출 또는 윤리협의회에 출석하여 진술하거나 설명할 것을 요청할 수 있다.

2007년 1월에 개정된 변호사법은 법조계의 비리를 없애고 법조인의 윤리의식을 높이기 위한 방향으로 만들어졌다. 법조윤리협의회 신설 이외에, 변호사로 하여금 대한변호사협회가 실시하는 연수교육을 의무적으로 이수하도록 하는 등 법조인의 윤리의식을 강화하기 위한 제도를 도입하고, 소비자에 대한 정보 제공을 활성화하기 위하여 변호사 광고의 범위를 확대하는 한편, 징계 종류 중 영구제명의 요건을 완화하고, 징계절차에 있어서 검사징계법을 준용하지 아니하고 직접 규정하며, 징계시효기간을 기존 2년에서 3년으로 함으로써 변호사징계에 관한 제도를 전반적으로 정비하는 등 법조비리를 근절하기 위한 대책을 마련했다.

내가 법무부 법무과장 발령을 받아 부임해 보니 법조윤리협회를 성공적으로 출범시키는 업무가 현안이었다. 앞으로 변호사들의 비리를 없애고 전관예우를 방지하기 위한 기구이니 잘 만들어서 차질 없이 출범할 수 있게 하여야 했다. 아울러 판·검사 등 공직에서 퇴임한 변호사에 대한 전관예우(前官禮遇)의 문제가 사법 불신의 큰 요인이라는 지적에 따라 공직퇴임변호사로 하여금 퇴임 후 2년 동안 수임사건의 자료와 처리결과를 지방변호사회를 거쳐 법조윤리협의회에 제출하도록 의무화하는 내용으로 변호사법이 개정되었으니, 공직퇴임변호사가 수임 사건 자료를 제출하는 시기와 방식, 사후 심사 절차의 세부 사항을 만늘어야 했다. 또한 변호사가 불공정한 방법으로 사건을 과다 수임함으로써 법률시장의 건전한 경쟁 질서를 왜곡시키는 현상을 개선하기 위하여 일정한 수 이상의 사건을 수임한 변호사를 특정변호사로 선정하여 감독하도록 변호사법이 개정되었으므로, 특정변호사 선정기준을 정하고 특정변호사가 수임 자료를 제출하는 시기와 방식 등을 마련해야 했다.

나는 많은 논의와 토론, 의견 청취를 통하여, 법조윤리협회와 공직퇴임변호사, 특정변호사에 관한 제도를 입안하여 변호사법 시행령에 담았다.

법조윤리협의회의 사무소는 서울특별시에 두고, 필요한 경우 지역 사무소 또는 출장소를 둘 수 있도록 했다. 변조윤리협의회 초대 위원장은 이화여자대학교 법과대학 이○○ 교수로 내정되었다. 법조윤리협의회에는 사무국장 1인과 필요한 직원을 둘 수 있도록 하고, 법원행정처·법무부 및 대한변호사협회로부터 필요한 직원을 파견받을 수 있도록 했다. 법조윤리협의회의 운영 재원은 대한변호사협회 등 정부 외의 자가 기부하는 현금 그 밖의 재산, 정부의 보조금, 그 밖의 수입금으로 구성되도록 했다. 이렇게 하여 위원장, 사무국, 예산 등 구조가 만들어졌다.

공직퇴임변호사는 1년 2회 수임 자료를 소속 지방변호사회에 제출하고, 지방변호사회는 이를 법조윤리협의회에 제출하도록 했다.

특정변호사는 형사사건, 형사사건 외 본안사건, 형사사건 외 신청사건으로 분류하여 6개월에 형사사건은 30건 이상, 형사사건 외 본안사건은 60건 이상, 형사사건 외 신청 사건은 120건 이상을 수임한 변호사로서 변호사 전체 평균 수임 사건의 2.5배 이상의 사건을 선임한 변호사를 특정변호사로 했다. 특정변호사는 사건 목록을 소속 지방변호사회에 제출하여야 하고, 지방변호사회는 이를 법조윤리협의회에 제출하여야 한다.

법조윤리협의회는 지방변호사회로부터 공직퇴임변호사와 특정변호사의 수임 사건 목록을 관할 법원·검찰청에게 통지하여야 하고, 법원·검찰청은 통지를 받은 날부터 1개월 이내에 통지받은 사건에 대한 처리 현황 또는 처리 결과를 법조윤리협의회에 통지하여야 한다.

　이로써 공직퇴임변호사와 특정변호사에 대한 상시적인 관리, 감독 체계가 구축되었다.

법무심의관

　내가 법무부에 근무할 때 법무부는 2실 3국 2본부 체제로 구성되어 있었다. 기획관리실, 법무실, 검찰국, 범죄예방정책국, 인권국, 교정본부, 출입국외국인정책본부가 그것이다. 나는 법무실에서 법무과장과 법무심의관으로 근무했었다.

　법무실은 법무부 본연의 핵심 기능을 수행하는 부서이다. 법무부에서 '법무'에 해당하는 그 본연의 정책과 법률에 관한 업무를 담당한다.

　검찰청법 제8조에 법무부장관의 지휘·감독권에 관한 규정이 있는데, 그 내용은 "법무부장관은 검찰사무의 최고 감독자로서 일반적으로 검사를 지휘·감독하고, 구체적 사건에 대하여는 검찰총장만을 지휘·감독한다"라고 되어 있다. 법무부장관은 이 규정에 따라 대검찰청을 지휘·감독하고, 검사에 대한 인사권을 행사하기 위하여 법무부에 검찰에 관한 업무를 담당하는 부서로 검찰국을 두고 있다. 검찰국장이 검찰의 핵심요직으로 꼽히는 이유이다. 현실의 힘에 있어서는 검찰국이 중요하다. 그러나 국가의 중요 정책과 법률의 측면에서는 법무실이 더 중요하다고 할 수 있다.

　법무실에는 법무심의관실, 법무과, 국제법무과, 국가송무과, 통일법무과, 상사법무과, 법조인력정책과가 소속되어 있다.

한마디로 법무실은 정부의 로펌이다. 특히 법무심의관은 법무실장을 보좌하고, 법령안의 기초 및 심사, 대통령·국무총리 및 중앙행정기관의 법령에 관한 자문, 민사·상사·형사·행정소송·국가배상 관계 법령 및 법무부 소관 법령의 해석, 민사·상사 관계 법령의 연구 및 법무자문위원회의 운영 업무를 직접 담당한다.

법무심의관은 모든 정부 법안과 의원 입법 법안에 대하여 법무부를 대표하여 의견을 낸다. 정부에서 법안을 입안할 때 법제처나 차관회의 국무회의 단계에서 법무부의 의견은 매우 중요하게 받아들여진다. 왜냐하면 법무부가 전문성이 가장 뛰어나고 헌법·민법·형법 등 기본법을 관장하고 있어서 다른 법률이 기본법 체계와 충돌하는지, 형벌은 적정한지를 살펴보기 때문이다.

법무심의관은 법무부를 대표하여 차관회의, 국무회의 자료를 준비한다. 법무심의관은 법무부의 모든 실국에 매주 차관회의 자료, 국무회의 자료를 수집하여 장차관에게 보고하고, 차관회의, 국무회의 결과를 전파한다.

법무심의관은 민생과 관련하여 정책과 법률을 입안하고 추진한다. 그래서 법무심의관은 민법 재판법, 민법 가족법, 주택임대차보호법, 상가건물 임대차 보호법, 집합건물의 소유 및 관리에 관한 법률, 질서위반행위규제법, 가사소송법, 민사소송법, 가족관계의 등록 등에 관한 법률, 중재법, 부동산등기법, 부동산 실권리자명의 등기에 관한 법률 등 민생법제를 총괄한다.

내가 법무심의관이 된 후 얼마 안 되어 안○○ 대법관을 볼 기회가 있었는데, 안 대법관은 당신이 평검사 시절에 4년 동안 법무심의관실

검사로 근무한 적이 있었다고 하면서 꼭 해보고 싶었던 보직이 법무심의관이었다고 격려해 주셨던 말씀이 기억난다.

　보통 검사라고 하면 수사만 생각하기 쉬운데, 나는 법무심의관과 법무과장으로 근무했기 때문에 여느 검사와 다른 아주 특별한 경험과 보람을 가질 수 있었다. 특히 법무심의관이 그렇다. 차관회의와 국무회의 자료를 챙기면서 정부가 돌아가는 흐름을 알 수 있었고, 정부 입법 과정에서 부처협의, 법제처 설명 등 법제 과정을 경험했고, 국회가 열리면 어김없이 국회에 가서 정부 입법이나 혹은 의원 입법 형식으로 제출한 법안을 설명하고 설득하고 토론했던 경험이 있고, 서민과 민생을 돌보는 정책과 법률을 만들고 시행한 경험을 해볼 수 있었다.

왜 축사가 등기가 안 됩니까?

2008년 7월 25일 정부과천청사에서 국무총리, 농림부장관 등 공무원들과 전국한우협회장 등이 참석한 가운데 한우 시식 행사가 있었다. 이 자리는 이명박 정부가 미국산 쇠고기 수입을 허가하면서 한우 농가들의 불만이 커지자 한우농가를 달래고 한우를 홍보하기 위하여 개최되었다. 이날 행사를 준비한 한우농가들은 불과 채 한 달도 되기 전에는 미국산 쇠고기가 맛있다고 홍보를 했던 공무원들이 이제는 한우가 맛있다고 홍보를 하는 모습을 보고 떨떠름한 표정을 감출 수 없었다.

이날 행사에는 문○○ 법무부 차관도 참석했다. 문 차관은 행사장에서 돌아오자마자 나를 찾았다. "이 심의관, 한우협회장께서 숙원사업인 민원이 있다고 하시던데, 한번 챙겨 보세요".

한우협회의 숙원사업이라는 민원은 이러했다.

'요즘은 축사를 제대로 지으려면 5억 원가량의 돈이 들어간다. 5억 원이면 적은 돈이 아니기 때문에 사전에 은행에서 대출을 받거나 사후에라도 축사를 담보로 대출을 받아야 한다. 그래야만 5억 원이라는 돈이 묶이지 않고 돌릴 수 있다. 그런데 축사가 보존등기가 안 되기 때문에 저당권을 설정할 수 없어서 은행에서 대출을 받을 수 없다. 그러니 축사가 등기가 되도록 해 달라'. 이것이 민원의 요지였다.

나는 이 보고를 받고 번뜩 축사가 등기가 안 되는 이유를 알았다. 대법원 판례상 "독립된 부동산으로서의 건물이라고 하기 위하여는 최소한의 기둥과 지붕 그리고 주벽(周壁)이 이루어지면 된다"고 판결하고 있다. 그러나 축사는 벽이 없다. 소, 염소, 양 등은 되새김질을 하여 소화를 시키는데, 이 과정에서 메탄가스가 배출된다. 소는 소화 과정에서 1일 260리터 이상의 메탄가스를 방출한다. 만약 축사에 벽을 설치해 놓으면 소는 자신이 뱉은 메탄가스에 취해 건강을 잃게 된다. 그래서 축사는 벽이 없다. 그리고 벽이 없으면 법적으로 건물이 아니다. 건물이 아니므로 건물 등기가 안 되었던 것이다.

전국한우협회는 수년 동안 이 문제를 해결해 달라고 대법원에 민원을 제기했다고 한다. 그러나 대법원은 아무런 답을 주지 않았다. 아마 전국한우협회가 대법원에 민원을 냈던 이유는 부동산 등기 업무를 법원등기소가 관장하기 때문이었을 것이다. 그러나 이 문제가 해결되기 위해서는 대법원 판례를 변경해야 한다. 대법원 판례를 변경하는 것은 쉬운 일이 아니다.

나는 이 민원을 보고서 공무원의 한 사람으로서 한우농가에게 죄를 짓는 느낌이 들었고, 많은 반성을 했다. '대법원이 진즉 이 민원을 법무부에 보내 주었다면 법무부는 법안을 만들어 제출할 수 있으므로 해결 방안을 찾았을 텐데' 하는 아쉬움이 들었다. 왜 공무원은 민원인의 입장에서 한발 더 나아가 살펴보고 챙겨보지 않는지 반성이 되었다.

나는 법무심의관실 이○○ 검사(지금은 검사장이 되었음)에게 즉시 강원도 횡성과 경기도 안성에 출장을 다녀오라고 했다. 출장을 다녀온 이 검사의 보고는 그야말로 웃어야 할지 울어야 할지 모를 코미디였다.

한우농가들은 많은 돈을 들여 축사를 지은 다음에 소유권보존등기를 하기 위하여 사진관에 가서 50만 원 정도 돈을 주고 축사 사진에 포토샵 기법으로 벽을 그려 넣는다고 했다. 그렇게 해서 사진을 뽑아 증거로 제출하면 어떤 등기소는 모르는 채 등기를 해 주고, 어떤 등기소는 엄격하게 적용하여 등기를 안 해 주고 있다는 것이었다.

한우농가의 개방형 축사는 건축 허가를 받고 건축물대장에 등록되어 과세 대상임에도 등기소에서 주벽(周壁)이 없다는 이유로 건물로 인정하지 않아 소유권보존등기가 거부되고 있었다.

소유권보존등기가 되지 않은 축사는 담보 제공을 통한 금융기관으로부터 대출이 어렵고, 정부지원자금을 제공함에 있어서 소유권자가 누구인지 확정하기 곤란한 문제점이 있었다.

그 당시 부동산등기법은 건물등기부와 토지등기부만 운영하고 있고, 대법원 판례 및 법원의 등기예규에 의하면 건물은 정착성, 용도성, 외기분단성을 갖추어야 하므로 주벽이 없는 축사는 건물에 해당하지 않았다.

일선 등기실무는, 등기 대상 축사가 주벽을 어느 정도 갖추고 있는지, 담당 등기공무원이 건물의 개념을 얼마나 엄격하게 보는지에 따라 축사등기 가능 여부가 다르고, 능기를 받기 위해 임시로 주벽을 설치했다가 등기 후 철거해 버리는 경우까지 발견되는 등 문제점이 많았다.

나는 이 코미디 같은 현실을 보고 억장이 무너졌다. 국민의 종복인

공무원들이 이런 민원을 지금까지 방치하고 있었는가?

이 문제는 일정한 조건을 갖춘 축사의 경우에는 건물로 본다는 특례법을 만들면 간단하게 해결할 수 있었다. 법률의 내용이 길 필요도 없었다. 서너 개 조항으로 구성하면 충분했다.

이 검사가 연구와 검토를 해서 법안 초안을 만들었다. 그렇게 하여 탄생한 법률이 축사의부동산등기에관한특례법이다. 이 법의 내용은 토지에 견고하게 정착되어 있고 소를 사육할 용도로 계속 사용할 수 있고 지붕과 견고한 구조를 갖추고 있고 건축물대장에 축사로 등록되어 있고 연면적이 200제곱미터를 초과하는 조건을 갖춘 축사는 건물로 보고, 건물등기부에 등기를 할 수 있도록 한다는 것이다.

이 법은 내가 법무심의관으로 있을 때인 2008년 12월 대통령 업무보고에 법 추진 계획을 보고했고 그다음 해에 정부 법안으로 제출되어 2009년 10월 국회를 통과했으며 2010년 1월부터 시행되었다.

또 어디에 이런 민원이 해결되지 않은 채 민생을 어렵게 하고 있지 않을까? 공무원들은 한발 더 가까이 국민에게 다가가 국민의 종복으로서 의무를 다해야 하겠다.

최진실 법

2008년 10월 유명 배우 최진실 씨가 사망했다. 이 소식에 온 국민이 충격과 슬픔에 빠졌다. 국민들이 사랑했던 배우이기에 안타까움이 컸다.

그런데 최진실 씨 사망 직후 남겨진 자녀들의 친권을 아이들의 친부가 자동으로 갖는 게 과연 타당한가를 놓고 사회가 온통 논쟁에 휘말렸다.

부부가 이혼을 할 때 친권과 양육권을 누가 가질지를 정한다. 그리고 이혼 후에 각자 독립적인 생계와 가족 질서가 형성된다. 그런데 친권과 양육권을 가지고 있던 부 또는 모가 사망한다고 하여 따로 살던 모 또는 부가 친권과 양육권을 자동으로 갖게 된다면 자녀들의 복리와 양육 환경에 악영향을 미칠 가능성이 높다.

예를 들어 이혼 후에 엄마가 친정집에서 10년 이상 아이들을 키우고 있다가 갑자기 사망한 경우에 그동안 아무런 연락도 없이 지내던 아빠가 아이들이 상속받은 재산이 탐이 나서 친권과 양육권을 행사하여 아이들을 데려가 버리면 아이들의 복리에 악영향을 끼치게 되거나 양육이 제대로 안 될 가능성이 높다고 할 것이다. 이런 경우는 오히려 외할아버지와 외할머니가 계속 아이들을 키우고 돌보는 것이 아이들을 위해서 좋을 것이다. 이 반대의 경우도 얼마든지 있을 수 있다. 엄마가 집을 나갔다가 아이들을 키우던 아빠가 죽은 뒤 갑자기 나타나서 친권을 행사할 수도 있다. 이런 경우에 아이들은 얼마나 두렵고 당황할 것이며, 친할머니와 친할아버지는 얼마나 황당할 것인가.

그 당시 제도는 이혼 후 친권자로 정해진 부 또는 모가 사망한 경우에 생존하는 모 또는 부가 당연히 친권자가 되도록 되어 있었다. 생존 부모의 양육 능력, 자녀의 의사 등을 고려하지 아니한 채 생존 부모가 당연히 친권자가 되는 것은 미성년 자녀의 복리에 악영향을 끼칠 수 있으므로, 자녀를 양육하기에 적합하지 않은 부모에 대해서는 친권자가 되는 것을 방지하여 자녀의 복리를 증진할 수 있도록 친권 제도를 개선할 필요가 있었다.

그래서 이런 경우에 가정법원이 생존하는 부 또는 모의 양육 능력, 양육 상황 등 구체적 사정을 심사하여 친권자를 지정하도록 하고, 친권자 지정이 부적절한 경우 친족 기타 적합한 사람을 후견인으로 선임하도록 법안을 기획했다.

이 법안은 내가 법무심의관으로 있을 때 기획되었고 2010년 2월 국회에 제출되었으며 2011년 4월 국회를 통과하여 시행되었다.

불법 추심 행위로부터 서민 생활을 보호하라

2017년 7월 대구지법 제5형사단독 이○○ 부장 판사는 강압적인 불법 채권추심으로 채무자가 자살시도까지 하게 만들어 채권의 공정한 추심에 관한 법률 위반 등의 혐의로 기소된 무등록 대부업자 A씨에게 징역 8월을 선고하고 법정 구속했다. 무등록 대부업자인 A씨는 식당을 운영하는 주부 B씨에게 300만 원을 빌려주는 등 7개월간 7차례에 걸쳐 무등록 대부업을 했다. 선불금과 수수료 명목으로 36만 원을 선공제했고, 매월 6만 원씩 65일간 갚는 조건으로 연간 331%의 이자를 챙기는 등 법정 이자율을 넘어선 이자를 받기도 했다. A씨는 B씨가 운영하는 식당에 찾아가 겁을 주는 등 위력을 과시하는 방법으로 겁을 주면서 채권추심 행위를 했고, 밤 8시께 남편과 아들이 함께 있는 B씨의 집에 찾아가 수십 차례 현관 벨을 누른 뒤 공포 분위기를 조성하며 빚 독촉을 했다. 이 부장 판사는 "피고인의 강압적인 채권추심 행위가 하나의 원인이 돼 채무자가 자살을 시도하기까지 한 점을 종합하면 엄벌이 불가피하다"고 밝혔다.

위 사례에서 적용된 법률이 채권의공정한추심에관한법률이다.

나는 2008년 법무심의관실 김○○ 검사와 고리사채업자나 대부업자들이 채무자로부터 빚을 받기 위하여 밤낮으로 전화하고 방문하여 협박하거나 심지어 폭행하여 채무자가 삶을 포기하는 사례가 속출하여 사회적으로 문제가 심각하므로 이를 해결하기 위하여 채권의공정한추심에관한법률 제정 작업에 착수했다.

이 당시 채권자가 권리를 남용하거나 불법적인 방법으로 채권추심행위를 하는 것을 방지하고 단속하기 위하여, 보증인보호를위한특별법, 대부업의등록및금융이용자보호에관한법률, 신용정보의이용및보호에관한법률 등 개별 법률에서 규율하고 있으나, 각각 해당 법률의 적용 범위와 행위태양이 제한되어 있어서 법적 보호의 공백지대가 있었다.

이에 권리를 남용하거나 불법적인 채권추심행위에 해당하여 금지되는 채권추심의 유형을 구체적으로 명시하고 그 위반행위를 한 자에 대해 민사상, 행정상 제재를 가하거나, 형사처벌 또는 과태료를 부과하는 방법으로 공정한 채권추심의 풍토를 조성하고 채무자의 인간다운 삶과 평온한 생활을 보호하기 위한 법률을 제안할 필요가 있었다.

나는 이 법을 만들기 위하여 금융위원회와 협의를 하여 대부업, 무등록대부업을 포함하여 모든 채권자들의 권리남용과 불법행위를 규율하기 위하여 법무부가 주도하여 법안을 만들기로 했다.

나와 김○○ 검사는 개별 법률에 산재해 있는 관련 조항, 관련 부처 의견, 피해 사례 등을 종합하여, 법에 담을 내용을 한 조항, 한 조항 만들어 갔다. 법률의 명칭도 고민이 많았다. 처음에는 공정채권추심법을 검토했다. 사실 이 명칭이 언론에 가장 많이 알려져 있었다. 그러나 이 명칭은 이 법의 주된 내용이 추심을 공정하게 하려는 것이기 때문에 마치 채권 자체가 공정한 것처럼 오해를 불러올 수 있어서 부적절했다. 그래서 법의 이름이 다소 길지만 이 법의 내용을 가장 잘 표현한 채권의공정한추심에관한법률로 정했다. 지금도 내가 김 검사와 야근을 하며 토론하고 검토하고 했던 기억이 마치 어제 일처럼 떠오른다. 김 검사는 반듯하고 책임감이 강한 훌륭한 검사다. 지금은 부장검사로서 후배들을 지도하고 있다.

이렇게 해서 탄생한 법률이 채권의공정한추심에관한법률이다. 이 법은 정부 제안 법률로 추진했으나, 추진 과정에서 신속하게 제정하려고 의원 입법으로 추진하기로 방침을 변경하여 결국 의원 입법 방식으로 국회에 제출되어 통과되었다.

이 법의 주요 내용은 이러했다.

이 법은 채권추심자의 권리남용이나 불법적인 채권추심행위로부터 채무자와 그 관계인을 보호하여 공정한 채권추심 풍토를 조성하는 데 목적이 있다.

이 법의 적용 대상에 대부업자나 채권추심업자와 같은 전문적인 업자들뿐만 아니라 금전을 대여한 일반채권자를 포함하고, 이들을 위하여 고용·위임·도급 등에 의해 채권추심을 하는 자도 포함한다.

공정한 채권추심 풍토의 정착과 불법적인 채권추심행위로부터 채무자를 보호해야 할 국가 및 지방자치단체의 책무를 선언한다.

채권추심에 관하여 다른 법률에 특별한 규정이 있는 경우를 제외하고는 이 법을 따르도록 하여 채권추심에 관한 기본법으로서 지위를 부여한다.

채권추심자에 대하여 채무확인서 발급 의무, 채권추심에 관한 사항의 채무자 통지 의무, 복수의 채권추심 위임 금지, 채무부존재 소송시 채무불이행자 등록 금지 등을 규정했다.

채권추심자가 채권추심과 관련하여 아래와 같은 폭행, 협박 행위를 하지 못하도록 금지했다. 아래 제1호 위반자는 5년 이하의 징역 또는 5천만 원 이하의 벌금에 처하고, 아래 제2호부터 제6호까지 위반자는 3년 이하의 징역 또는 3천만 원 이하의 벌금에 처하도록 했다.

1. 채무자 또는 관계인을 폭행·협박·체포 또는 감금하거나 그에게 위계나 위력을 사용하는 행위

2. 정당한 사유 없이 반복적으로 또는 야간(오후 9시 이후부터 다음 날 오전 8시까지를 말한다. 이하 같다)에 채무자나 관계인을 방문함으로써 공포심이나 불안감을 유발하여 사생활 또는 업무의 평온을 심하게 해치는 행위

3. 정당한 사유 없이 반복적으로 또는 야간에 전화하는 등 말·글·음향·영상 또는 물건을 채무자나 관계인에게 도달하게 함으로써 공포심이나 불안감을 유발하여 사생활 또는 업무의 평온을 심하게 해치는 행위

4. 채무자 외의 사람(제2조 제2호에도 불구하고 보증인을 포함한다)에게 채무에 관한 거짓 사실을 알리는 행위

5. 채무자 또는 관계인에게 금전의 차용이나 그 밖의 이와 유사한 방법으로 채무의 변제자금을 마련할 것을 강요함으로써 공포심이나 불안감을 유발하여 사생활 또는 업무의 평온을 심하게 해치는 행위

6. 채무를 변제할 법률상 의무가 없는 채무자 외의 사람에게 채무자를 대신하여 채무를 변제할 것을 반복적으로 요구함으로써 공포심이나 불안감을 유발하여 사생활 또는 업무의 평온을 심하게 해치는 행위

채권추심자가 채권추심과 관련하여 채무자 또는 관계인에게 아래와 같은 거짓 표시 행위를 하지 못하도록 금지했다. 아래 제1호 위반자는 3년 이하의 징역 또는 3천만 원 이하의 벌금에 처하고, 아래 제2호 위반자는 1년 이하의 징역 또는 1천만 원 이하의 벌금에 처하고, 아래 제3호부터 제5호까지 위반자는 1천만 원 이하의 과태료를 부과하도록 했다.

1. 무효이거나 존재하지 아니한 채권을 추심하는 의사를 표시하는 행위
2. 법원, 검찰청, 그 밖의 국가기관에 의한 행위로 오인할 수 있는 말·글·음향·영상·물건, 그 밖의 표지를 사용하는 행위
3. 채권추심에 관한 법률적 권한이나 지위를 거짓으로 표시하는 행위
4. 채권추심에 관한 민사상 또는 형사상 법적인 절차가 진행되고 있지 아니함에도 그러한 절차가 진행되고 있다고 거짓으로 표시하는 행위
5. 채권추심을 위하여 다른 사람이나 단체의 명칭을 무단으로 사용하는 행위

채무자의 개인정보를 누설하거나 채권추심 목적 외의 이용을 금지했고, 이를 위반하는 자는 3년 이하의 징역 또는 3천만 원 이하의 벌금에 처하도록 했다.

채권추심자가 채권추심과 관련하여 아래와 같은 불공정한 행위를 하지 못하도록 했다. 아래 제1호, 제2호 위반자는 2천만 원 이하의 과태료를 부과하고, 아래 제3호, 제4호 위반자는 5백만 원 이하의 과태료를 부과하도록 했다.

1. 혼인, 장례 등 채무자가 채권추심에 응하기 곤란한 사정을 이용하여 채무자 또는 관계인에게 채권추심의 의사를 공개적으로 표시하는 행위

2. 채무자의 연락두절 등 소재 파악이 곤란한 경우가 아님에도 채무자의 관계인에게 채무자의 소재, 연락처 또는 소재를 알 수 있는 방법 등을 문의하는 행위

3. 정당한 사유 없이 수화자부담전화료 등 통신비용을 채무자에게 발생하게 하는 행위

4. 채무자회생및파산에관한법률에 따른 회생절차, 파산절차 또는 개인회생절차에 따라 전부 또는 일부 면책되었음을 알면서 법령으로 정한 절차 외에서 반복적으로 채무변제를 요구하는 행위

5. 엽서에 의한 채무변제 요구 등 채무자 외의 자가 채무사실을 알 수 있게 하는 행위

채권추심자가 이 법을 위반하여 채무자 또는 관계인에게 손해를 입힌 경우 손해배상의 책임을 지도록 했다.

이처럼 구체적인 금지행위를 법률에 담을 수 있었던 것은 김 검사의 노력과 성실성이 있었기에 가능했다. 이 법률이 극렬한 불법 추심행위로부터 채무자들의 일상생활을 보호하는 기본법으로서 기능을 하고 있는 것을 보면 큰 보람을 느낀다.

임차인 보호

법무부 법무심의관실이 관장하는 중요 법률 중에 주택임대차보호법과 상가건물임대차보호법이 있다. 이 두 법률은 서민과 중소상인을 보호하는 대표적인 법률이다.

주택임대차보호법은 1981년 3월에 제정되어 시행되었다. 이 법은 처음에 조문이 달랑 8개에 불과했고, 임차인을 보호하는 내용도 주택을 인도받고 전입신고를 마치면 대항력을 확보한다, 임대인이 임대차 기간 만료 1개월 전까지 갱신 거절 또는 조건 변경을 통지하지 않으면 자동 갱신된다는 등 정도 이외에 임차인 보호 내용도 빈약했다. 1983년 12월 개정 때 차임과 보증금 증액을 시행령에 의해 제한할 수 있도록 했고, 소액보증금 우선변제제도를 도입하되 보호 범위를 시행령에 정하도록 했다. 1989년 12월 개정 때 일정한 요건을 갖춘 임차인은 경매 등의 절차에 있어서 후순위권리자 기타 채권자보다 우선하여 임차보증금을 변제받을 수 있도록 하고, 임대차 기간을 2년으로 하도록 했다. 수택임대차보호법의 개정이 거듭되면서 임차인 보호가 강화되었다.

상가건물임대차보호법은 2001년 12월에 제정되고 2002년 11월에 시행되었다. 제정 당시 이 법은 법의 적용 범위를 시행령에서 보증금 액수로 정하도록 했고 건물을 인도받고 사업자등록 신청을 하면 대항력을 확보하도록 했으며 임대차 기간은 최대 5년을 보장했고 차임을 증액하는 경우 그 한계를 시행령에서 정하도록 했다. 2015년 5월 법 개정에서 임차인의 권리금 회수 기회를 보장했다. 2018년 10월 법 개정에서 상가건물 임차인이 계약 갱신 요구권을 행사할 수 있는 기간을 10년까지로 확대했다. 주택임대차보호법과 마찬가지로 개정이 거듭되면서 임차인 보호가 강화되었다.

내가 2008년에 법무심의관에 부임해서 보니, 주택임대차보호법 적용과 관련하여 보증금 중 우선변제를 받을 수 있는 금액의 범위와 우선변제를 받을 수 있는 임차인의 범위가 2001년 이후 조정되지 않아 무주택 서민층의 보호가 약화되고 있어 경제 변화에 맞춰 상향 조정하여 서민층의 애로를 해소할 필요가 있었다.

그리고 상가건물임대차보호법 시행령도 2002년 시행령 제정 이후 개정되지 않아 현실에 맞지 않는 상가건물임대차보호법 적용 범위를 확대하고, 매년 임대료 증액 청구 한도를 경제 변화에 맞추어 조정하여 영세 상인을 보호하고 애로사항을 해소할 필요가 있었다.

주택임대차보호법 시행령은 7년여 동안, 상가건물임대차보호법 시행령은 6년여 동안 개정되지 않았기 때문에 서민과 중소상인, 영세상인 보호를 위하여 시급히 개정하여야 했다. 그런데 보호 범위를 어느 정도까지 올려야 가장 적정한지는 쉬운 문제가 아니었다. 자칫 상가건물 임대차 시장에 일대 혼란을 야기할 수도 있기 때문이다. 이 일은 법무심의관실 김 검사가 담당했다. 김 검사는 나중에 『검사내전』이라는 책을 써서 국민들에게 알려졌다. 김 검사는 상황 판단이 빠르고 정확했고, 어려움을 겪어도 내색을 하지 않고 항상 웃고 농담을 잘하는 성격이었다. 나는 이 일을 김 검사에게 지시한 후 노심초사했다. 이 일은 단순히 열심히 한다고 되는 일이 아니었다. 가장 적정한 값을 구해야 했다. 그런데 김 검사는 여유만만이었다. 어느 날 김 검사가 출장을 다녀오겠다고 했다. 그 특유의 익살로 "심의관님, 한 바퀴 돌고 오겠습니다"라고 하면서 전문가들을 만나러 나갔다. 김 검사는 최고의 전문가들을 만나 의견을 들었고, 전문가들로 위원회를 구성하고 심도 있는 논의와 검토를 거쳐 안을 만들었다. 그리고 입법예고를 하여 국민 의견을 청취했다. 그렇게 하여 2008년 8월 21일에 주택임대차보호법 시행령과 상가건물임대차보호법 시행령이 개정·시행되었다.

주택임대차보호법 시행령 개정 내용은 보호 대상이 되는 전세금 기준을 △ 서울과 경기 등 수도권 과밀억제구역의 경우 4천만 원 이하에서 6천만 원 이하로 △ 광역시는 3,500만 원 이하에서 5천만 원 이하로 △ 나머지 지역은 3천만 원 이하에서 4천만 원 이하로 각각 올렸다. 이에 따라 서울에서만 약 25만 전세 가구가 추가로 우선 변제 대상에 포함되게 되었다. 또 집이 경매에 넘어가더라도 우선 변제받을 수 있는 금액도 △ 수도권 과밀억제구역은 1,600만 원에서 2천만 원 △ 광역시는 1,400만 원에서 1,700만 원 △ 나머지 지역은 1,200만 원에서 1,400만 원으로 각각 올렸다.

상가건불임대차보호법 시행령 개정 내용은 5년 간 임대계약 유지를 보장받을 수 있는 대상을, 환산보증금액(보증금+월세×100) 기준으로 △ 서울은 2억 4천만 원에서 2억 6천만 원 △ 수도권 과밀억제지역은 1억 9천만 원에서 2억 1천만 원 △ 광역시는 1억 5천만 원에서 1억 6천만 원 △ 나머지 지역은 1억 4천만 원에서 1억 5천만 원으로 각각 높였다. 또 건물주가 올릴 수 있는 연간 임대료 인상률 한도도 12%에서 9%로 낮췄다.

주택임대차보호법 시행령과 상가건물임대차보호법 시행령은 그 후에도 각각 4번씩 더 개정되면서 임차인 보호 범위가 계속 확대되었다.

내가 법무심의관에 부임했을 때 주택임대차보호 범위는 2001년에 개정된 후 약 7년 동안 개정이 없었고, 상가건물임대차보호 범위는 2002년에 제정된 후 약 6년 동안 개정이 없었는데, 이를 개정하여 임차인의 보호 범위를 확대함으로써 서민과 중소 상인, 영세 상인에 대한 보호를 강화한 것에 대해 큰 보람을 느낀 기억으로 남았다.

보증 섰다가
패가망신하는 피해를 막자

성경 잠언에 "남의 보증을 서거나 담보를 서지 마라. 네가 갚을 힘이 없으면 네 누운 자리마저 빼앗기리라"라는 말씀이 있다.

우리나라는 특유의 인정주의에 따라 특별한 대가를 받지 아니하고 경제적 부담에 대한 합리적 고려 없이 호의로 이루어지는 보증이 만연하고 채무자의 파산이 연쇄적으로 보증인에게 이어져 경제적, 정신적 피해와 함께 가정파탄 등에 이르는 등 보증의 폐해가 심각하다.

보증을 섰다가 패가망신했다는 사례는 우리 주변에서 쉽게 볼 수 있다. 유명인 중에도 친인척이나 친구의 보증을 섰다가 덩달아 파산을 당한 사례가 종종 보도되었다.

그러므로 보증을 설 때 신중을 기하도록 하고 보증의 의사가 명확하게 나타나 사후 분쟁을 예방할 수 있도록 하며 보증채무의 범위를 특정하여 호의보증에서 보증인을 보호할 필요가 있다.

그런 목적에서 제정된 법이 보증인보호를위한특별법이다. 이 법은 심상정 의원이 제출한 법안과 정부가 제출한 법안이 법사위원회에서 통합되고 보완되어 법사위원회 대안으로 국회를 통과하여 2008년 3월 제정되고, 그해 9월에 시행되었다.

우리 사회의 악습, 병폐에 해당하는 보증의 폐해를 줄일 수 있는 아주 좋은 법률이 이렇게 하여 시행되었다. 나는 이 법의 제정 과정에 전혀 관여한 바가 없다. 그러나 내가 법무심의관 때 이 법의 소관 부서가 법무심의관실이었기에 그 시행 업무를 담당했다.

이 법의 내용은 이렇다.

1. 보증은 그 의사가 보증인의 기명날인 또는 서명이 있는 서면으로 표시되어야 효력이 발생한다.

2. 보증계약을 체결할 때에는 보증채무의 최고액(最高額)을 서면으로 특정(特定)하여야 한다. 보증기간을 갱신할 때에도 또한 같다.

3. 채권자는 주채무자가 원본, 이자 그 밖의 채무를 3개월 이상 이행하지 아니하는 경우 또는 주채무자가 이행기에 이행할 수 없음을 미리 안 경우에는 지체 없이 보증인에게 그 사실을 알려야 한다. 채권자로서 보증계약을 체결한 금융기관은 주채무자가 원본, 이자 그 밖의 채무를 1개월 이상 이행하지 아니하는 경우에는 지체 없이 그 사실을 보증인에게 알려야 한다. 채권자는 보증인의 청구가 있으면 주채무의 내용 및 그 이행 여부를 보증인에게 알려야 한다.

4. 보증하는 채무의 최고액을 서면으로 특정하지 않은 근보증계약은 효력이 없다.

5. 보증기간의 약정이 없는 때에는 그 기간을 3년으로 본다.

6. 금융기관이 보증계약을 체결할 때에는 보증인에게 채무자의 신용정보를 제시하여 보증인의 기명날인이나 서명을 받도록 하고, 이에 위반한 계약은 보증인이 해지할 수 있다.

7. 보증인에 대한 불법적 채권추심행위 금지한다. 위반행위에 따라 5년 이하의 징역 또는 5천만 원 이하의 벌금에 처하거나, 3년 이하의 징역 또는 3천만 원 이하의 벌금에 처한다.

보증인보호를위한특별법은 정말 좋은 법이다. 나는 국민들이 호의 보증으로 인한 피해를 입지 않도록 하기 위하여 이 법의 시행 사실을 언론을 통해 국민들에게 홍보했다. 그리고 이 법이 성공적으로 시행되도록 최선을 다했다.

법무부 법무심의관 시절 왼쪽부터 이건태, 김경한 법무부 장관, 채동욱 법무실장(전 검찰총장)

자식 양육비는 줘야 사람이지

2008년 시점에서 직전 3년 동안의 이혼 건수를 살펴보면 다음과 같다.

구분	합계(건)	미성년 자녀 없음	미성년 자녀 1명	미성년 자녀 2명	미성년 자녀 3명 이상
2005년	128,035	45,414	34,976	40,227	5,997
2006년	124,524	48,178	33,381	36,894	5,456
2007년	124,072	50,881	32,241	35,171	5,401
합계(건)	376,631	144,473	100,598	112,292	16,854

2005년부터 2007년까지 3년 동안 이혼 건수가 376,631건이었고, 이 중에서 미성년 자녀를 둔 이혼이 229,744건이었다. 이 3년 동안 부모가 이혼을 한 미성년 자녀는 최소한 375,744명이었다.

2008년에 이혼 가정은 일반적인 가정의 한 형태로 자리 잡았고, 이혼을 특별히 이상하게 생각하지 않게 되었다. 표에서 보듯이 2005년부터 2007년까지 3년 동안 통계만 보더라도 최소 375,744명이나 되는 이혼 가정이(그러니 전체 이혼 가정의 미성년 자녀는 훨씬 많을 것임) 미성년 자녀를 경제적인 어려움을 겪지 않고 양육할 수 있도록 해 주는 것이 매우 긴요했다. 그러나 이혼 이후에 비양육 부모가 당연히 지급해야 할 양육비를 지급하지 않아 양육 부모가 경제적 어려움을 겪는 경우가 많아 사회적 문제가 되고 있었다. 이는 매우 중요한 민생 현안이었다.

법무심의관실에서 이 일을 담당한 검사는 한○○ 검사였다. 한 검사는 오직 일만 하는 바른 검사라고 말할 수 있다. 한 검사는 그의 이런 특장을 인정받아 그 후 검찰에서 주요 요직을 거치면서 지금은 서울중앙지방검찰청 간부로 일하고 있다.

그해 나와 한 검사는 미성년 자녀의 양육비를 확보하기 위한 가사소송법 개정안을 마련하여 정부 입법으로 추진하다가 시급하게 국회를 통과시키기 위하여 채권의 공정한 추심에 관한 법률과 마찬가지로 의원 입법으로 추진하기로 방향으로 틀어서 그해 11월에 의원입법으로 국회에 제출했고, 다른 의원들이 제출한 법안과 통합·조정되어 2009년 4월 국회를 통과했고, 2009년 11월에 시행되었다.

이 가사소송법 개정에서 양육비 이행 확보를 위한 매우 중요한 제도를 도입했다. 이 개정은 양육비 확보를 위한 제도 발전에 있어서 획기적인 전환점이 되었다고 할 수 있다. 그 내용을 살펴보면 이렇다.

양육비 직접지급명령제도를 도입했다. 양육비 채무는 미성년 자녀의 생존과 직결된 채무임에도 소액 정기금으로 지급되는 경우가 많고 강제집행을 하기도 어렵고, 이혼한 부부가 감정이 충돌하는 경우가 많기 때문에 비양육 부모가 선선히 이행하는 것을 기대하기가 곤란하다. 그래서 이러한 문제를 해결하기 위하여 가정법원이 급여소득자인

양육비지급의무자의 회사에게 양육비에 해당하는 금액을 직접 양육자에게 정기적으로 지급할 것을 명령할 수 있도록 했다. 이렇게 되어, 양육 부모는 번거로운 강제집행절차를 거치지 않고도 자녀에게 필요한 양육비를 정기적으로 지급받을 수 있게 되었다.

담보제공 및 일시금지급명령 제도를 도입했다. 양육비지급의무자가 정기적인 급여를 받는 근로자가 아닌 경우에는 양육비 직접지급명령을 적용할 수 없는 문제점이 있다. 이런 문제를 해결하기 위하여, 가정법원이 정기적인 급여를 받는 근로자가 아닌 양육비 지급의무자에게 양육비를 정기금으로 지급하게 하는 경우에, 양육비 지급의무자가 양육비를 지급하지 않거나 양육비지급의무자의 재산이 변동되는 경우 등을 대비하여 양육비지급의무자에게 담보를 제공하도록 명할 수 있도록 했다. 그리고 담보를 제공하지 않는 경우에 양육비의 전부 또는 일부를 일시금으로 지급하게 할 수 있도록 하여 담보제공명령의 실효성을 확보했다. 또한 일시금지급명령을 불이행할 경우에 감치에 처할 수 있도록 했다.

재산명시 및 재산조회 제도를 도입했다. 이혼소송과 결합된 재산분할 및 양육비 청구사건, 별거 등에 따른 부양료 청구사건에 있어서 상대방의 재산 파악은 심리의 가장 중요한 요소임에도 상대방의 자발적인 협조 없이는 재산 파악이 곤란하다. 일방 배우자가 이혼에 대비하여 재산을 은닉하거나 자신의 보유 재산을 스스로 밝히지 않는 경우에도, 상대방의 재산을 용이하게 파악할 수 있도록 함으로써 효율적인 심리 및 적정한 심판이 이루어질 수 있도록 할 필요가 있다. 그래서 가정법원으로부터 재산목록의 제출을 명령할 수 있도록 하고 그 명령을 받은 사람이 정당한 사유 없이 재산목록의 제출을 거부하거나 거짓의 재산목록을 제출한 경우와 가정법원으로부터 조회를 받은 기관·단체의 장이 정당한 사유 없이 거짓 자료를 제출하거나 자료를 제출할 것을 거부한 때에는 각 1천만 원 이하의 과태료에 처하도록 했다.

과태료 상한을 인상했다. 이 당시 과태료 '100만 원 이하'는 1990년 12월 가사소송법 제정 당시의 금액으로, 판결이나 조정 등에 대한 이행명령의 경우 과태료의 상한금액이 낮아 그 실효성을 확보하기 어려웠다. 그래서 판결이나 조정 등에 대한 이행명령 및 양육비 직접 지급명령, 담보제공명령의 실효성을 확보하기 위하여 과태료 상한 금액을 1천만 원으로 인상했다.

또다시
일본 민법을 베낄 수는 없다

  일반 국민들은 잘 모르지만 2008년은 국민의 민생에 있어서 매우 중요한 토대가 마련된 해였다. 그것은 법무부가 민법 재산법 편 전면 개정에 착수했기 때문이다. 민법은 민생의 기본법이다. 사람이 무엇이고, 성인의 나이는 언제부터인지, 사람은 어떻게 재산에 관한 법률행위를 하는지, 권리를 행사하지 않으면 언제 소멸시효가 완성되는지, 부동산은 무엇이고 동산은 무엇인지, 소유권, 점유권, 지상권, 전세권, 유치권, 질권, 저당권, 채권, 채무, 계약, 매매, 소비대차, 임대차, 고용, 도급, 위임, 조합, 부당이득, 손해배상 등등. 이름만 들어봐도 '아, 이게 우리 실생활에 진짜 중요한 것이구나' 하는 생각이 든다.

  우리 민법은 1958년 제정되었다. 그런데 우리 민법은 일본 민법을 계수했고, 일본 민법은 독일 민법을 계수했고, 독일 민법은 프랑스 나폴레옹 민법전을 계수했다. 그래서 우리 민법을 대륙법계 법이라고 한다.

  2008년 6월 법무부 법무심의관실과 한국민사법학회는 부산에서 공동 학술대회를 개최했다. 학술대회 주제는 '민법 개정, 무엇을 어떻게 할 것인가'였다. 나는 나중에 검찰총장이 된 한○○ 법무실장을 모시고 학술대회에 참석했다. 내가 사회를 봤고 주제 발표는 나중에 대법관이 된 서울대학교 법대 양○○ 교수가 했다. 양 교수의 발표를 들으면서 다른 법률은 판사, 검사, 변호사와 같은 실무가들도 제정하거나 개정할 수 있으나 민법은 실무가들이 개정 작업을 할 수 없다는 사실을 알게 되었다. 민법은 학문적 깊이가 없이는 한 글자도 손을 댈 수가 없다. 아주 작은 조항도 깊은 연혁이 있고, 이 조항이 저 조항에 영향을 미치고, 국민 전체의 권리와 의무에 막대한 영향을 미치기 때문이다. 나의 짧은 민법 지식으로는 양○○ 교수가 발표하는 내용 자체를 이해하기 어려웠다.

그날 매우 중요한 귀빈이 한 분 오셔서 발표를 했다. 일본 동경대 법대 교수였고 그 당시 일본 민법 개정위원회 위원장이던 우치다 다카시(內田 貴) 박사였다. 우치다 다카시 박사는 동경대 법대 출신 일본 최고 권위의 민법 학자였다. 법대 졸업생이나 사법시험을 공부한 사람이라면 누구나 우리나라 민법 학자이자 서울대학교 법과대학의 곽윤직 교수를 모를 수가 없다. 법과대학 학생이라면 누구라도 곽윤직 교수가 쓴 민법 교과서를 가지고 공부하는 것이 당연할 정도로 필독서였기 때문이다. 우치다 다카시 박사가 바로 우리나라의 곽윤직 교수 같은 분이다. 한국민사법학회에서 우치다 다카시 교수를 초빙한 것은 정말 잘한 일이었다.

일본 최고의 민법 학자가 일본 동경대 법과대학 교수를 그만두고 일본 민법을 개정하기 위하여 일본 법무성에 특별채용되어 민법 개정위원회 위원장을 맡아서 일본 민법 개정 작업을 진두지휘하고 있었다.

우치다 다카시 교수의 포부는 이러했다. 일본은 1993년에 처음 개정 논의를 시작한 이래로 15년간 개정안을 연구해 왔고 그 당시 채권법을 중심으로 민법 전반에 대한 대폭적 수정 작업을 진행하는 중이었다. 일본은 세계 2위의 경제 대국으로서 과거에 대륙법계의 원조가 프랑스의 나폴레옹 민법전이었다면 이제 21세기는 일본이 나폴레옹 민법전을 만들겠다는 원대한 계획을 가지고 있었다.

우치다 다카시 교수의 포부대로 된다면, 우리는 1958년에 우리 민법을 제정할 대 일본 민법을 베꼈듯이 21세기에 또 다시 일본 민법을 베껴야 하는 수모를 낭할 수밖에 없다는 생각이 스쳐 지나갔다.

우치다 다카시 교수의 발표가 끝나고 원로 교수로 고려대학교 법대 김○○ 명예교수가 민법 개정의 필요성을 역설했다. '민법은 민생의 기본법인데, 1958년 제정된 이래에 단 한 번도 개정이 되지 않았다. 민법이 민생을 돕지 못하고 오히려 민생의 발목을 잡고 있다. 민법 개정은 너무나 중요한 국가적 대업이다. 예산 1천 억 원을 써도 아깝지 않은 사업이다'. 이런 취지로 말씀했다.

나는 부산에서 서울로 올라오는 동안 사명감에 충만하여 흥분을 가눌 수 없었다. '내가 법무심의관으로 있을 때 민법 개정의 틀을 만들고 개정 작업에 착수해야겠다'. 이렇게 굳게 결심했다.

부산에서 올라온 다음 날 출근을 하자마자 한○○ 법무실장실에 들어갔다. "실장님, 우리도 민법 개정 당장 착수해야 하겠습니다". 한 실장도 적극 찬성이었다.

나는 법무심의관실 민법 담당 이○○ 검사와 민법 개정 작업을 어떻게 할지 계획 수립에 착수했다. 우선 법무부가 2004년에도 민법 개정안을 만들어 국회에 제출했는데, 국회에서 제대로 논의조차 되지 않은 채 폐기된 이유가 무엇인지를 분석했다. 2004년 10월 법무부는 130여 개 조항을 개정하는 민법 개정안을 만들어 국회에 제출했으나 국회에서 제대로 논의조차 되지 못한 채 17대 국회 임기만료로 폐기되었다. 이는 논의할 양이 너무 방대하고 내용이 어려워 의원들이 엄두를 내지 못했기 때문이다. 그리고 법무부가 2004년 개정안을 만들기 위하여 1999년 2월 법조계와 학계의 전문가 12명을 위촉하여 '민법개정특별분과위원회(위원장 이시윤, 전 감사원장)'를 구성하여 약 5년 4개월 동안 검토, 공청회, 의견 수렴을 거쳤으나, 개정위원회 위원을 너무 저명한 위원들 위주로 구성하다 보니 민법 학자 전반의 폭넓은 지지를 확보하지 못했다는 한계를 가지고 있었다.

나는 법무심의관실 민법 담당 이○○ 검사, 한국민사법학회 정○○ 회장(전남대 교수), 이○○ 수석부회장(건국대 교수, 2009년도 회장), 지○○ 총무(고려대 교수)와 밤늦게까지 여러 번 회의를 하여 어떻게 하면 2004년 개정 때 했던 실패를 반복하지 않고 민법 개정에 성공할지를 논의했다.

2004년 개정 실패를 타산지석 삼아 민법 개정안을 마련하는 체제를 개편하기로 했다. 우선 전국 법과대학 교수들에게 민법개정위원회에 참여할 기회를 골고루 줌으로써 민법 학자들의 폭넓은 참여와 지지를 확보하기로 했다. 그리고 민법개정위원회 산하에 6개 분과위원회를 둬서 분과별 개정안을 만들면 그때그때 개정안을 국회에 제출함으로써 국회가 부담을 갖기 않도록 하여 법안 통과 가능성을 높였다.

제1분과 위원회는 계약 및 법률행위를, 제2분과 위원회는 행위능력을, 제3분과 위원회는 법인제도를, 제4분과 위원회는 시효 및 제척기간을, 제5분과 위원회는 담보제도를, 제6분과 위원회는 체계 및 장기과제를 담당하기로 했다. 그리고 이 주제들과 관련하여 발표된 민법논문을 조사하여 이 주제들과 관련하여 연구 성과가 높은 교수들을 뽑은 다음에 이를 대학교별로 안분했다. 이 작업을 나와 이○○ 검사, 정○○ 회장, 이○○ 수석부회장(2009년도 회장), 지○○ 총무가 회의를 하여 결정했다.

이 논의를 할 때 제2분과 위원회에서 성년의 연령을 20세에서 19세로 낮추는 문제와 성년후견제를 도입하는 문제를 당장 논의하여 개정안을 만들기로 했다.

그다음으로 민법개정위원회의 위원장을 누구로 할지를 논의했다. 이는 매우 중요한 문제였다. 위원장은 실력도 있어야 했고, 민법 교수들로부터 전반적으로 신망과 존경을 받고 있어야 했다. 우리는 여러 차례 논의 끝에 충남대학교 서○ 교수를 위원장으로 선정했다. 법무부 장관에게 보고하여 내락을 받은 다음에 나는 서 교수에게 전화를 하여 교대역 부근에 있는 커피숍에서 만났다. 서 교수는 서울대학교 민법학 박사 1호로서 학계에서 두루 신망과 존경을 받고 있었다. 나는 민법 개정 계획, 민법개정위원회 구성 및 운영 계획을 설명해 드렸고, 서 교수는 흔쾌히 수락했다.

민법 개정 계획과 민법개정위원회 구성 방안을 진행하는 것과 별개로 예산 확보를 추진했다.

나는 부산 학술대회에서 돌아오자마자 기획예산처 예산심의관을 방문했다. 민법 개정 사업의 필요성, 중요성, 시급성을 상세히 설명하고 예산을 요청했다. 그러나 그때는 이미 정부 예산안이 사실상 종료된 상태였다. 예산심의관은 예산을 지원할 사업임이 틀림없으나 예산에 반영하기에는 너무 늦어서 곤란하다고 난색을 표했다. 나와 한○○ 법무실장은 기획예산처 차장, 예산실장을 설득했다. 나는 내 개인 인맥까지 동원하여 기획예산처를 설득했다. 다행히 기획예산처는 매년 9억 원의 예산을 지원하겠다고 결정했다.

나는 민법 개정 계획, 민법개정위원회 구성, 위원장 선임, 예산 확보를 끝내고 2009년 1월 서울중앙지방검찰청 형사2부장으로 발령을 받아 떠났다.

내가 민법 개정에 매달린 것은 우리 민법이 또 다시 일본 민법을 베끼는 모욕을 당하기 싫었기 때문이다. 그리고 민생의 기본법인 민법이 경제의 발전 속도를 따라잡지 못해 오히려 민생의 발목을 잡는 상황을 시급히 개선하고 싶었다. 또한 법 전체 체계로 볼 때, 주택임대차보호법, 상가건물임대차보호법, 보증인보호를위한특별법은 모두 민법의 임대차 편, 보증계약 편에 들어가야 할 내용들임에도 민법 개정이 이루어지지 못해 특별법 형식으로 이루어지는 상황이 안타까웠다. 이런 식으로 민사 특별법이 계속하여 만들어지면 국민들은 사안마다 다른 수십 개의 특별법을 찾아봐야 하는 불편을 겪을 것이며 법을 몰라 불이익을 당할 수도 있다. 민사에 관한 사안은 민법전 하나만 보면 거기에 다 나와 있어야 한다.

내가 법무부를 떠난 며칠 후 2009년 2월 4일 법무부 민법개정위원회가 출범했고, 2009년 9월 민법개정위원회는 첫 작품으로 성년의 연령을 20세에서 19세로 낮추고, 성년후견제를 도입하는 민법 개정안을 입법 예고했고, 이 법은 2011년 2월 국회를 통과했다.

나는 우치다 다카시 박사의 발표를 들으면서 1958년 민법을 제정할 때 일본 민법을 베꼈던 수모를 다시 겪을 수 없다는 마음에 미친 듯이 뛰어서 민법 개정의 체계를 만들었다. 민법은 민생의 기본법이다. 내 검사 생활 전체에서 가장 보람 있는 일이었다.

서울중앙지방검찰청 형사제2부·(2009.8.28.)

서울중앙지검 형사2부장

페놀 박피

서울중앙지방검찰청 형사2부장으로 근무할 때였다. 하루는 초임 검사가 두꺼운 결재를 올렸는데, 의료 과오 사건이었다. 요지는 성형외과 의사가 얼굴에 페놀을 입혀 얼굴 피부를 한 꺼풀 벗겨내면 마치 어린 아이의 피부처럼 새살이 돋아난다고 하여 수술을 했다가 수술 부작용으로 얼굴에 회복하기 불가능한 화상을 입힌 충격적인 사건이었다.

사건 기록을 처음부터 끝까지 정독했다. 가해 의사는 혐의를 부인했지만 범죄 혐의가 명백해 보였다. 그런데 당장 기소하기에는 수사가 미진했다. 수사 검사가 내린 결론이 맞는다고 하더라도 법리와 증거가 충분히 보강이 되지 않은 상태에서 기소를 하면 법원에서 무죄가 선고될 수도 있었다. 만약 법원에서 무죄가 선고되면 피해자들에게 낭패가 아닐 수 없다. 이때 마침 평검사 인사를 앞두고 있던 시점이었다. 나는 주임검사를 불러서 이 사건을 처리하지 말고 후임 검사에게 남기고 가도록 지시했다.

나는 평검사 인사가 끝난 후에 이 사건을 특별히 빼놓았다가 우리 부에 새로 배치된 의료 사건을 전담하는 이○○ 검사에게 재배당했다. 이 검사는 외국 유학을 끝내고 복귀하자 곧장 우리 부에 배치된 아주 우수한 검사였다. 나는 이 검사를 불러서 그 사건 기록을 놓고 이 사건의 내용, 가해 의사가 부인하는 취지, 아직 수사가 미진한 부분 등을 상세히 설명하고, 기록을 검토한 후에 수사 계획을 보고해 달라고 지시했다. 얼마 후 이 검사가 기록 검토를 끝내고 수사 계획을 보고했다. 과연 이 검사는 수사 경험이 풍부하고 치밀한 검사였다. 나는 '이 사건은 이제 임자를 만났구나' 하는 생각에 안심이 되었다.

한 달쯤 지났을까, 이 검사가 수사결과를 보고했다. 범죄 혐의가 인정되고 충분한 법리 검토와 증거 수집을 완료했으니 기소하겠다는 취지였다. 나는 결재를 하면서 탄복했다. 이 검사가 작성한 공소장은 한 편의 논문이었다. 이 검사는 가해 의사의 변명을 무너뜨리기 위하여 많은 자료를 검토했다. 법리는 탄탄했고, 증거는 충분했다. 이제 법정에서 어떤 변호사가 공격하더라도 공소유지가 가능하다는 확신이 들었다. 나는 상상해 보았다. 가해 의사가 피해를 입은 환자들에게 무릎을 꿇고 민사배상도 하는 모습을 상상해 보았다.

이 검사는 2009년 8월 피부과 전문의 2명을 업무상과실치상 혐의로 기소했다. 이 사건은 언론에 크게 보도되었다.

피부과 전문의 A는 2004년 4월부터 2008년 3월까지 병원장 P씨가 제조한 박피약물을 피해 여성 갑에게 사용해 기미를 제거하려다 안면부 4급 장애를 초래하는 등 9명에게 상해를 가한 혐의였다.

피부과 전문의 B는 2008년 3월부터 같은 병원에 근무하면서 박피술을 받으러 온 피해 여성 을에게 안면부 3급 장애를 입힌 혐의였다.

피해자 갑은 얼굴 60%에 화상을 입어 피부이식수술을 받아야 하고, 피해자 을은 얼굴 80%에 화상을 입는 바람에 눈이 감기지 않아 피부이식수술을 받은 상태였다.

피해자 갑은 "부작용 없는 간단한 시술로 기미를 평생 없앨 수 있다기에 1천 200만 원이나 들여 시술받았는데, 온 얼굴에 화상을 입어 모자와 마스크 없이는 집 밖에도 못나가는 신세가 됐다"라고 하소연했다.

다른 피해자들도 화학적 화상이나 흉터, 색소 침착 등의 부작용을 겪었다.

병원장 C는 2002년 독자적으로 페놀 성분이 함유된 박피약물을 제조해 기미, 주름, 흉터를 제거하는 '심부피부재생술'을 개발하고서 케이블TV 의학정보 프로그램 등을 통해 대대적으로 홍보했다. 이 병원은 2007년 병원장 C가 심장마비로 사망함에 따라 폐업했다. 피해자들은 박피 시술비로 각자 적게는 1천 200만 원에서 2천 만 원까지 시술비를 냈다고 주장했다.

병원장 C가 박피약물의 성분을 비밀로 했기 때문에 피부과 전문의 A, B는 정확한 성분도 모른 채 시술했으며, 환자들에게 시술 전 약물에 페놀이 들어 있는 점, 부작용 등을 충분히 설명하지 않아 의사로서 주의 의무를 다하지 않았다고 기소됐다.

또 임상 시험을 거쳐 안전성이 검증되기도 전에 박피약물을 사용했고, 약물의 효능을 정확히 파악해 적정한 깊이로 시술하지 않은 점 또한 주의 의무 위반에 해당한다고 기소했다.

병원장 C에게 직접 시술을 받은 6명을 포함해 이 병원에서 부작용을 입은 피해자 16명이 검찰에 고소했으며, 이들은 C의 유족을 상대로 민사소송을 제기했다.

이 사건은 의사들의 직업윤리 망각, 상업주의가 부른 사고였다. 치밀한 수사로 기소를 했지만, 잃어버린 아름다움은 어디서 찾을 수 있겠는가?

2010. 6. 12 검사장님 관사에서

제주지검 차장검사

어느 대학 총장의 사기 피해

제주지방검찰청 차장검사로 있을 때였다. 갑자기 김○○ 검찰총장으로부터 전화가 왔다. 나는 김○○ 검찰총장과 사적으로 인연이 없다. 그러면 무슨 공적인 전화일 텐데, 무슨 일 때문인지 궁금했다. "이 차장, 제주 지내기 어때요? 어제 어떤 분이 이 차장이 서울중앙 부장으로 있을 때 어떤 대학 총장이 피해를 당한 사기 사건을 주말까지 나와 수사해서 억울함을 풀어 주었다고 하시면서, 이런 검사가 훌륭한 검사라고 칭찬을 입에 침이 마르도록 했어요". 그때서야 나는 사건이 기억이 났다. 오○○ 대학 총장 사기 피해 사건. 잊어버리고 있던 사건으로 칭찬을 들으니 기분이 하루 종일 좋았다.

서울중앙지방검찰청 형사2부장검사로 발령을 받아 현안 사건을 파악해 보았다. 전임 임○○ 부장검사는 MBC 〈PD 수첩〉 사건을 수사하다가 검찰 지휘부와 의견 충돌로 사표를 쓰고 나가 버렸다. 나는 MBC 〈PD 수첩〉 사건이 당연히 후임인 나에게 배당될 줄로 알았는데, 지휘부는 그 사건을 나른 부도 재배낭했다. 전임 부장검사가 사건 처리 방향에 대하여 전임 지휘부와 의견충돌이 있었으니 그 사건을 누구에게 맡길지 고민이 없을 수 없었겠지만, 검찰 지휘부가 나를 못 믿는다는 신호로 읽을 수 있는 대목이었다.

형사2부는 식품, 의약, 환경을 전담하는 부서였다. 형사부이므로 주로 경찰이 송치하는 사건을 담당하지만, 식품의약품안전청의 특별사법경찰관을 지휘하므로 식품, 의약에 특화된 부서였다. 그래서 검사들은 형사2부에서 식품, 의약, 환경 분야에서 실적을 내서 인정받아 그다음 인사 때 특수부로 가는 경우가 많았다. 그런 점에서 인지 수사 능력이 있는 검사들에게 인기가 있었다.

업무 파악을 해 보니 특별히 현안 사건은 없었으나 부장검사에게 직접 배당된 재기수사명령 사건이 한 건 장기 미제로 있었다. 전임 부장검사가 MBC 〈PD 수첩〉 사건 때문에 바빠서 초임 검사를 시켜서 수사를 진행하고 있었으나 수사는 초입 단계에서 진전이 없었다. 나는 사건 기록을 회수하여 검토했다.

재기수사명령사건은 이미 한 번 검찰이 혐의 없음 처분을 했으나 고소인이 그에 불만을 가지고 이의를 제기했을 때 고등검찰청 검사가 사건을 재검토하여 다시 수사할 필요가 있다고 판단하면 해당 지방검찰청이나 지청에 다시 수사하도록 명령한 사건이다. 그러다 보니 재기수사명령 사건은 기록이 두껍다. 이 사건도 이미 서울중앙지방검찰청 조사과에서 상세하게 조사를 하여 혐의 없음 처분이 되었었다. 그러나 기록을 검토해 보니 미국에서 있었던 일이기 때문에 피고소인 김〇〇가 하는 변명이 맞는지 틀리는지를 검증할 수 없었고, 피고소인 김〇〇가 제출하는 서류들이 온통 영문 서류여서 이를 제대로 검토하지 못한 채 증거가 부족하다는 이유로 혐의 없음 처분이 내려졌었다.

고소인 오 총장이 말하는 피해 내용은 이랬다. 지방에 있는 어느 교육대학의 총장을 역임하고 퇴임한 오 총장은 퇴임 이후에도 교육

업무에 계속 종사하면서 보람 있게 여생을 보내고 싶었다. 그런데 마침 미국에 있는 대학을 운영하는 교포 김○○를 소개 받아 만나게 되었다. 김○○는 오 총장에게 그 대학 총장 자리를 제안했다. 그러면서 대학 운영과 관련하여 필요하다면서 돈을 빌려 가기 시작했다. 그렇게 하여 오 총장은 순진하게도 거의 전 재산을 김○○에게 사기당하는 피해를 입었다.

기록을 검토해 보니 사기 피해가 명백해 보이는데, 모든 일이 미국에서 일어났고 김○○도 미국에 살고 있어서 수사를 하기가 어려웠다. 다행인 점은 김○○는 자신이 미국에 있는 유명한 대학교의 이사장이라는 직함을 내세워 한국에서 사업을 해야만 하는 사람이었다. 그러니 그는 한국에 자주 들어올 수밖에 없었다. 만약 그가 한국에 들어올 이유가 없는 사람이었다면 이 사건은 해결하기 어려웠을 것이다.

이 사건의 쟁점은 김○○가 운영하는 대학이 미국의 인가를 정식으로 받은 대학인가의 여부였다. 김○○는 정식으로 인가를 받은 대학이라는 취지로 변명했고, 오 총장은 김○○의 주장은 모두 거짓말이라고 했다. 김○○는 자신의 주장을 입증할 영문 서류를 잔뜩 제출했다. 나는 부족한 영어 실력에 사전을 찾아 가면서 김○○가 제출한 영문 서류를 분석해 나갔다.

이 사건을 수사함에 있어서 또 다른 애로사항은 내가 수사를 할 시간을 확보하기 어렵다는 점이었다. 부장검사는 사건을 배당받지 않는 것이 원칙이고 또 그것이 맞다. 부장검사는 그 부 소속 검사들이 올리는 사건을 결재해야 하기 때문에 직접 수사를 할 만한 시간이 없다. 검사 1명이 200건 정도를 처리한다면, 검사 5명이면 한 달에 1,000건을 결재해야 한다. 그리고 사건 결재뿐만 아니라 수사계획 수립, 수사 지도, 부 운영, 청 운영 협조 등 할 일이 태산처럼 많다. 나는 피해자 조사를 위하여 오 총장을 불러서 면담을 했다. 상세한 피해자 조사를 마치고 사기 피해를 입었음이 명백하다는 확신을 가지게 되었다. 그리고 어떻게 해서든지 이 억울함을 풀어 줘야겠다고 결심했다.

나는 야근을 하고, 주말에 출근을 하여 이 사건 수사에 필요한 시간을 확보했다. 부장검사도 필요하면 야근도 하고 주말에 출근을 하지만, 흔한 일은 아니었다. 검찰은 부장검사부터 결재자로 역할이 바뀌기 때문에 부부장검사 때까지 초인적인 격무에 시달리다가 부장검사가 되면 야근과 주말 근무로부터 해방된다. 피해자 오 총장은 언제든지 대기 상태였으나, 피고소인인 김○○는 언제 미국에서 들어올지 알 수 없었다. 어렵게 김○○과 연락을 해서 들어오는 날에 시간을 내서 대질조사를 했다. 다행히 김○○는 치밀한 가운데에서도 어리숙한 면이 있었다. 내가 김○○의 주장에 귀를 기울여 주는 태도를 보이자 적극적으로 영문 서류를 제출하기 시작했다. 그리고 내가 영어를 잘 몰라서 그가 제출하는 영문 서류를 읽어 보지 못하고 있다는 태도를 보여 주었다. 나는 그가 제출하는 서류를 하나씩 모으기 시작했다.

그렇게 해서 4~5회 대질조사를 했던 것으로 기억된다. 주말에 조사를 할 때는 나는 오 총장, 김○○과 함께 서울중앙지방검찰청 부근 설렁탕 집에서 점심을 같이 먹었다. 참 어색한 식사였다. 적은 돈이지만 내가 반드시 3명 분 식대를 계산했고, 김○○은 검사가 식대를 내자 불편해했다. 그렇게 하여 증거들이 수집되었고, 사실관계가 정리되었다. 나는 마지막으로 한 번 더 조사를 하려고 했으나 그 시점에서는 김○○도 이미 눈치를 채고 들어오지 않았다. 나는 공소시효도 다가오고 내가 이 사건을 놔두고 떠나면 후임 부장이 기록을 파악하는 데에도 또 몇 개월이 지날지 알 수 없어서 김○○를 사기죄로 기소했다. 그리고 그 후에 한참 시간이 지났고 잊어버리고 있었는데, 김○○ 검찰총장으로부터 격려 전화를 받았으니 아마 그 사건이 그 후 법원에서도 잘 처리되었던 모양이다.

검사는 억울함을 풀어 주는 사람이다. 그 직분에 충실하면 사회에 신뢰가 쌓이고 민생이 편해진다. 이 사건은 내가 검사 본연의 임무에 충실했던 사례였다.

으뜸상호저축은행 파산

2009년 11월, 1974년 설립된 이후 35년간 제주 지역 서민금융기관으로 영업을 했던 으뜸상호저축은행이 역사 속으로 사라졌다.

으뜸상호저축은행의 영업인가 취소로 예금보호를 받지 못하는 5,000만 원 이상 고객은 1,512명에, 피해액은 450억 원에 이르는 것으로 알려졌다.

2009년 12월 금융감독원이 으뜸상호저축은행에 대한 전면 조사를 벌여 불법 대출 등의 혐의가 있는 대주주와 전현직 임원 등 6명을 상호저축은행법과 업무상 배임 등의 혐의로 고발한 사건이 제주지방검찰청에 접수되었다.

나는 이 당시 제주지방검찰청 차장검사로 일하고 있었다. 이 사건은 비록 지방에 있는 저축은행이지만 은행의 부실대출 전반을 조사해야 했기 때문에 방대한 양의 자료를 검토하고 많은 관련 자료를 조사해야 했다. 그러나 제주지방검찰청은 정원 자체가 많지 않은 데다가 이런저런 이유로 결원이 있어서 인력 사정이 매우 좋지 않았다. 그러면서도 신속하게 수사에 착수하고 질질 끌지 않고 수사를 완결해야 했다. 나는 주임검사를 누구로 할지를 고민하다가 빠른 일처리로 정평이 나 있던 이○○ 검사에게 이 사건을 맡기기로 했다. 내가 겪은 바로는 이 검사는 촉이 빠른 검사였다. 이 검사는 시간을 매우 효율적으로 썼다. 검사들은 월말에 집중적으로 일하다가 월말을 치르고 나면 월초에는 좀 느긋하게 보내는 경향이 있다. 그러나 이 검사는 월초나 월말이나 꾸준하게 일처리를 하고 아침 9시부터 6시까지 잠시도 쉬지 않고 일을 했다. 그러다 보니 다른 검사실에 비해 야근을 덜 하는 편임에도 불구하고 미제가 가장 적었다. 이 검사실에 미제가 적었다는 점도 이 방대한 사건을 이 검사에게 배당한 이유로 고려되었다. 부장 검사들과 상의한 결과 역시 이 검사가 적임자라는 것이었다. 검사장께 보고하여 이 검사를 주임검사로 결정했다.

이 검사는 본인도 우수했지만 그 검사실에 매우 우수한 수사관이 한 명 있었다. 마약 수사 전문 수사관이었는데, 뇌물 사건이나 경제사범 수사에도 일가견이 있었다. 수사라는 것이 하나 잘하면 다 잘하는 것이지 특별히 한계가 있는 것이 아니다. 검사와 수사관의 팀워크가 참 좋은 검사실이었다. 나는 이 검사에게 청 인력 사정상 수사 인력을 충분히 지원할 수 없다는 점을 알리며 수사를 신속하게 완수해 줄 것을 요구했다.

이 검사는 즉시 기록 검토에 착수했고, 매우 기민하게 움직였다. 그리고 2010년 7월 이 검사는 수사 결과를 보고했다.

으뜸상호저축은행에서 약 2,300억 원의 부실대출이 있었다고 판단했다. 불법으로 수백억 원을 대출해 준 으뜸저축은행 전 대표 A씨를 특정경제범죄가중처벌등에관한법률 위반(배임) 등의 혐의로 구속 기소하고 또 다른 전 대표 B씨와 대주주, 건설업자 등 10명을 같은 혐의로 불구속 기소했다.

A씨는 또 다른 전 대표 B씨와 공모해 2008년 11월부터 2009년 3월까지 C회사 등 7개 업체 명의로 합계 205억 원을 부실대출했고, 2008년 9월부터 지난 4월께까지 D주식회사 등 6개 업체에 동일인신용공여한도를 초과해 362억 4,000만 원을 대출해 준 혐의로 기소됐다.

　또 B씨는 A씨 등 임원들과 공모해 지난 2003년 6월부터 2009년 3월까지 17개 업체 명의로 합계 2,321억 6,000만 원을 부실대출해 주고 약 20억 원을 횡령한 혐의로 기소됐다. B씨는 2004년 4월부터 2009년 6월까지 약 5년 동안 강원랜드 카지노에 381회 출입해 3억 원가량을 탕진한 것으로 밝혀졌다.

　으뜸상호저축은행은 임원들이 모럴 해저드에 빠져 회사를 방만하게 운영한 결과였다. 그 바람에 이 은행을 믿고 돈을 맡긴 제주 지역 주민들의 피해가 컸다. 이 무렵 무너진 저축은행이 전국적으로 한두 개가 아니지만 제주처럼 작은 지역에서 오랫동안 도민의 사랑을 받아 왔던 으뜸상호저축은행이 무너지자 도민들이 받은 충격과 재산상 피해가 컸다. 투명한 경영 시스템이 구축되고, 금융당국의 관리·감독이 소홀하지 않았다면 부실대출이 오랜 기간 계속되지는 못했을 텐데, 안타까웠다.

○○도청 A국장 수뢰 사건

어느 날 이○○ 검사가 결재받으러 들어와서 "차장님, 얼마 안 있으면 제가 차장님께서 좋아하실 일을 하나 할 겁니다"라고 했다. 검사들은 보통 차장검사를 어려워한다. 그러나 일을 하다 보면 검사들도 차장검사의 성격을 알게 되고 뭘 원하는지도 알게 되면서 자연스럽게 친해지게 된다. 이 무렵 나는 이 검사가 특수 수사에 적성이 있다고 판단하고 있었을 때였다. "어, 그래. 이 검사 기대되네".

그로부터 열흘쯤 후에 이 검사가 수사 계획을 보고했다. ○○도청 국장 A의 뇌물 사건이었다. 이 검사는 기업의 횡령 사건을 수사하다가 뇌물 혐의를 포착했다. 검사는 일반적인 고소, 고발 사건을 수사하다가 망외의 소득으로 공무원 뇌물 사건이나 대형 기업범죄 사건의 단서를 발견하는 경우가 종종 있다. 그런데 어느 검사나 이런 단서를 찾아내는 것은 아니다. 실적을 내고자 하는 의욕이 있어야 하고, 특수검사 특유의 후각이 있어야 한다. 검사들은 대부분 실적을 올리고 싶어하지만 대형 범죄의 단서를 찾아내는 후각은 누구나 가지고 있는 것이 아니다. 특수검사의 자질은 냄새를 맡는 후각, 끈질김, 치밀함이라고 할 수 있다. 이 검사는 그런 후각을 가지고 있었다. 검찰 간부는 검사들의 특장을 잘 살펴서 적성과 자질에 맞는 업무를 분장해 주어야 한다. 흔히들 말하는 적재적소 배치다. 이 검사는 특수 수사에 맞는 적성과 자질을 가지고 있었다.

수사팀은 ○○도청 A국장실을 압수수색했다. 도지사와 A국장은 검찰 수사에 성실하게 협조하겠다는 뜻을 언론을 통해 밝혔다.

그 이후 수사는 일사천리로 진행되었다. 수사팀은 먼저 C업체 대표 B씨를 뇌물공여 혐의로 구속하여 신병을 확보했다. 그리고 얼마 후에 A국장을 풍력발전단지 개발사업과 관련하여 B로부터 3,600만 원 상당의 금품을 받은 뇌물수수 혐의로 구속했다.

○○도지사는 이 사건과 관련하여 도민들에게 사과했다. "온정주의를 철저하게 배격해 규정에 따라 엄정하게 일벌백계하겠다", "최근 발생한 일부 공직자들의 불미스러운 사건에 대해 안타깝고 죄송한 말씀을 드린다", "도민 여러분께 고개 숙여 사과의 말씀을 드린다".

○○도지사가 장문의 사과문을 발표한 것을 보면, 이 사건이 ○○도청과 ○○도민에게 얼마나 큰 충격을 주었는지를 알 수 있다. 지역 검찰이 해야 할 일 중에서 지방자치단체의 공직비리를 밝혀서 엄단하는 일은 매우 중요하다. 지방자치가 깨끗하고 투명하게 운영되어야 지역 주민들의 민생이 편안하고 풍요롭게 되기 때문이다.

○○지사 사촌동생 비리 사건

지방검찰이 해야 할 역할 중에 중요한 것이 지역 토착 비리의 척결이다. 지역의 토호들은 그 지역에서 권력과 부를 쥐고 온갖 이권에 개입한다. 주민들의 지탄의 대상이 되지만 그들의 범법행위를 밝혀 처벌하는 것이 쉽지 않다. 바로 이 지점에 지방 검찰의 역할이 있다.

토착 비리를 밝혀서 처벌하기 위해서는 검찰의 상하가 합심·단합하여야 한다. 그 지역에서 터를 잡고 살고 있는 수사관들이 범죄첩보를 수집하여 보고를 해 줘야 한다. 정의감에 불타고 영민한 검사가 수사 단서를 포착하여 열심히 수사를 해야 한다. 검찰 지휘부는 외풍을 막아 주고 수사를 적극 지원해야 한다.

내가 ○○지방검찰청 차장검사로 있을 때 이 삼박자가 잘 맞았다. 내가 모셨던 검사장이 부정부패 척결에 대한 확고한 원칙을 가지고 있었고, 나와 호흡을 맞췄던 부장검사들, 그리고 검사들 모두 한 팀이 되었다. 우리는 ○○도와 ○○도민을 위하여 ○○도에서 부정부패를 몰아내고 ○○도를 가장 안전한 도시를 만들고 싶었다.

그 당시 ○○지방검찰청에서 정의감에 불타고 영민한 검사가 있었다. 후배 검사들 중에는 "참 수사 잘한다. 너한테 걸리면 방법이 없겠다"는 말이 저절로 나올 정도로 수사를 잘하는 검사들이 있다. 내가

○○지방검찰청에서 만난 장○○ 검사가 그런 검사였다. 나보다 뛰어난 후배를 발견하면 기쁘고, 그가 좋은 수사를 하면 업어주고 싶다.

청 행사로 올레 7코스를 간 적이 있었다. 올레 7코스는 제주 올레 코스 중에서 가장 인기 있고 아름다운 코스다. 장 검사가 내 옆에서 같이 걷게 되었다. 이날 나는 장 검사의 진면목을 보게 되었다. 올레 길을 걸으면서 목이 좋은 곳에 있는 카페나 건물을 보게 되면, 장 검사는 여지없이 그 카페나 건물의 연유를 말해 주었다. 저것은 본래 누구 것이었는데 지금은 누가 가지고 있고, 저 건물은 누가 힘을 써서 허가를 받게 되었고 등등. 장 검사는 제주에서 힘깨나 쓰는 사람들에 대하여 모르는 게 없었다. 장 검사가 제주의 물밑 실정을 상세히 파악하는 노하우는 이랬다. 이권이 크게 걸린 입찰이나 허가에서는 승자와 패자가 있기 마련이다. 장 검사는 큰 입찰이나 허가가 끝나면 수사관을 보내서 패자로부터 승자가 어떤 방법으로 입찰을 땄고 허가를 얻었는지에 관한 정보를 파악했다. 그런 정보를 하나둘씩 모으다 보니 제주를 손금 보듯 파악하게 되었던 것이다.

장 검사가 이끄는 수사팀이 ○○도지사의 사촌동생 A가 골프장 등 업체로부터 공무원에게 인허가 등을 알선해 준다는 명목으로 돈을 받은 혐의를 포착했다. 2009년 12월 수사팀은 A의 집, 사무실, 골프장, 리조트, 은행 등 광범위한 압수수색을 실시했다.

그리고 2010년 1월 수사팀은 B골프장, C리조트, D건설사로부터 인허가 과정에서 청탁 대가로 약 5억 원을 받은 특정범죄가중처벌에관한법률위반(알선수재) 혐의로 ○○지사의 사촌동생 A를 구속했다. 중앙지와 지방지 기자들이 내 방에 진을 치고 수사 상황을 물었다. 관련된 업체가 어딘지를 집요하게 물었다. 언론은 이 수사가 미칠 파장에 주목하고 있었다.

○○도지사의 사촌동생이 구속되자 ○○ 지역 반부패네트워크 등 시민단체들은 검찰의 성역 없는 수사와 ○○도지사의 공개 사과를 촉구했다. 도민들의 여론이 들끓었다.

이 사건은 이 당시 ○○도를 떠들썩하게 만들었던 토착 비리 사건이었다. 장 검사라는 매우 뛰어난 검사가 있어서 가능했던 수사였다. ○○지방검찰청이 이때 이 수사를 하지 않았다면 A의 비리가 계속되지 않으리라고 누가 장담할 수 있겠는가?

A가 구속되고 나서 보름쯤 후 ○○도지사는 그해 6월에 있는 ○○도지사 선거에 출마하지 않겠다고 선언했다. 현직 도지사의 불출마 선언은 지역 정가와 관가에 큰 파장을 일으켰다. 도지사는 '자유로운 영혼을 위한 선택'이라는 기자회견문에서, "저의 불출마는 오늘 갑자기 결정된 것이 아니다. 4년 전 도민 여러분의 선택을 받을 때 이미 결정한 것"이라고 밝혔다. 그리고 "제가 다시 선거에 출마한다면 논란에 논란을 거듭하고 비판을 위한 비판이 이어질 것이다", "도정이 흔들리고 도정이 흔들린다면 그 피해는 도민에게 돌아간다"고 말했다.

이 사건 수사가 도지사의 불출마 선언과 관련이 있는지 여부는 잘 모르겠다. 그러나 검찰이 토착비리를 수사해서 법질서를 바로 잡아야 한다는 임무를 완수한 사건이었던 것만큼은 분명했다.

한라산

제주도에는 한라산, 오름, 동굴, 모래 해변, 바다, 올레 길 등 천혜의 관광자원이 풍부하다. 나는 제주지방검찰청 차장검사로 근무하는 동안 주말을 이용하여 가급적 많은 곳을 가 보고 즐겨 보았다. 그러나 역시 최고는 한라산이었다.

나는 한라산 종주를 혼자서 3번, 단체로 2번 했다. 모두 성판악에서 올라가 관음사로 내려오는 길을 선택했다. 그 코스가 가장 무난했기 때문이다. 윗세오름은 항상 단체로 올랐는데, 5번은 간 것 같다. 주로 영실에서 올라가서 어승생악으로 내려가는 코스를 선택했다.

한라산을 종주하는 데 8시간 내지 9시간이 소요된다. 그러니 완주를 목표로 하는 사람들은 새벽에 시작하지 않으면 입구에서 통제를 당한다. 나는 등산 마니아가 아니기 때문에 한라산 종주를 하면서 처음 알게 된 사실인데, 엄지발가락 발톱을 깎지 않고 등산을 하게 되면 발톱 안쪽에 피멍이 들게 된다. 하산하는 과정에서 엄지발가락 앞 부위가 등산화 앞쪽에 계속 부딪히면서 피멍이 들게 된다.

나는 등산가도 아니고 시인도 아니고 작가도 아니어서 한라산의 아름다움을 글로 표현할 재주가 없다. 한라산 등산의 즐거움도 표현할 재주가 없다. 내가 특히 한라산 홀로 등산을 즐겼던 이유는 대자연에 파묻혀 그 누구의 방해도 받지 않는 나만의 8시간을 온전히 즐길 수 있기 때문이다. 김밥 두 줄, 물 세 병을 배낭에 넣고 자연을 벗 삼아 찬찬히 걷는다. 쉬고 싶으면 쉬고, 걷고 싶으면 걷는다. 한라산 걷기는 지루하지 않다. 한라산은 충분히 크고 넓고 깊고 다채롭기 때문에 걷는 자를 지루하게 만들지 않는다.

내가 성판악에서 올라가서 관음사로 내려가는 코스를 즐기는 이유는 홀로 등산의 즐거움을 만끽하기가 가장 좋은 코스이기 때문이다.

성판악 관리사무실(해발 750m)에서 출발하여 속밭, 사라오름 입구, 진달래 밭 대피소를 지나 백록담 정상까지는 완만한 경사를 이루고 있어서 걷기에 무리가 없다. 백록담 정상 부근에 이르면 나무들이 없지만, 코스 대부분이 숲으로 이루어져 있어서 삼림욕을 즐기면서 걷기에 안성맞춤이다. 구상나무 숲이 가장 넓게 형성된 곳이다. 걷기 명상, 홀로 등산을 즐기기에 최적의 코스다.

정상에 올라 운이 좋으면 백록담을 볼 수 있고, 운이 나쁘면 백록담을 못 볼 수도 있다. 그러나 백록담을 보려고 온 산행이 아니니 상관이 없다. 정상에서 아래를 내려다보면 발아래 구름이 있다. 가까이 또는 멀리 섬들이 한 점 한 점 바다 위에 둥둥 떠 있다.

백록담에서 관음사로 내려오는 코스는 가파르다. 발을 내딛는 곳에 집중하지 않으면 사고를 당할 수 있다. 만약 이 코스를 거꾸로 올라온다면 무척 힘이 들 것이다. 그래서 나는 시도해 보지 않았다. 그렇다고 성판악에서 올라왔다가 다시 성판악으로 내려가는 것은 단조롭다.

한번은 관음사로 내려오는 길에 전망이 툭 트인 언덕 비슷한 곳에 도착했다. 날씨가 청명했다. 구름 한 점 없었다. 시야가 깨끗했다. 옆 사람에게 눈앞에 바로 떠 있어서 손에 잡힐 것 같은 섬이 무슨 섬인지를 물었더니 거제도라고 했다. 여기서 거제도가 보이느냐고 물었더니 이렇게 맑은 날은 가까이 있는 것처럼 보인다고 했다. 지금도 그 말이 맞는지 의구심이 들었지만, 그분의 말이 맞는다면 거제도가 바로 눈앞에 있는 것처럼 가까웠다.

한라산 걷기 명상을 하기 가장 좋은 계절은 역시 봄이다. 그런데 걷기 명상과 정반대 측면에서 한라산을 즐기는 방법은 설산 감상이다. 겨울에 눈이 내리고 3~4일 지났을 때 한라산을 찾으면 월트 디즈니의 애니메이션 〈겨울왕국〉과 같은 곳에 갈 수 있다. 한라산 눈 등산을 즐기는 사람들은 겨울이면 매주 주말 항공권을 예약해 놓고 월, 화, 수 중에 눈이 내리면 한라산을 찾아 등산을 하고, 눈이 내리지 않으면 목요일쯤에 예약을 취소하기를 반복한다고 한다. 나는 한라산 눈 등산은 항상 단체로 영실에서 윗세오름으로 올라가서 어승생악으로 내려오는 코스를 갔다. 눈이 쌓여 길이 보이지 않기 때문에 길 양편에 꽂아둔 2미터 정도 되는 쇠막대기를 보고 걸어야 한다. 온 세상이 하얗고, 내 마음도 절로 하얗다. 하얀 세상 하얀 동심.

아름다운 제주에서 근무할 수 있는 기회를 얻게 되어 큰 행운이었다. 제주도는 우리 역사에서 많은 피해를 입은 고장이다. 평화의 섬 제주가 아름다운 자연과 독특한 문화를 잘 보존하고 경제적으로도 도시 못지않게 성장했으면 좋겠다.

지역 언론사 대표 2명을 공갈죄로 구속하다

"이 차장, ○○에서 말깨나 하는 사람들은 모두 그 수사를 검찰이 어떻게 하나 지켜보고 있었습니다. '과연 구속할 수 있을까'라고 하면서. 이번에 검찰이 정말 잘했습니다. 시민들도 모두 박수를 치고 있습니다".

○○지방검찰청 차장검사로 있을 때 가끔 만나는 대학 교수님이 내게 해 주신 말이었다. 이분은 검찰이 쉽지 않은 수사를 잘해 줘서 ○○에서 오피니언 리더들이 한결같이 칭찬을 하고 있다고 말했다. 나는 그분이 하는 칭찬보다도 "그 수사를 검찰이 어떻게 하나 지켜보고 있었습니다. 과연 구속할 수 있을까라고 하면서"가 크게 들렸다. 우리가 결정을 잘했구나 하는 안도감이 들었다.

지방 검찰의 중요한 역할 중 하나가 토착 비리를 척결하여 민생을 편안하게 해 주는 것이다. 그러려면 수사를 잘하는 검사가 있어야 하고, 수사 외풍을 막아주는 검찰 지휘부가 필요하다. 지역에서 일간 신문 대표를 구속하는 것은 간단한 문제가 아니다. 언론은 힘이 있다. 또 여기저기서 구속해서는 안 된다는 압력성 부탁들이 들어온다.

○○지방검찰청 특수부는 예전부터 일을 많이 하기로 유명했다. ○

○○이 산업도시이고 사업거리가 많은 도시라서 뇌물사건이나 기업범죄, 경제범죄가 자주 적발되었다. 그래서 ○○지방검찰청 특수부에는 우수한 검사들이 배치되었고 실적도 좋았다. 그 당시 서○○ 특수부장과 특수부 소속 검사들은 하나같이 '맹장'들이었다.

○○시 남구에 A시행사가 아파트를 지었다. 이 과정에서 복마전이 펼쳐졌다. 이 아파트 건축을 둘러싸고 발생한 비리 백화점 같은 사건은 서○○ 특수부장이 수사를 지휘했고, 박○○ 검사, 권○○ 검사가 수사를 했다.

○○시의회 B의원은 ○○시 건축위원회 위원으로 있을 때 아파트 시행사들로부터 건축심의 통과 명목으로 용역대금 7억여 원의 미술장식품 설치권을 받았고, ○○시의회 C의원은 ○○시 도시계획위원으로 있을 때 도시계획폐지심의 통과 명목으로 A시행사로부터 미술장식품 설치 용역 대금을 빙자해 1억 3천여 만 원을 받았다. 증권사 부동산금융팀장이었던 D는 A시행사에 1,500억 원을 대출해 주고 3억 원을 받았다. ○○시 배구협회장이었던 E는 아파트 건축 관련 청탁 명목으로 로비 자금 26억여 원을 받았다. A시행사 대표인 F는 회사 자금 60억여 원을 횡령했다. 이들은 모두 구속 기소되었다.

이 수사를 하는 과정에서 ○○ 지역 일간지 전현직 대표들이 A시행사로부터 협찬금이나 광고비 명목으로 돈을 빼앗은 사실이 드러났다.

○○ 지역 일간지 전 대표인 G는 A시행사로부터 협찬금 명목으로 1억 1,000여만 원을 받았다. 또 다른 일간지 대표 H는 A시행사로부터 협찬금 명목으로 3,300여만 원을 받았고, 또 다른 아파트를 시행한 I시행사로부터 광고비 명목으로 5,000여만 원을 받았다. 이들은 모두

공갈죄로 구속 기소되었다.

○○ 지역 일간지 H에 대한 구속 여부를 결정할 때, 그가 언론사 현직 대표이었기 때문에 여기저기서 부탁이 들어왔다. 검찰 입장에서도 현직 언론사 대표였기 때문에 신중할 수밖에 없었다. 수사팀은 강력하게 구속을 주장했고, 나는 수사팀의 의견이 타당하다고 검사장에게 의견을 말했고, 검사장도 나와 수사팀의 의견을 받아들여 구속이 결정되었다.

특수부장은 우리가 구속영장을 청구하지만 법원이 구속영장을 발부할지 모르겠다고 걱정을 했다. 나는 특수부장에게 이렇게 지시했다. "서 부장, 법원 영장 담당 판사에게 우리가 판사를 하고 검사를 하는 이유가 이런 사건을 제대로 처벌하기 위해서 하는 겁니다. 반드시 구속영장을 발부해 달라고 말해 주세요".

이렇게 하여 원칙과 정도에 맞게 ○○ 지역 전현직 언론사 대표 2명이 공갈죄로 구속되었다. 검찰의 존재 이유가 확인되는 순간이었다.

수입인지, 수입증지 도둑

"차장님, 신기한 사건이 있습니다. 인지를 훔쳐서 팔아먹은 사건입니다".

인지·증지는 국가가 세금을 걷기 위해 발행하는 증표이다. 국가기관이 일정 금액을 표시해 발행·관리하고 법원과 은행 등 지정된 기관을 통해서만 판매가 가능하다. 법원에 소장을 접수할 때 소가에 해당하는 인지대를 납부하고 그 증거로 인지를 기록에 첨부해야 한다. 예전에 내가 운전면허 시험을 볼 때 수입증지를 사서 운전면허 원서에 붙였던 기억이 난다. 그런데 이처럼 소송 기록이나 공문서에 붙어 있는 인지나 증지를 떼어 내어 팔아먹는 공무원들과 이렇게 훔친 인지와 증지를 인터넷을 통해 유통해 주는 장물아비들이 있었던 것이다.

일부 법원 직원들이 재판이 확정되면 서류를 법원 창고에 보관한다는 사실에 착안하여, 보관된 서류에 붙어 있는 헌 인지를 오려서 민원인이 소송 서류를 제출하면 새 인지를 떼어내고 헌 인지를 붙이는 방식으로 새 인지를 훔쳤다. 빼돌린 새 인지는 인터넷 거래 사이트를 통해 판매하고 있었다.

"세상은 넓고 할 일은 많다"가 아니라 "세상은 넓고 도둑질할 일은 많다"로 바꾸어야 할 세태였다.

2011년 4월 부산고등법원은 법원 직원 A가 울산지방법원에서 근무할 때 인지와 증지 4천여 건 1억 6,00여만 원 어치를 훔쳐 빼돌린 혐의로 울산지방검찰청에 수사의뢰했다. 나는 이 사건이 단발 사건이 아닐 가능성에 무게를 두고 특수부에 배당했다. 그리고 특수부는 본격적인 수사에 착수했다.

그리고 2011년 6월 특수부는 인지·증지를 불법 거래한 인터넷사이트 운영자 B를 장물죄로 구속했다. B는 약 2년 동 인지·증지를 불법적으로 거래하는 사이트를 운영하면서 법원 공무원이 훔쳐 온 인지와 증지를 매수하여 수억 원대의 인지·증지를 불법 유통했다. 장물아비를 잡았으니 수사는 일사천리로 진행되었다.

2011년 8월 수사를 종결할 때까지 수사팀은 수입인지와 수입증지를 훔치고 이를 유통시키고 판매한 사범 29명을 일망타진했다. 법원직원들은 훔친 인지와 증지를 60~80% 가격으로 유통 전문 인터넷 사이트에 팔아넘겼고, 유통 전문 인터넷 사이트는 이를 90% 가격에 되팔았다.

C는 인지·증지 절도범으로부터 1억 원가량의 인지를 싸게 구입해 정상적인 것처럼 판매했다. 일반 회사 직원인 D는 폐지 업체에 근무하는 아내를 이용해 폐기 대상 서류에 첨부된 인지·증지를 떼어내 소인을 지운 뒤 판매해 3억 8,000만 원가량의 이득을 취했다. 전 법원 공무원이었던 E는 등기 관련 업무를 담당하면서 인지 5,500만 원가량을 훔쳤다. 전 공기업 직원인 F는 전산 자료 제공 업무를 담당하면서 신청인이 제출한 인지 약 4,000만 원가량을 훔쳤다. 전 식약청 공무원인 G는 국가표준품 분양 업무를 담당하면서 인지 1,000만 원가량을 훔

쳤다.

 법무사 사무실 직원인 H는 등기 관련 업무를 하면서 인지·증지 약 2,700만 원가량을 훔쳤다. 대부관리회사 직원 I는 대부관리 업무를 하면서 인지 1,027만 원가량을 훔쳤다. 은행 직원 J는 여신업무를 담당하면서 대출신청서에 첨부된 인지 900만 원가량을 횡령하고 훔쳤다. 건설업체 직원 K는 사무실에 보관된 인지 1,361만 원 어치를 훔쳤다. 골프장 직원 L은 회원 명의 개설 서류에 첨부된 인지 684만 원가량을 훔쳤다.

 이 사건은 '세상에 이런 일도 있었구나' 하는 사건이었다. 법원도 이런 일이 있을 줄은 생각도 못 했을 것이다. 일부 직원들의 일탈이 점점 더 퍼지면서 소문이 났을 것이고 그러다 비위 사실 제보가 들어왔을 것이다. 불법 인지와 증지를 유통시켜 주는 전문 인터넷 사이트까지 생겼으니 얼마나 광범위하게 퍼졌는지 짐작해 볼 수 있었다.

5세 여아 학대치사 사건

"차장님, 특별히 구두로 대면 보고를 해야 할 사건이어서 직접 들고 왔습니다".

인천에서 지방으로 발령이 난 검사가 두꺼운 사건 기록을 들고 들어왔다. 검찰청에서 사건 결재는 특별한 사안이 아니면 서면 결재를 올린다. 이처럼 검사들이 대면 결재를 받으려는 이유는 그 사건과 처리와 관련하여 상사에게 특별한 설명을 할 필요가 있어서이다.

그 사건은 정말로 불쌍하게 살다가 억울하게 죽은 여자아이에 관한 사건이었다. 다섯 살 여자아이는 부모가 이혼을 하자 외할아버지 부부에게 맡겨졌다. 그러나 외할아버지가 애인을 사귀자 외할머니마저 집을 나가 버렸다. 외할아버지는 여자아이를 자신의 애인 집에 맡겼다. 어린 나이에 기구한 운명을 맞은 불쌍한 아이였다. 여자아이는 외할아버지의 애인 집에서 살다가 추운 겨울에 베란다에서 죽었는데, 아이를 키우던 외할아버지의 애인은 아이가 베란다에서 넘어져서 죽었다고 둘러댔다. 아이의 몸에 매를 맞은 자국이 있었지만, 외할아버지의 애인은 아이를 때린 적이 없다고 잡아뗐다. 검사는 이 사건을 수사했지만 혐의자가 범행을 부인하고 있고 목격자가 있을 리 없는 사건이어서 증거를 찾지 못해 애를 먹고 있었다. 그때 정기 인사를 맞아 다른 청으로 떠나게 된 담당 검사는 이 사건을 다른 검사에게 남기고 가기가 부담스러워서 불구속 기소하겠다고 결정하고, 그 취지를 설명하기 위하여 사건 기록을 들고 차장실에 들어온 것이었다.

그러나 만약 검사의 심중대로 여아가 학대를 당해 죽었다면 가해자를 구속함이 마땅한 사건이었다. 그리고 혐의자들이 혐의를 완강하게 부인하고 있어서 결정적인 증거가 없는 상황에서 기소를 했다가 법원에서 증거 부족으로 무죄가 선고되면 죽은 여자아이의 원혼은 억울해서 구천을 떠돌 것이다. 나는 검사와 대화를 하던 끝에 증거물로 알루미늄 자가 있다는 사실을 알게 되었다. 알루미늄 자에 혈흔이 있는지 분석해 볼 필요가 있었다. 뭐라도 결정적 물증을 찾아야 했다. 나는 검사에게 사건을 남겨 두고 가도록 지시했다.

검찰이 오해하는 부분이 있다. 검찰은 공안사건, 특수사건이 중요하다고 생각한다. 공안사건은 선거사건, 특수사건은 뇌물사건이 가장 대표적인 사건이다. 그러나 이런 사건들은 국민들의 생활과는 거리가 먼 사건들이다. 국민들은 성폭력사건, 살인사건, 강도사건, 절도사건, 학교폭력사건을 엄단하여 주기를 원한다. 국민들은 검찰의 수사력이 이들 민생사건에 집중하여 민생이 편하기를 강력하게 바란다. 그런데 검찰은 일을 잘하고 실적이 우수한 검사들을 공안부나 특수부에 배치한다. 기관장 입장에서는 공안사건, 특수사건이 중요하기 때문이다. 물론 공안사건과 특수사건도 중요하다. 그러나 인력 운용의 중점이 공안사건, 특수사건에 편중되고 민생사건이 부차적으로 취급된다면 이것은 잘못되어도 한참 잘못된 것이다.

나는 그해 봄 정기 인사 때 다른 청에서 전입하는 검사들 중에서 최우수 검사 3명을 뽑아 학교폭력 전담, 아동범죄·성폭력범죄 전담, 강력범죄 전담에 배치했다. 그리고 이들에게 이 보직에서 좋은 실적을 거두면 내면에 공안부나 특수부에 보내 주겠다고 언질을 주었다. 그리고 아동범죄·성폭력범죄 전담을 맡은 김○○ 검사에게 이 불쌍한 여자아이 사망사건을 배당했다. 나는 김 검사에게 알루미늄 자를 분석하는 등 뭐라도 객관적인 물증을 반드시 찾으라고 지시했다.

그리고 시간이 한참 흘렀다. 김 검사가 차장실을 밀고 들어왔다. 목소리가 들떠 있었다. "차장님, 알루미늄 자에서 혈흔 반응이 나왔습니다". 범행 도구로 추정되는 알루미늄 자에서 아이의 혈흔과 외할아버지 애인의 DNA가 발견되었다. 또 사체 부검을 통해 여아의 머리 손상이 '1회가 아닌 서로 다른 시점에서 반복적으로 작용한 외력으로 인해 발생했다'는 사실을 확인했다. 그렇게 하여 결정적 증거가 세상 밖으로 나왔다. 김 검사는 이를 증거로 혐의자들을 다시 수사했다. 재수사를 통해 진상이 드러났다. 멀쩡했던 아이는 엄마도 없는 낯선 집에서 살면서 적응하지 못해 대소변을 가리지 못했다. 이에 외할아버지의 애인은 아이를 알루미늄 자 등으로 폭행하기 시작했다. 2개월간 알루미늄 자로 아이의 머리를 때리고 손과 발로도 마구 폭행했다. 그리고 속옷만 입힌 채 영하 5.2도의 추위에 아파트 베란다에 방치했다. 그녀의 딸은 아이가 똥오줌을 가리지 못하면 치워야 하는데도 그냥 방지했다. 김○○ 검사는 대소변을 가리지 못한다는 이유로 5세 여아를 때리고 학대해 숨지게 한 혐의(학대치사)로 외할아버지의 애인을 구속하여 기소했고, 그녀와 함께 아이를 제대로 돌보지 않고 구박한 혐의(아동복지법 위반)로 그녀의 딸도 불구속 기소했다.

사랑과 돌봄을 받고 자라야 할 아이가 그렇게 불쌍하게 죽었다. 억울한 죽음, 억울한 피해를 당하는 사람이 없도록 검찰과 경찰의 수사력은 지금보다 몇 배 더 민생사건에 투입되어야 한다. 안전한 사회가 만들어져야 민생이 편안할 수 있다.

인천지검 제1차장검사 시절 인천지검 간부들과 함께
- 앞줄 왼쪽 5번 이건태 변호사, 왼쪽 6번 김병화 당시 검사장, 왼쪽 7번 김호철 당시 제2차장검사전 대구고검 검사장,
왼쪽 9번 배성범 당시 형사4부장검사현 서울중앙지검 검사장, 뒷줄 왼쪽 4번 이정희 당시 형사5부장검사현 인천지검 검사장,
왼쪽 5번 문찬석 당시 특수부장현 광주지검 검사장

인권보호 상담실

의정부지방검찰청 고양지청장 시절이었다. 나의 관심은 어떻게 하면 사건 관계인들에게 억울한 일이 발생하지 않도록 할 것인가에 가 있었다.

일반인들은 우리나라 사법 체계에 대한 이해도가 떨어지기 때문에 막상 사건의 당사자가 되어도 내가 왜 처벌을 받아야 하는지, 어느 정도 처벌을 받는지, 어떤 과정을 거쳐서 처벌을 받는지에 대하여 잘 모른다. 그저 막연하게 알고 있는 경우가 많다.

구속된 사람들 중에 변호인 선임이 안 된 사람들이 많다. 이 사람들 중에 자기 사건에 대하여 충분히 파악하고 있고, 충분한 정보를 가지고 있는 사람이 얼마나 될까?

나는 관내 변호사들로부터 자원봉사 신청을 받아 경찰에서 송치된 구속 피의자들을 송치된 날 검사가 조사하기 전에 법률 상담을 해주는 제도를 시행했다. 이 제도가 '인권보호 상담실' 제도이다.

이 제도 시행에 의정부지방변호사회 고양지회 소속 변호사들께서 자원봉사자로 나서 주었다. 그 덕분에 구속 피의자들이 송치되어 검사실에서 조사를 받기 전에 자신의 혐의가 무엇인지, 그 혐의는 어느 정도 처벌되는 범죄인지, 억울한 점이 무엇인지, 검사실 조사를 어떻게 받아야 하는지 등등에 대해 알게 되고 꼭 필요한 도움을 받을 수 있게 되었다. 현재 검찰청은 인권감독관 제도를 운영하고 있다. 이 제도의 취지도 수사 과정에서 발생할 수 있는 인권 침해 사례를 감독하는 제도이다. 검사의 존재 이유는 수사에 있는 것이 아니라 오히려 수사 과정에서 인권 침해가 없도록 하는 역할에 있다. 검사를 전문 법률가인 변호사에서 임명하는 이유가 그것이다.

의정부지검 고양지청장 시절 간부들과 함께

판사, 검사, 변호사의 정의

"정의의 붓으로 인권을 쓴다".

변호사라는 직업을 한마디로 표현한 글귀가 있다.

정의와 인권은 형사 사법에서 구현해야 하는 양대 가치이다. 정의를 실현해야 하고, 그 과정에서 인권을 철저하게 보장해야 한다. 정의는 실체적 진실을 밝혀야만 구현이 가능하다. 실체적 정의를 밝히기 위해서는 임의 수사든 강제 수사든 인권을 제한하는 수사가 불가피하다. 따라서 정의를 실현하는 과정에서 인권이 침해되지 않도록 각별한 노력과 통제가 필요하다.

변호사를 하면서 변호사, 검사, 판사를 관찰해 보면 이들 세 직업이 추구하는 정의가 다르다는 생각이 들었다.

변호사는 의뢰인의 입장에 서서 검사와 판사를 설득한다. 의뢰인의 말을 듣고 조언을 하고 검찰과 법원에 의견서를 제출하고 변론을 한다. 그래서 변호사가 추구하는 정의는 주관적 정의라고 할 수 있다. 의뢰인의 입장에서 본 주관적 정의다. 그렇기 때문에 변호사가 주장하는 주관적 정의는 옳을 수도 있고 틀릴 수도 있다.

검사는 사회의 법질서 유지, 공동체의 전체적인 이익, 사회 전체의 여론 등을 사건 처리를 할 때 반영한다. 물론 검사도 사건 당사자의 입장, 처리, 범행 동기, 피해 회복 여부 등을 종합적으로 고려하지만 사건 당사자들의 주관적 입장을 떠나서 사회 전체의 객관적 입장을 고려하고 반영하여 사건을 처리한다. 그래서 검사가 추구하는 정의는 객관적 정의라고 할 수 있다. 검사가 사회적 이슈가 된 사건에서 사건 당사자의 입장보다는 사회 일반의 여론을 중심으로 사건을 처리하는 경우를 종종 볼 수 있는데, 바로 이런 이유이다. 그렇기 때문에 검사가 주장하는 객관적 정의는 옳을 수도 있고 틀릴 수도 있다.

판사는 검사가 주장하는 객관적 정의와 변호사가 주장하는 주관적 정의 사이에서 그 사건에 딱 들어맞는 답을 찾아야 한다. 검사가 사회 일반의 여론에 너무 치우쳐서 사건 당사자의 구체적인 사정을 살피지 못한 건 아닌지 고민한다. 변호사가 사건 당사자의 이런저런 사정을 주장하지만 이 주장이 타당한지를 고민한다. 그래서 판사가 추구하는 정의는 구체적 정의다. 판사는 사건 당사자들의 입장, 사회의 법질서, 사회 일반이 추구하는 가치 등을 종합하여 그 사건에 딱 맞는 구체적 정의를 찾아서 선고해야 한다.

검사가 사회 일반의 법질서만 강조하여 엄한 구형을 하더라도 판사는 그 구형이 그 사건에 있어서 너무 과하다고 판단하면 그보다 낮은 형을 선고해야 한다. 또 변호사가 아무린 사건 당사자의 딱한 사정을 변론하더라도 사회의 법질서에 끼친 해악이 크다면 판사는 엄벌을 선고해야 한다.

우리동네변호사

　부천시 소사본동 70 소사메디파크 202호에 변호사 사무실을 차렸다. 소사에 있는 유일한 변호사 사무실, 우리 동네에 있는 변호사 사무실, 그래 '우리동네변호사'로 하자. 그래 우리동네변호사가 되자.

　통상 변호사 사무실은 법원과 검찰청 앞에 모여 있다. 법원과 검찰청이 가까우니 업무를 처리하기가 쉽고, 사람들이 모이니 사건을 수임하는 데 도움이 된다. 우체국, 은행, 법무사 사무실, 공증 사무실, 속기사 사무실, 맛있는 식당, 큰 커피숍 등 법률 사무를 보는 데 편리한 인프라가 잘 갖춰져 있다.

　그러니 변호사 사무실은 당연히 법원과 검찰청 앞에 내야 한다. 그러나 나는 우리동네변호사가 되고 싶었다. 주민들 곁에 있어서 언제든지 쉽게 찾아올 수 있는 변호사가 되고 싶었다.

　나는 농촌의 가난한 집에서 태어났다. 그리고 정말 운 좋게 대학 재학 중에 사법시험에 합격하여 검사가 되고 또 큰 청의 지청장까지 했다. 행운이었다. 나는 나를 키워 준 나의 부모님, 내 친척들과 같이 살면서 그들에게 내가 받은 것을 돌려주는 삶을 살고 싶었다.

　우리동네변호사 사무실을 차린 뒤에 주민들이 이런저런 법률 문제로 찾아온다. 아파트 주민 대표자들 사이에 발생한 갈등, 별 생각 없이 한 행동이 강제추행으로 고소를 당한 사건, 경험 부족으로 장부 기재를 명확하게 하지 않았을 뿐인데 횡령으로 고소를 당했다는 사건, 경로당 안에서 발생한 어르신들 사이의 폭행 사건은 물론이고, 자신의 채권을 보호받기 위하여 서면을 받아야 하는데 어떻게 작성해야 하는지, 1심에서 패소했는데 2심에서 승산이 있을지, 가까운 사람이 중국을 오가며 보따리 장사를 했는데 조사를 받으러 오라고 한다며 이럴 때는 어떻게 해야 하는지, 재판에서 해고가 확정되었는데 재심이 가능한지, 사기를 당했는데 상대방 변호사가 연락이 와서 반만 받고 합의하자고 하니 어떻게 해야 하는지, 동업 관계를 정리하는 과정에서 잘못이 없음에도 상대방으로부터 고소를 당했는데 죄가 되는지, 오랫동안 타인의 땅을 빌려 서비스 업체를 운영했는데 나가라고 하니 그동안 들인 시설비 등을 구제 받을 방법이 없겠는지, 경제적 사정이 어려워져 이혼을 생각하고 있는데 재산분할은 어떻게 되는지 등등에 관한 이런저런 법률 민원이 밀려 들어온다.

우리동네변호사 사무실을 열고 보니 주민들의 법률 민원이 의외로 많다는 사실을 알게 되었다. 왜 아니겠는가? 생활 속에서 여러 어려움을 겪으면서 생계를 꾸리다 보면 별의별 일이 다 생길 것이다.

변호사를 하면서 알게 된 것 중에 대표적인 것이 법을 몰라 죄를 범하는 경우가 의외로 많다는 사실이다. 법률 전문가가 아닌 이상 일상생활을 하면서 어떻게 적법 여부를 따지면서 살 수 있겠는가? 상식에 부합되게 판단하고 행동하면서 살면 되는 것이지. 그러나 막상 일이 터지면 법을 몰랐다는 것으로 변명이 되지 않으니 쉽게 변호사를 만날 수 없는 서민들 입장에서는 억울할 일이다. "법의 부지는 변명할 수 없다"는 법언이 있다. 법원과 검찰청에서 법을 몰랐다는 변명은 안 들어준다.

일반인들 중에는 민사와 형사도 구분하지 못하는 경우도 많다. 경찰에서 조사를 받고 와서도 정확히 사건의 쟁점이 무엇인지도 모른다. 재산이나 사업, 가족관계에 관한 중요한 의사결정을 할 때 어떤 리스크가 있는지를 몰라 어쩔 줄 몰라 하는 경우도 많다.

내가 배운 지식, 내가 했던 경험, 내가 가진 지혜를 모아서 서민과 함께하는 우리동네변호사가 나는 지청장 때보다 더 편안하고 좋다.

우리 동네에서 만난 아이와의 대화

정지용, 펄벅, 목일신이 살았던 소사

소사는 1789년 부평도호부 옥산면 소사리(素沙里)였다. 1895년 5월 26일 인천구 부평군에 편입되었고, 1896년 8월 4일 경기도 부평군에 편입되었고, 1914년 3월 1일 부천군이 신설되면서 부천군 옥산면에 편입되었다. 1914년 4월 1일 부천군 계남면에 편입되었다가 1931년 4월 1일 계남면이 소사면으로 개편되었는데, 이때 소사의 한자가 '素沙'에서 '素砂'로 바뀐다. 그리고 1941년 10월 1일 소사읍으로 승격하고, 1973년 7월 1일 소사읍 지역이 부천시로 승격하고, 소사(素砂)동이 되었다. 1988년 남구가 신설되었고 1993년 소사구로 명칭이 변경되었다. 2016년 7월 부천시가 행정 체제를 개편하면서 구가 폐지되었지만 소사구라는 이름은 주민들이 소속감을 가지고 사랑하는 지명이고 선거구로는 여전히 존재하고 있다.

우리 동네 소사는 정지용 시인, 펄벅 작가, 목일신 아동문학가 등 세 분이 살면서 지역을 위하여 많은 봉사를 했던 곳이다.

1930년대 우리나라를 대표하는 시인으로 「향수」, 「유리창」, 「호수」 등을 지은 정지용 시인은 1943년 서울 소개령으로 가족과 함께 부천군 소사읍 소사리 90-5번지(경인로 316 건물)로 이주하여 3년간 거주하면서 부천의 천주교 발전에 지대한 업적을 남겼다. 정지용은 독실한 천주교 신자로서 자신이 사는 집 근처에 있는 소사공소의 신자들과 성당 개설을 추진하였다. 서울에서 신부를 모셔와 부지를 직접 알아보고, 적산가옥을 미군정으로부터 어렵게 임대받아 1946년 4월 부천군 최초의 성당인 소사성당을 창립하는 데 공헌하였다.

『대지』로 유명한 세계적인 작가 펄벅 여사는 구한말부터 광복이 되던 해까지를 시대적 배경으로 한 소설 『살아있는 갈대』를 집필하기 위해 1960년대 초에 우리나라를 방문한 이후 10여 년을 소사에서 보내면서 출생으로 인하여 고통을 받는 혼혈 아동의 존재를 알리고 그들이 당면한 사회적 불평등과 편견을 줄이기 위해 여생을 바쳤다. 펄벅 여사는 1965년 펄벅 재단 한국 지부를 설립하고 1967년에는 부천시 소사구 심곡본동 현재의 펄벅 기념관 자리에 소사희망원을 세웠으며 1973년 삶을 마감하기 전까지 이곳에서 전쟁 고아와 혼혈 아동 2,000여 명을 돌보며 왕성한 복지 활동을 펼쳤다.

목일신 선생은 "따르릉 따르릉 비켜 나세요"의 「자전거」 등 400여 편에 달하는 동시, 수필, 가요 등 문학 작품을 남긴 아동문학가이다. 목일신 선생은 1960년에 부천시 범박동에 이주하여 1986년 작고하셨다. 부천시 괴안동에 목일신 선생을 기념하는 목일신 공원이 있고, 괴안동 주민자치위원회는 매년 목일신 음악회를 열어서 선생을 기념하고 있다.

소사는 문학가들의 숨결이 깃든 아름답고 정겨운 고장이다. 아름답고 살기 좋은 고장을 만들어 가야 하겠다.

part. 2

이건태,
세상에 말하다

- 시사 이슈 칼럼 및 방송 토론 모음

시사 이슈 칼럼

화해치유재단 '해산'과
김대중-오부치 선언의 지혜

2018.10.18.《데일리한국》

　정부가 '화해치유재단'을 해산하는 절차에 들어갔다. 박근혜 정부가 2015년 12월 일본과 '일본군 위안부' 합의를 하고 받은 돈 10억 엔으로 설립한 재단이 정리 수순을 밟고 있는 셈이다.

　'화해치유재단' 해산은 '일본군 위안부 피해자' 할머니들과 관련 시민단체뿐 아니라 국민 다수가 일본과 재협상을 하거나 합의를 무효화하라고 요구하는 데 대한 문재인 정부의 답변이기도 하다.

　정부가 국민 다수의 목소리에 귀를 기울이는 것은 당연한 일이다. 하지만 박근혜 정부가 일본 측과 합의할 때 '최종적 및 불가역적'이라는 문구를 넣은 탓에 정부로서는 이럴 수도 없고 저럴 수도 없는 난감한 상황이다.

　문재인 대통령은 최근 이와 관련해 아베 일본 총리에게 합의를 파기하거나 재협상을 요구하지는 않겠다고 언급했다. 비록 전 정부가 합의한 것이지만 정부 합의를 단번에 뒤집을 수는 없기 때문일 것이다.

　문 대통령은 다만 화해치유재단이 정상적 기능을 하지 못해 고사할 수밖에 없는 상황이라는 점을 이유로 들며 해산 방침을 시사했다. 한편으로는 합의 파기나 재협상은 없다고 강조하면서 한편으로는 합의의 산물인 화해치유재단을 해산하는 절차에 돌입하는 '고육지책'을 선택했다.

박근혜 정부는 피해 당사자들이 반대하고 국민들이 받아들이기 꺼려하는 위안부 관련 합의를 군이 왜 밀어붙였을까? 박근혜 정부는 집권 초기부터 일본군 위안부 문제가 선결되지 않으면 일본과의 정상회담은 없다며 대일(對日) 강경 일변도의 외교 정책을 구사했다. 2015년 11월 아베 총리와 한일 정상회담을 할 때까지 무려 3년여 동안 한일 정상회담이 한 차례도 열리지 않았다는 점도 고려됐을 것이다.

박근혜 전 대통령은 여성 대통령으로서 일본군 위안부 문제를 보란 듯이 해결하고 싶었을 것이다. 하지만 외교는 엄연히 상대방이 있는 영역이며, 아베 일본 총리는 역대 일본 총리 가운데 가장 우익 색채가 강할 뿐 아니라 민감한 역사 문제에 대해 대단히 소극적인 태도를 보인 인물이다.

더욱이 당시 국제 정세도 미중 대립이 점점 심화되는 형국이었다. 박근혜 정부가 호언장담을 할 수 있는 형편이 전혀 아니었던 것이다. 미일 협력이 강화되면서 미국이 역사 문제에 있어서도 점차 일본 편으로 기울며 박근혜 정부에 일본과의 관계 개선을 요구하기에 이른 것만 봐도 그렇다.

더욱이 믿었던 중국마저 일본과의 정상회담에 나서고, 중러가 긴밀해지는 상황이 펼쳐지자 박근혜 정부의 대일외교는 점점 외통수로 내몰리는 형국이었다. 그 결과로 나타난 것이 바로 12·28 한일 일본군 위안부 합의였다. 법적 책임이 명시되지 않은 수준의 사죄와 10억 엔 출연의 대가로 일본군 위안부 문제를 최종적·불가역적으로 종결한다는 취지였다.

이 합의는 지난 25년 동안 피해자 할머니들과 관련 시민단체들이 힘겹게 일궈낸 성과를 한꺼번에 훼손시킨 악재였다. 김학순 할머니가 1991년 8월 14일 일본군 위안부 실상을 실명으로 공개한 이후 재조명 되기 시작한 위안부 문제가 거대한 장벽에 봉착한 것이다. 박근혜 정부는 일본군 위안부 피해자 할머니들의 의사도 묻지 않고 이같은 합의를 밀어붙였다. 결국 한일 일본군 위안부 합의는 박근혜 정부의 소통 부재, 전략 부재, 역사의식 부재가 가져온 '외교 참사'로 귀결됐다.

특히 2011년 8월에 나온 헌법재판소의 결정조차 정부가 준수하지 않았다는 점은 심각한 문제가 아닐 수 없다. 헌법재판소는 '일본군 위안부' 피해자 할머니들이 한국정부를 상대로 낸 소송에서 일본국에 의해 자행된 불법행위로 우리 국민이 피해를 입은 만큼 일본국이 잘못을 인정하고 법적 책임을 지도록 우리 정부가 해결에 나서라고 결정했다.

이 결정은 설문조사에서 국민이 뽑은 헌법재판소 결정 1위에 선정됐을 정도로 역사적·법률적으로 울림이 컸다. 지난 8월 26일 헌법재판소가 헌법재판소 창립 30주년을 맞아 국민 1만 5754명을 대상으로 '국민이 뽑은 헌법재판소 결정 30선' 설문조사를 한 결과 '위안부 배상 관련 행정 부작위 사건'이 1위를 차지했다. 두 차례의 대통령 탄핵사건을 제칠 정도로 위안부 문제가 국민의 마음속에 깊이 각인돼 있다는 반증이었다.

그렇다면 문재인 정부는 한일 '일본군 위안부' 문제를 과연 어떻게 풀어나가야 하는가. '일본군 위안부' 문제는 일본군에 의해 자행된 가장 심각한 여성인권침해 사건이라는 점을 반드시 짚어야 한다. 그렇기 때문에 일본국의 법적 책임이 인정돼야 한다는 원칙과 피해자 중심으로 문제가 해결돼야 한다는 원칙이 관철돼야 한다.

아울러 간과해서는 안 될 대목은 '일본군 위안부' 문제는 이미 국제사회에서 세계 여성인권문제로 지목돼 도마 위에 올라 있는 글로벌 이슈였다는 사실이다. 2007년 7월 미국 하원이 일본 정부를 상대로 '위안부 문제 책임 인정 및 공식 사죄 요구 결의'를 채택한 것이 한 예다. 또한 2017년 11월에는 유엔인권이사회가 일본에 '성의 있는 사죄, 피해자 보상, 미래세대 교육, 성노예 범죄에 대한 법적 책임'을 권고하기에 이르렀다.

하지만 이처럼 사안이 명백하고 심각함에도 불구하고 일본은 여전히 법적 책임을 인정하지 않으려 하고 있다. 역사 문제에 있어 일본은 한국 정부가 책임을 주장해야 할 상대방에 해당된다. 다른 한편으로 일본은 우리가 한반도에서 새로운 평화와 번영의 체제를 구축하는 데 협력해야 하는 이웃국가이기도 하다. 원칙을 관철하면서도 미래를 향한 협력이 필수적이라는 의미다.

지난 10월 8일은 김대중·오부치 선언 20주년이 되는 날이다. 이처럼 복잡다단한 현실을 냉정하게 인정하고 나온 해결책이 바로 1998년 당시 김대중 대통령과 오부치 일본 총리가 발표한 '21세기의 새로운 한일 파트너십 공동선언'이다. 역사 문제와 미래 협력 문제를 분리해 투 트랙으로 접근하자는 것이 이 선언의 요체다. 문재인 대통령도 지난 5월 일본 《요미우리 신문》과의 인터뷰에서 김대중·오부치 선언이 제시한 투 트랙 접근이 대일외교의 기조라는 점을 강조한 바 있다.

문재인 정부는 앞으로 일본군 위안부 문제를 다룰 때 피해자 중심의 해결 원칙, 일본의 법적 책임을 묻는 원칙 등 두 가지를 충실하게 실천에 옮기면서 김대중·오부치 선언에 녹아 있는 지혜를 살려나가야 할 것이다.

역사 문제는 국제적인 연대를 강화하면서 지속적으로 원칙적 해결을 요구하는 것이 중요하다. 일본 스스로도 역사적 사실을 부인하는 것이 자국에 이익이 되지 않는다는 현실을 직시하게 될 때가 반드시 올 것이기 때문이다.

일본 정부는 일본군 위안부 문제가 결코 피할 수 없는 역사 문제인 동시에 세계 여성 인권 문제라는 점을 깊이 인식해 우리 정부와 국제 사회의 요구에 화답하기를 기대한다. 일본이 G7 선진국으로서 진정성을 갖고 이 문제에 접근하기를 간절히 소망한다.

부천역 광장에서 NO 아베 캠페인

판검사가
이 시대의 '호민관'이 돼야 하는 까닭

———

2018.12.7.《데일리한국》

살다 보면 억울한 피해를 당했는데 구제받을 길이 없어 멍하니 하늘만 처다본 경험이 누구나 한번쯤은 있을 것이다. 명백한 피해자인데, 가해자는 보란 듯이 활보하고 민·형사상 아무런 구제책도 마련되지 않아 피해자가 그야말로 피눈물이 나는 사례가 적지 않다고 본다. 법조인으로서 피해자에게 이런저런 법리를 설명해 줄 수는 있다. 하지만 그게 피해자에게는 아무런 위안도 도움도 되지 않을 것이 불 보듯 뻔하다.

요즘 중소기업과 자영업자 등 중소상인들이 너무 힘들고 어렵다고 이구동성으로 말한다. 정부가 대책을 내놓고 있지만 경제 문제는 단기간 내에 갑자기 호전되기 어렵다. 안타까운 일이 아닐 수 없다. 중소기업 사장이나 중소상인들을 만나 보면 외상값이라도 제대로 받으면 좀 낫겠다고 하소연하는 분들이 많다.

예컨대 철물섬 사장이 건축 현장에 철제품을 납품해 공사가 완공됐고 시공사가 공사대금을 받았음에도 외상값을 지불하지 않는 사례가 적지 않다고 한다. 철물 납품과 하청 공사가 이뤄져 공사대금을 받았음에도 정작 납품자에게는 아무런 대가도 지불되지 않은 어이없는 상황이 불거진 셈이다.

소송을 하면 되지 않느냐고 반문할 수도 있다. 하지만 이미 그 회사가 부도가 난 상황에서는 오랜 소송 끝에 승소한다고 해도 결국 남는 것은 종이 조각뿐이라는 엄연한 현실은 어떻게 할 것인가. 한 예로 사기죄로 고소해도 사기 칠 생각이 있었던 것은 아니라는 식으로 조사 결과가 나온다면 고의 입증이 어려워 사실상 처벌이 어렵게 된다.

정말로 방법이 없을까? 원청 회사가 발주자로부터 공사대금을 받고서도 하청 회사에 하청대금을 주지 않을 경우에는 하도급거래공정화에관한법률에 의해 벌금에 처하도록 규정돼 있다. 하지만 공정거래위원장의 고발이 있어야 하고 처벌 수위가 벌금에 불과해 근본적인 해결책이 될 수는 없다. 해법이 너무 느슨한 데다 먼 길을 더욱 돌아가는 답답함과 안타까움이 들 수밖에 없다.

법원과 검찰은 부동산 이중매매를 배임죄로 처벌한다. 중도금까지 지급되면 매도인과 매수인 사이에 '신임관계'가 형성되는데 매도인이 다른 곳에 팔아치우면 매수인의 '신뢰를 저버리는 행위'가 되므로 처벌받는 식이다. 대법원은 이처럼 부동산 이중매매를 처벌하는 이유를 부동산이 경제생활에서 차지하는 비중이나 이를 목적으로 한 거래의 사회경제적 의미가 여전히 크기 때문이라고 규정하고 있다.

그렇다면 공사대금을 받으면 철물대금을 반드시 갚겠다고 굳게 약속해 놓고도 정작 공사대금을 받은 뒤에는 그 돈을 다른 곳에 써버리고 나 몰라라 하는 경우도 '신임관계'와 '신뢰를 저버리는 행위'가 성립된다고 보는 게 옳지 않을까. 마찬가지로 하청 업체가 인부와 자재를 대서 공사를 완공했는데도 원청 회사가 공사대금을 받아 다른 곳에

써 버리고 하청대금을 안 갚는다고 버티면 이 역시 신뢰를 무너뜨린 것으로 보고 그에 걸맞은 처분을 내리는 것이 사리에 맞지 않겠는가.

하지만 검찰은 부동산 매매대금을 보호하기 위해 배임죄를 적용하면서도 철물대금, 하청대금을 위해서는 배임죄를 적용하지 않는다. 사기죄가 성립되지 않으면 무혐의 결정을 하고, 배임죄는 검토도 하지 않는다. 철물을 댄 철물점 사장과 온 정성을 다해 공사를 마무리한 하청회사 사장이 부동산 매수인보다 덜 보호돼야 할 이유가 무엇인지 도무지 이해할 수 없다.

유사한 사례도 적지 않다. 우리 사회의 큰 병폐 중의 하나가 '차명' 거래에 따른 사회적 문제다. 남편이 사업을 하다 빚을 지면 안 갚는지 못 갚는지 잠시 사라졌다가 부인 명의로 사업자등록을 하고 다시 사업을 한다. '간판갈이'를 통해 버젓이 불법을 자행하는 사례가 아닐 수 없다.

그 돈이 어디서 났는지 모르지만 아무튼 그때부터 모든 재산은 부인 명의로 얼굴을 바꾸기 일쑤다. 사업장에 나와서 일하는 사람은 분명 예전의 그 사람 그대로인데 간판과 사업자 명의만 바뀌었다. 여전히 부인은 집에서 살림을 하고 사업장에는 그림자도 비치지 않는다. 하지만 재산이 모두 부인 명의로 바뀐 상태여서 채권자가 호소할 법적 구제 수단도 마땅치 않다.

남편이 부인 명의로 토지를 매수하고 건축허가를 내고 건축업자와 공사계약을 하고 오피스텔을 짓고 보존등기를 하고 임차인과 임대차 계약을 하고 부인의 계좌로 임대료를 받는다.

실제로 모든 것을 남편이 다 했지만 명의는 부인 앞으로 되어 있다. 부인은 집에 있고 사업장에는 얼씬도 안 한다. 문제는 명의가 부인 앞으로 되어 있기 때문에 그 남편에게 돈을 빌려준 사람, 공사를 해 준 사람, 자재를 대 준 사람 등 그 누구도 그 재산에 전혀 손을 댈 수 없다는 것이다. 명의가 거래 당사자인 남편이 아닌 부인 앞으로 되어 있다는 것이 단 하나의 이유다.

실제로 해당 재산의 소유자가 부인이 아니라 남편이라는 정황 증거가 넘쳐난다면 법원은 이를 남편 소유라고 인정하거나 적어도 부부 공동재산으로 인정해 줘야 하지 않을까? 하지만 우리 법원은 '명의'를 대단히 중시하므로 절대로 그처럼 융통성 있는 결론을 내지 않는다. 법원은 부인 명의로 된 재산이 남편 소유라는 확실한 증거를 요구하기 마련이다. 차명사회의 굴레에서 벗어나려면 '명의'를 보지 말고 '실질'을 봐야 할 텐데, 법 현실은 전혀 이를 따라오지 못하고 있다. 그런 현실이 다람쥐 쳇바퀴처럼 되풀이되며 돌아가고 있을 뿐이다.

실질적 법치를 구현하기 위해서는 철물점 사장과 하청 회사 사장이 못 받은 외상값과 공사대금을 받아낼 수 있도록 법이 도와줘야 한다. 해법은 간단하다. 법원이 이런 사례에 대해 배임죄를 적용한다면 감히 공사대금을 다른 곳으로 빼돌리지는 못할 것이다. 철물점 사장과 하청 회사 사장이 외상값만 제대로 받아도 지금의 어려움을 상당 부분 극복할 수 있기에 안타까움은 더욱더 커질 수밖에 없다.

차명(借名)은 우리 사회의 오래된 적폐다. 법원이 우리 사회의 문제를 해결하기 위해 좀 더 관심을 가진다면 차명사회 문제를 해결하는 쪽으로 법리를 운용할 수 있을 것이다. 차명사회의 굴레에서 벗어나야 진정한 신뢰사회를 이룰 수 있다.

외상값을 못 받았는데 법적인 구제 수단이 없어 막막하다면 어떤 생각이 들까. 차명의 벽에 막혀 피해 구제를 받지 못하는 현실을 그냥 보고만 있어야 할까. 형식적 법치에 가려져 방치되고 있는 실질적 법치를 어떻게 구현해 나갈지… 술수의 덫에 걸린 민생을 어떻게 구제해야 할까.

판사와 검사는 우리 사회가 안고 있는 이런 문제에 대해 치열하게 고민해 해법을 찾아내야 한다. 판검사가 우리 사회에서 존경받고 인정받는 이면에는 그 같은 기대도 한몫하고 있다고 믿는다. 아울러 판검사야말로 그 같은 판단을 하고 구현할 수 있는 위치에 있다는 점에서 수많은 피해자들이 간절한 마음으로 그들에게 기대를 걸고 있다는 점도 부인할 수 없는 현실이다.

필자가 제시한 아이디어가 법리적으로는 다소 현실감이 떨어질 수도 있다. 다만 판사와 검사들이 우리 사회의 문제를 해결하기 위해 피해자들이 처한 현실에 더욱더 관심을 갖고 자신의 능력과 경험을 최대한 발휘해 달라는 주문이다.

판사와 검사는 과거로부터 내려온 법리에 얽매이지 말고 적극적으로 법리를 개발하고 적용해 이 시대의 문제를 해결하는 데 앞장서야 한다. 판사와 검사는 법대 위에 앉아 서민들과 피해자들에게 '안 된다'는 법리를 설명해 주는 법기술자가 아니라 광장에 내려와 '된다'는 법리로 서민들과 피해자들을 구제해 주는 호민관이 돼야 한다.

마음가짐은 이미 호민관인데 이런저런 이유로 망설여온 판검사가 사실 꽤 많을 것으로 확신한다. 이분들이 이참에 광장으로 걸어내려와 선량한 피해자들을 진심으로 위로하고 해법을 제시해 줄 수 있는 진짜 '호민관'이 되기를 간절히 기원한다.

대법원 양형기준 강화해야
'김용균 법'이 산다

2019.1.16. 《데일리한국》

하청업체 비정규직 김용균 씨의 죽음을 계기로 국회에서 잠자고 있던 산업안전보건법 개정안이 지난해 12월 27일 가까스로 통과됐다.

'김용균 법'은 지난 2016년 6월 7일부터 지난해 11월 1일까지 제출됐으나 답보 상태에 머물던 의원 제출 법안 24개와 정부 제출 법안 3개 등 27개 법안이 정부 법안을 중심으로 종합·조정돼 만들어진 산물이다.

이 법률은 입법 이유를 "산업재해로 인한 사고 사망자 수가 연간 1,000여 명에 이르고 있고, 이는 주요 선진국보다 2배 이상 높은 수준이라는 사실을 심각하게 인식하고 산업재해를 획기적으로 줄이고 안전하고 건강하게 일할 수 있는 여건을 조성하기 위해서"라고 적시하고 있다.

산업재해는 기업과 노동계의 이해 대립이라는 구도에서 볼 일이 아니다. 이는 노동자의 생명권 보장에 관한 사안이다. 이 문제를 올바르게 인식하기 위해 우리나라의 산업재해가 얼마나 심각한 문제를 안고 있는지 들여다볼 필요가 있다.

고용노동부 자료에 따르면 산업재해 사망자는 2017년 1,957명이고, 연간 근로자 수 1만 명당 발생하는 업무상 사고 사망자 수의 비율을 말하는 사고성 사망만인율은 0.52이다. 주요 선진국과 비교해 보면, 2015년 기준 사고성 사망만인율은 우리나라 0.53, 일본 0.17, 독일 0.15, 미국 0.35, 영국 0.04로 우리나라가 월등하게 높다.

우리 노동자들이 현장에서 사망 사고의 위험에 매우 심각한 수준으로 노출돼 있다는 사실이 통계 숫자로 여실히 드러난 셈이다. 이같은 수치를 접하고도 획기적인 대책을 강구하지 않는다면 정부와 정치권의 수치일 뿐 아니라 직무유기와 다름없다고 본다. 국가적 역량을 집중해 산업재해를 줄이는 데 발 벗고 나서야만 한다.

이번에 통과된 '김용균 법'이 완벽할 수는 없다. 하지만 산업재해로부터 노동자들을 보호하려는 의지를 갖고 있으며, 진일보된 방안을 담은 내용이라고 판단된다.

문제는 법률이 만들어졌다고 산업재해 문제가 해결되는 것은 아니라는 점이다. 정말 중요한 것은 법률에 얼마나 강도 높은 내용이 포함돼 있느냐에 달렸다. 법률을 제대로 집행해 산업재해를 획기적으로 줄이겠다는 국가의 의지를 확실하게 보여 줘야만 현장의 인식과 풍토를 완전히 바꿀 수 있다고 생각한다.

현장에서 인식과 풍토를 획기적으로 변경하기 위한 방안은 여러 가지가 있다. 우선, 산업재해가 발생했을 때, 특히 사망 사고가 발생했을 때 법을 엄정하게 적용하고 집행하는 것은 그 무엇보다 중요하다.

하지만 지금까지 우리 현실은 그렇지 못했다. 검찰은 2017년도 기준으로 산업안전보건법 위반 사범 13,187명을 접수해 구속 기소 1명, 불구속 기소 612명, 약식 기소(벌금 기소) 1만 934명을 처리했다. 하나의 죄명으로 한 해 1만 3,187명이 입건됐으므로 이는 결코 적은 숫자는 아니다.

그렇다면 법원은 검찰이 기소한 산업안전보건법 위반 사건을 어떻게 처리했을까. 법원은 2017년도에 약식명령 절차로 벌금을 선고한 사건을 제외하고 1심에서 710명을 재판해 이 가운데 유기징역 4명, 집행유예 137명, 벌금 478명, 선고유예 12명, 무죄 21명, 기타 58명으로 처리했다.

검찰과 법원의 통계를 정확하게 맞출 수는 없으나, 대략 한 해에 산업재해로 1만 1,547명이 기소되는데, 이 가운데 실형 4명, 집행유예 137명, 무죄 등 90여 명을 제외한 나머지 1만 1,319명, 약 95%가 벌금형을 받는다고 이해하면 문제가 없어 보인다.

한 해 2,000여 명이 사망하는데, 이 범죄의 95%를 벌금형으로 처리하고 있는 검찰과 법원의 인식은 분명히 문제가 있다. 검찰과 법원이 우리 사회와 충분히 소통하고 있지 못하다는 증거가 아닐 수 없다.

산업화 시기에 산업의 성장과 수출의 견인을 위해서, 그리고 과실사고에 불과하다는 안일한 인식 때문에 산재사고가 가볍게 다루어졌던 것이 사실이다. 검찰과 법원이 아직도 과거의 사건 처리 관행을 그대로 답습하고 있는 것이 아닌지 묻지 않을 수 없다.

'김용균 법'에서 형사 처벌 조항은 얼마나 강화됐을까. 현행법은 안전조치와 보건조치 의무를 위반해 근로자를 사망에 이르게 한 자를 '7년 이하의 징역 또는 1억 원 이하의 벌금'에 처하도록 되어 있다. 고용노동부는 입법예고 당시 처벌을 강화할 목적으로 법정 최저형을 '1년 이상'으로 두기로 하고 '1년 이상 7년 이하의 징역 또는 1억 원 이하의 벌금'이라고 개정안을 마련했다.

그러나 부처 협의 과정에서 법정 최저형을 두는 대신에 장기를 7년에서 10년으로 늘리는 정도로 타협해 '10년 이하의 징역 또는 1억 원이하의 벌금'으로 국회에 제출했다. 국회에서 최종 통과된 내용은 현행 '7년 이하의 징역 또는 1억 원 이하의 벌금'은 그대로 유지하되, '5년 이내에 재범한 자는 2분의 1까지 가중처벌한다'고 재범자 가중처벌 조항을 두는 선에서 마무리됐다.

김용균법은 법인에 대한 양벌규정에서 벌금형을 대폭 강화했다. 현행 법률은 법인에게 개개 처벌조항에 따른 벌금형을 그대로 적용하도록 하고 있는 데 반해 안전조치와 보건조치 의무를 위반해 사망사고가 난 경우에는 법인에 대해 '10억 원 이하 벌금'에 처하도록 했다.

김용균 법에 법정 최저형 조항이 삭제된 것은 아쉬움이 남는다. 그러나 법정 최저형이 들어가 있다 하더라도 벌금형이나 집행유예를 선고하는 데 아무런 장애가 없다. 관건은 김용균 법을 제대로 시행해 그 실효성을 보장하는 것이다.

지금부터라도 산업재해 발생과 사망사고를 줄이기 위해 검찰과 법원의 양형기준을 강화해 엄정하게 김용균 법을 집행해야만 한다.

특히 대법원 양형위원회는 김용균 법의 취지를 반영해 하루 빨리 산업안전보건법 위반 사건에 관한 양형기준을 강화해야 한다. 현행 산업안전보건법 위반 사건에 관한 양형기준은 과실치사상범죄의 일부분으로 간략하게 규정돼 있고, 산업안전보건법의 법정형이 형법상 업무상과실치사보다 2년이나 무거움에도 오히려 같거나 낮게 규정돼 있다.

대법원 양형위원회는 산업안전보건법 위반 사건에 대한 양형기준을 과실치사상범죄로부터 분리하여 독립된 범죄군으로 설정하고, 범죄

유형별로 세분화하고 처벌도 강화하는 방향으로 양형기준을 재수립한다. 검찰도 산업재해의 심각성을 깊이 인식하고 산업재해에 관한 처벌을 강화하는 방향으로 자체 양형기준을 재정립해야 한다.

오래전에 산업도시인 울산시에 환경오염이 심각하던 때가 있었다. 그때에도 대부분의 환경 사범에 대해 벌금이나 집행유예를 선고하는 등으로 솜방망이 처벌을 했었다. 그러다가 환경오염을 획기적으로 개선하기 위해 검찰과 법원이 엄벌주의로 방향을 틀었고 지위고하를 막론하고 책임자를 엄벌하기 시작하자 분위기가 급변해 환경오염 사범이 자취를 감추게 됐다. 울산이 오늘날의 '청정 울산시'로 거듭나는 데는 그 같은 아픈 경험이 큰 역할을 했다. 울산시의 사례는 적잖은 시사점을 던져준다.

법만 만든다고 문제가 해결되지 않는다. 중요한 것은 현장의 인식과 풍토의 획기적인 변화다. 이를 위해 정부와 기업, 검찰과 법원이 나서야 한다. 특히, 사회문제 해결에 어쩌면 가장 주효한 수단을 쥐고 있는 검찰과 법원이 적극적으로 앞장서야 한다. 그 첫걸음으로 김용균법의 실효성을 살리기 위해 대법원 양형위원회가 하루빨리 산업재해 사건에 관한 양형기준을 강화하기를 기대한다.

광주형 일자리에 이어
구미형 일자리, 군산형 일자리를 기대하며

———

2019.2.12. 《데일리한국》

'내 일'이 있어야 '내일(來日)'이 있다는 말은 짠한 여운을 남긴다. 일자리 고민이 깊어질수록 더욱 선명하게 떠오르는 말이기도 하다.

새해 들어 1월 31일 '광주형 일자리 완성차 공장 설립 사업'의 투자 협약 조인식이 열린 것은 한줄기 서광처럼 여겨졌다. 2014년 6월 처음 제안된 이후 4년 7개월여 만에 이룬 결실이기에 감회도 더욱 깊었다. 노사민정이 협상에 협상을 거듭한 끝에 여러 차례 무산될 위기를 넘기고 마침내 서명에까지 이른 셈이다.

이 일이 성사되기까지 어려운 난관이 많았다. 광주 지역 노동계 불참 선언, 현대자동차 노조 및 민주노총의 협상 중단 요구, 잠정 협약안에 대한 현대자동차의 거부 등 노사민정의 진정성이 없었다면 무산될 공산이 컸다.

하지만 중앙정부에서 문재인 대통령이 고비마다 정성을 다해 지원하고, 지방정부에서 이용섭 광주시장이 열심히 뛴 덕분에 여러 난관을 극복할 수 있었다. 특히 현대자동차와 지역 노동계가 진정성을 보였으며, 지역사회와 시민단체가 한마음으로 성원했기에 달콤한 결실을 함께 거둘 수 있게 됐다.

문재인 대통령은 "노사민정 모두 각자의 이해를 떠나 지역사회를 위해 양보와 나눔으로 사회적 대타협을 이뤄냈다"며 "노사 간 양보와 협력으로 좋은 일자리를 만들어 낼 수 있다는 것을 확인시켜 주었으며, 우리가 함께 만들어낸 '광주형 일자리'는 청년들의 미래를 밝혀 줄 것"이라고 강조했다.

광주형 일자리는 사회적 대타협에 대한 가능성을 열어 주었고, 사회적 대타협을 통해 좋은 일자리를 만들 수 있고, 청년들의 미래를 밝혀 줄 수 있다는 희망을 여실히 보여 줬다.

우리 사회는 성장률이 떨어지고 양극화가 심화되는 구조적 난관에 봉착해 있다. '지속 가능한 성장'과 '공정한 분배', 이 두 마리 토끼를 잡기 위해 사회적 대타협이 절실하다. 사회적 대타협만이 실효성이 있고 부작용이 적은 해결책이다.

문제는 사회적 대타협을 위한 기구로 경제사회노동위원회가 가동 중이지만 민주노총이 합류를 거부하고 있어 기대와 걱정이 혼재하고 있다는 점이다.

광주형 일자리는 사회적 대타협의 물꼬를 텄다는 데 의미가 있다. 우리 사회는 노사정 사이에 신뢰가 부족하다. 정치권의 대결도 극심해 노사민정이 이룬 성과를 국회에서 뒷받침해 줄지도 미지수다. 그만큼 사회적 대타협을 이루는 것이 어렵다.

이런 상황에서 지역사회의 노사민정이 합심해 그 단초를 마련했으니 그야말로 대단한 일을 해낸 것으로 평가된다.

광주형 일자리는 어려움을 겪고 있는 제조업에 새로운 활로가 될 수 있다. 우리나라 제조업의 경쟁력이 해가 갈수록 위기 신호를 보내고 있는 점도 제대로 살펴볼 필요가 있다.

2018년 국내 자동차산업의 생산은 402만 9,000대로 2017년보다 2.1% 감소했다. 연간 수출도 244만 9,000대로 3.2% 줄었다. 현대자동차는 2018년 영업이익이 2017년 대비 무려 47.1%나 감소했고, 단기 순이익도 63.8%나 줄었다.

완성차 대기업이 국내에 완성차 공장을 신설하지 않은 지 오래되었다. 광주형 일자리로 광주에 새 공장이 만들어지면 무려 23년 만에 완성차 공장이 신설된다. 자동차 산업 측면에서 보더라도 새로운 활로가 될 수 있다.

지방은 인구가 유출되고 출산율이 떨어지면서 지방 소멸 위기라는 말이 나올 정도가 위축되고 있다. 지역 인재가 일자리를 찾아 서울과 수도권으로만 몰려들고 있다. 이러다간 국민 대부분이 서울과 수도권에서 사는 이상한 나라가 탄생할지도 모른다.

지방자치단체에서 광주형 일자리를 벤치마킹해 지역 특색에 맞는 모델을 만들어낼 수만 있다면 지역경제를 살리고 일자리를 만드는 실질적 동력이 될 수 있을 것이다.

문재인 대통령은 "최근 광주는 자동차 산업의 생산 감소로 지역경제가 침체되고, 매년 5천여 명의 청년이 빠져나가는 어려움을 겪었다"면서 "그러나 빛그린 산업단지에 10만 대 규모의 완성차 생산 공장이 들어서기만 해도 1만 2천 개의 새로운 일자리가 자리가 생겨 일자리를 찾아 고향을 떠나야 했던 지역 청년들이 희망을 안고 다시 돌아올 수 있게 될 것"이라고 역설했다. 의미 있는 지적이 아닐 수 없다.

광주형 일자리는 이제 첫발을 뗐다. 앞으로 가야 할 여정이 만만치 않다. 올 상반기 중에 신설법인을 설립하기 위해 투자자를 모집해야 한다. 신설법인은 투자규모가 약 7,000억 원인데 이 중 자기자본 2,800억 원은 광주시 590억 원(21%), 현대자동차 534억 원(19%), 투자금 모집 1,676억 원이고, 타인자본 4,200억 원은 금융기관에서 조달된다.

경기 침체와 글로벌 경쟁 심화 속에서 신설법인이 확보한 경형 스포츠유틸리티차량(SUV) 1종만으로 지속적인 생산 물량을 확보해야 한다. 앞으로 광주형 일자리가 성공하기 위해서는 중앙정부, 지방정부, 현대자동차, 지역노동계가 협약의 정신을 잘 지켜야 할 것이다.

광주형 일자리가 사회적 대타협의 가능성을 보여 주었기 때문에 다른 지방자치단체에서도 본받아 제2, 제3의 광주형 일자리가 성사되기를 기대한다.

문재인 대통령의 다음 언급은 특히 오래 기억에 남는다. "정부는 어느 지역이든 지역 노사민정의 합의로 '광주형 일자리' 모델을 받아들인다면 그 성공을 위해 적극 지원할 것이며, 특히 주력 산업의 구조조정으로 지역경제와 일자리에 어려움을 겪고 있는 지역일수록 적극적인 활용을 바라마지 않는다".

정부는 광주형 일자리를 일반모델로 만들어 지방자치단체가 자기 지역에 맞게 신청을 하면 적극 지원하겠다는 입장을 밝혔다. 구미와 군산지역은 시장들이 구미형 일자리, 군산형 일자리를 만들기 위해 움직이고 있다는 소식도 들린다. 반가운 일이 아닐 수 없다.

현대자동차 이외 다른 대기업들도 광주형 일자리를 검토하기 시작했고, SK하이닉스 반도체 특화 클러스터, 삼성 전장사업, 배터리 공장 등이 검토되고 있다는 보도에도 희망의 서광이 비치는 듯하다. 다른 나라들이 해내는 사회적 대타협을 저력 있는 대한민국 국민이 못할 리 없다. 광주형 일자리에 이어 구미형 일자리, 군산형 일자리 등 새로운 일자리들이 줄줄이 탄생되기를 기대해 본다.

더불어민주당 법률위원회 부위원장 임명

5·18 민주화운동을 부정하는 자는
민주주의를 말할 자격이 없다

—

2018.2.25. 《데일리한국》

자유한국당 의원들이 주최해 국회에서 열린 소위 '5·18 진상규명 대국민 공청회'에서 쏟아진 발언을 놓고 국민적 분노가 들끓고 있다.

이들은 5·18 민주화운동을 '광주 폭동'이라며, 5·18 민주유공자를 '괴물 집단', '세금을 축내고 있다'라고 언급했다. '북한 특수군'이 개입했다고 주장했으며 애기와 할머니, 할아버지도 '북한 특수군을 돕는 게릴라 세력'이라고 말하기도 했다. 5·18 민주화운동을 훼손하고 부정한 것이다.

이번 일을 계기로 법률과 판결을 중심으로 5·18 민주화운동을 복기해 봤다. 대법원 판례를 참조해 시간별로 압축해 봤다.

김영삼 정부 때인 1995년 12월 국회는 여야 합의로 5·18민주화운동등에관한특별법과 헌정질서파괴범죄의공소시효등에관한특례법을 제정해 전두환 신군부의 군사반란과 내란을 처벌하기 위한 제도를 마련했다. 이듬해인 1996년 2월에는 헌법재판소가 5·18민주화운동등에관한특별법에 대해 합헌 결정을 내렸다. 이로써 12·12 군사반란과 5·17 내란을 처벌할 수 있는 법률이 완비됐다.

1995년 12월 국민의 요구에 따라 검찰이 재수사에 착수해 군사반란과 내란죄 등으로 전두환 신군부 34명을 기소했다. 전두환은 1심에서 사형, 2심에서 무기징역을 선고받았다. 1997년 4월 대법원은 12·12는 군사반란이고, 5월 17일 비상계엄 전국확대 등 일련의 무력행사는 내란이라고 판결했다.

전두환 신군부는 12·12 군사반란으로 군을 장악한 뒤, 정권을 탈취하기 위해 1980년 5월 초순경부터 '시국수습방안' 등을 마련하고, 그해 5월 17일 대통령과 국무총리를 강압하고 병기를 휴대한 병력으로 국무회의장을 포위하고 국무위원들을 강압 외포시켜 비상계엄의 전국확대를 의결·선포하게 했다.

이어 국가보위비상대책위원회를 설치하고 공직자 숙정, 언론인 해직, 언론 통폐합 등을 대통령과 내각에 통보해 시행토록 함으로써 국가보위비상대책위원회가 헌법기관인 행정 각 부와 대통령을 무력화시켰다.

신군부가 정권을 잡기 위해 무력을 동원해 했던 일련의 행위들이 국헌문란이요, 내란이다. 이것이 바로 대법원 판결이다.

대법원은 1980년 5월 18일부터 27일까지 광주시민들이 전두환 신군부의 국헌문란 행위에 항의해 한 시위는 헌정질서를 수호하기 위한 정당한 행위라고 판결을 내렸다.

대법원과 헌법재판소는 전두환 신군부의 주장을 하나하나 판단해 배척하고 군사반란과 내란을 인정했고, 5·18 민주화운동을 "헌정질서를 수호하기 위한 정당한 행위"라고 판결했다.

5·18 민주화운동은 우리나라 민주주의 역사에서 가장 중요한 사건이다. 박정희 전 대통령이 10·26 사건으로 사망하자 국민들은 민주화를 기

대했으나 전두환 신군부에 의해 국민들의 소망은 좌절되고 말았다.

5·18 민주화운동은 비록 전두환 신군부에 의해 무자비하게 진압되었지만, 전두환 정권은 5·18 민주화운동이 원죄가 되어 정권의 정당성을 주장할 수 없게 됐다. 5·18 민주화운동은 1987년 6월 항쟁을 통해 6·29 선언, 직선제 개헌에 이르기까지 1980년대 민주화운동에 동기와 힘을 제공한 정신적 지주였다. 5·18 민주화운동이 보여 준 민주주의를 위한 희생정신, 인권정신, 평화정신은 오늘날까지 민주주의 발전에 지대한 공헌을 했다.

김영삼 전 대통령은 1983년 5·18 민주화운동 3주년을 기념하기 위하여 목숨을 건 23일 간의 단식투쟁을 하면서, "나는 민주화를 요구하던 수백 수천 명의 민주시민이 광주에서 무참히 살상당하는 사태에까지 이르게 된 데 대한 자책과 참회의 뜻을 표시하고자 단식투쟁을 한다"고 선언했다.

김영삼 정부는 1997년 4월 전두환 신군부에 대한 대법원 유죄판결이 나자 5월 18일을 '5·18민주화운동기념일'로 지정했다. 그해 5월 18일 정부 주관 아래 첫 기념 행사를 가졌고 그 후로 역대 정부는 국가 기념일로 정해 행사를 개최해 왔다.

김영삼 전 대통령은 전두환 신군부의 군사반란과 내란을 단죄하고, 5·18 민주화운동의 법적인 기반과 역사적 평가를 완료한 업적을 남겼다.

2002년 1월 5·18민주유공자예우에관한법률이 제정됐고, 2011년 5월 5·18 민주화운동 기록물을 유네스코 세계기록유산으로 등재하게 됐다.

이처럼 5·18 민주화운동은 법적인 판단과 역사적 평가가 끝난 사건이다.

이번에 제기된 북한군 개입설과 가짜 유공자에 대해서도 면밀하게 따져보자.

북한군 개입설은 여러 차례 허위 사실로 판명됐지만 특히 박근혜 정부에 의해 허위 사실로 선언됐다. 박근혜 정부의 정홍원 국무총리는 2013년 6월 대정부질문에서 "5·18 민주화운동에 북한군이 개입하지 않았다는 것은 정부의 판단이다. 역사를 왜곡하는 반사회적 글에 대해서는 방통위 심의를 거쳐 삭제 등 적절한 조치가 이루어지고 있고, 이에 대해 검찰에 고발돼 수사가 진행 중으로, 검찰이 철저히 수사할 것이라 생각한다"고 답했다.

5·18 민주유공자 중에 가짜 유공자가 있다는 주장은 5·18 민주화운동의 본질과 무관한 내용이다. 5·18민주유공자예우에관한법률에 거짓이나 부정한 방법으로 유공자가 된 자를 처벌하는 규정이 마련돼 있기 때문이다. 그러니 이렇게 부산을 떨 것 없이 가짜 유공자를 한 건이라도 발견했다면 국가보훈처에 신고하면 될 일이다. 국가보훈처가 지원하고 있는 독립유공자, 국가유공자, 고엽제후유(의)증환자, 특수임무유공자, 제대군인, 참전유공자 관련 법률에도 동일한 내용의 규정이 있다.

혹자는 5·18 민주유공자에 대한 교육 및 취업 지원에 대해서도 마치 유독 특별한 혜택을 해 주고 있는 것처럼 말한다. 하지만 국가보훈처가 지원하는 교육 및 취업 지원은 5·18 민주유공자에 한정된 것이 아니라 국가유공자, 보훈보상대상자, 고엽제후유(의)증환자, 특수임무유공자에게도 제공되고 있다. 이런 내용은 국가보훈처 홈페이지에서 당장 확인할 수 있다.

5·18 민주화운동을 훼손하고 부정하는 것은 역사적 사실에 반하고 국민통합을 저해하는 주장이다. 단기적으로 정치적 이익을 챙길지 모르겠지만 결국에는 이런 주장을 하는 개인이나 단체에게 큰 손해를 입히는 부메랑으로 되돌아갈 것이다. 5·18 민주화운동은 부마민주항쟁, 박종철 열사, 이한열 열사, 6·10 민주항쟁으로 이어지는 숭고하고 고귀한 민주주의 역사다. 5·18 민주화운동을 훼손하고 부정하는 일은 더 이상 없었으면 하는 바람이다. 5·18 민주화운동을 부정하는 자는 민주주의를 말할 자격이 없다.

미세먼지
'해법'은 있다

2019.3.19. 《데일리한국》

올 들어 미세먼지 문제가 눈코뿐 아니라 온몸으로 느껴질 정도로 심각하다. 주머니 속에 미세먼지 방지 마스크를 하나쯤 넣고 다니는 것은 어느새 보편적 일상이 됐다. 전자제품 매장에서는 공기청정기가 불타나게 팔리고 있다. 공기청정기가 스마트폰 처럼 어느새 필수품으로 자리잡아가면서 이제는 주요 선진국의 제품까지 국내시장으로 들어와 불꽃 튀는 경쟁을 펼치고 있다.

문재인 대통령이 미세먼지에 대한 특단의 대책을 세우라고 지시한 이후 뭔가 변화 조짐이 엿보이기도 한다. 우선 서해상에서는 국립기상과학원이 기상항공기를 대기 중에 띄워 인공비 실험에 나섰다. 조명래 환경부 장관은 주무장관답게 야외에 대형 공기정화기들을 설치하겠다고 밝히며 미세먼지 대책에 적극적인 태도를 보이고 있다.

최근 문재인 대통령의 지지율이 하락한 요인 가운데는 미세먼지가 영향을 미쳤을 것이라는 분석도 여지없이 포함돼 있다. 미세먼지 뉴스가 모든 뉴스를 덮어 버릴 정도로 국민의 불안감이 그만큼 크다는 반증이기도 하다.

미세먼지로 인해 우리 국민은 건강상 위협뿐만 아니라 경제적 피해에 직면해 있는 심각한 상황이다. 이런 점에서 아무리 한낱 먼지라고 해도 미세먼지 문제의 중요성은 결코 가볍지 않다.

세계보건기구는 지난 2013년 대기오염과 미세먼지를 1군 발암물질로 지정했다. 국내의 경우 성균관대, 순천향대, 경상대 등 공동연구진이 2018년 11월 한국경영컨설팅학회 학회지 경영컨설팅연구를 통해「미세먼지로 인한 호흡기 질환 발생의 사회경제적 손실가치 분석」이라는 논문을 발표해 이목을 모았다. 이 논문은 미세먼지(PM10) 농도가 월평균 1%씩 1년 동안 높아질 경우 미세먼지 관련 질환을 앓는 환자 수가 2016년 기준으로 약 253만 명 추가 발생하고, 2017년 기준으로는 약 256만 명이나 더 발생한다는 충격적인 분석을 내놓았다.

현대경제연구원은 지난 3월 17일 '미세먼지에 대한 국민 인식 조사' 보고서에서 작년에 미세먼지로 인한 경제적 비용을 4조 230억 원으로 추정했다. 이는 명목 국내총생산(GDP)의 0.2% 수준에 달하는 거금이다.

이제 미세먼지는 우리나라에서 일상처럼 굳어졌다. 예전에는 사흘은 춥고 나흘은 따뜻하다고 해서 '삼한사온(三寒四溫)'이라는 말이 널리 쓰였지만 요즘은 '삼한사미(三寒四微)'라는 신조어가 대세로 자리 잡은 상황이다. 미세먼지가 따뜻할 온(溫) 자를 밀어내고 그 자리를 차지한 셈이다.

문제는 미세먼지가 하루아침에 해결할 수 있는 가벼운 문제가 결코 아니라는 사실이다. 이제는 미세먼지에 대해 근본적인 대책을 강구하고 실천해야 한다. 미세먼지 대책은 당연히 배출원을 줄이는 데서부터 출발해야 한다. 취약계층에게 마스크를 긴급 제공하고 학교에 공기

청정기를 공급하는 대책도 필요하다. 하지만 배출원을 분석하고 이를 줄이는 데 최우선적으로 역량이 집중됐으면 하는 바람이다. 원인을 차단하는 것이 미세먼지 발생 이후 후속대책 마련하느라 호들갑을 떠는 것보다 훨씬 중요하다고 믿기 때문이다.

배출원을 줄이기 위해서는 우선 미세먼지 배출원에 대한 정확한 데이터를 확보하는 일이 급선무다. 정부가 2017년 9월 발표한 미세먼지 대책 자료를 보니 2014년 기준 PM2.5의 배출량은 수도권의 경우 경유차 23%, 건설기계·선박 등 16%, 사업장 14%, 냉난방 등 12%, 유기용제 10%, 발전소 9% 순인 것으로 나타났다. 전국의 경우 사업장 38%, 건설기계·선박 등 16%, 발전소 15%, 경유차 11%, 냉난방 등 5%, 비산먼지 5% 순으로 조사됐다. 1순위 배출원이 수도권은 경유차이고, 전국적으로는 사업장이라는 것이 명확해진 셈이다.

2017년 9월에 발표한 정부의 미세먼지 대책에서 인용한 배출원 데이터는 사실 2014년도 것이었다. 5년 전의 데이터를 근거로 대책을 수립하고 있다는 현실을 들여다보면 답답함이 앞설 수밖에 없다. 정확한 배출원 데이터도 없이 대책 마련에 나선다면 나침반 없이 망망대해를 항해하는 것과 무엇이 다른지 묻고 싶을 따름이다.

환경부가 미세먼지의 배출량 관련 정보의 수집·분석 및 체계적인 관리를 위해 '국가미세먼지정보센터' 건립을 추진하는 것은 주목할 만하다. 하루 빨리 이 센터가 설립돼 국내 미세먼지 배출원과 중국과 북한에서 넘어오는 배출원에 대한 상세한 데이터를 확보했으면 한다. 정확한 데이터가 확보될 때 이를 기반으로 저감 목표와 계획을 수립할 수 있고, 중국, 북한 등과도 구체적 협력을 추진할 수 있기 때문이다.

미세먼지 대책을 위해 지난 2월 15일 미세먼지 대책의 기본법이라고 할 수 있는 미세먼지저감및관리에관한특별법이 시행됐다. 이 법에 미세먼지 관리 종합계획 수립, 미세먼지특별대책위원회, 실태조사, 국제협력, 국가 미세먼지 정보센터 설치, 고농도 미세먼지 비상 저감 조치, 취약계층 보호 등 미세먼지 대응체계가 잘 갖추어져 있는 것으로 평가된다.

지난 3월 13일에는 미세먼지 대책 법안 8건이 국회를 통과했다. 국민들의 불만이 들끓자 국회가 긴급하게 이들 법안을 통과시킨 모양새다. 급한 대로 미세먼지 대책의 대강이 마련된 점은 그나마 다행스러운 일이다.

정부는 2017년 9월 발표한 미세먼지 대책에서, 발전 부문에서 석탄화력발전소 비중 축소, 산업 부문에서 총량제 대상 지역 및 대상 물질 확대, 수송 부문에서 노후 경유차 조기폐차 물량 확대, 운행제한 확대, LPG차, 전기차 등 친환경차 보급 확대, 생활 부문에서 건설공사장 비산먼지 관리 강화 등의 계획을 밝혔다.

2018년 1월에 발표한 추가 대책에는 꼭 필요한 대책들이 망라돼 있다. 이 대책들이 착실하게 실행되는 것이 매우 중요하다. 그러기 위해서는 국민들이 한마음으로 협력하고 협조하는 것이 절대적으로 필요하다.

환경부가 2018년 8월 31일부터 9월 2일까지 실시한 미세먼지와 관련한 국민의식조사 결과에 따르면, 우리 국민은 91%가 미세먼지 오염도가 심각하다고 응답했고, 78.7%가 건강에 위협이 된다고 답했다. 노후 경유차 등에 대한 운행제한에 대해서는 응답자의 70.1%가 대도

시에서 경유차 운행 제한이 필요하다고 인식하고 있었다. 경유차 소유자의 과반수(59.2%)도 운행 제한이 필요하다고 응답했다. 그리고 비상저감조치 시행 시 차량2부제와 같은 운행 제한이 시행된다면 84.5%가 참여할 의사가 있으며, 미세먼지 저감 시민실천운동에도 72.4%가 참여할 의향이 있다고 응답했다.

이처럼 국민들이 미세먼지에 대해 심각하게 인식하고 있고, 미세먼지 저감 대책에 참여할 의사가 높은 것으로 확인됐다. 그러므로 환경부는 좌고우면하지 말고 미세먼지 대책을 강력하게 시행해야 한다.

문재인 대통령이 3월 12일 손학규 바른미래당 대표가 제안한 미세먼지 해결을 위한 범사회적 기구를 받아들이고, 반기문 전 유엔 사무총장에게 이 기구를 맡아달라고 요청하자 반 전 총장이 이를 흔쾌히 수락했다. 국가 지도자들이 국가적 과제를 해결하기 위해 지혜를 모으고 협력하는 모습을 보여 준 것은 매우 바람직스러운 일로 보인다. 국민에게 안도감을 준 것은 일종의 긍정적 부수 효과로 보인다.

반기문 전 유엔 사무총장은 기후변화 협약 등 국제 문제에 풍부한 경험과 식견을 갖고 있다. 더욱이 중국을 비롯해 국제적으로 리더십을 인정받고 있기에 미세먼지 문제를 해결하기 위해 중국의 협력을 얻어내는 데 적임자라고 할 수도 있다.

중국에 대해 일방적으로 책임을 추궁하는 식의 접근은 문제를 해결하는 데 도움이 되는 것이 아니라 되레 악화시킬 가능성이 높다. 우리 정부는 중국과 협력해 한반도에 영향을 크게 미치는 중국 지역의 대기질을 공동조사하고, 중국에 있는 대형 배출원에 미세먼지 저감 장치를 설치하게 하는 등 환경기술 협력을 추진하는 것이 더욱 지혜로운 해법이라고 생각한다. 한중 양국 간 대기질 측정자료도 공유해야할 것이다. 이를 위해 중국에 책임을 추궁할 것이 아니라 협력을 모색하는 역발상이 반드시 필요하다.

우리나라가 중국과 미세먼지 저감을 위해 협력하기 위해서는 우선 정확한 배출량 데이터를 제시해야 할 것이다. 우리나라가 중국으로부터 배출량 데이터를 얻을 수 없기 때문에 중국발 미세먼지의 영향력을 정확히 계산하기란 매우 어려울 수밖에 없다.

국립환경과학원이 중국의 영향력을 모델링할 때 사용하는 미세먼지 발생량은 기준년도가 2010년이다. 중국은 2013년 이후 자국의 미세먼지 배출을 30~40% 감축했다는 입장이어서 우리나라의 자료를 신뢰하지 않는다. 따라서 중국과 미세먼지 저감 국제협력을 하려면 우선 정확한 배출량 데이터를 확보해야 한다. 중국으로부터 자료를 받을 수 없으면 우리나라의 데이터라도 정확하게 산출해 놓은 뒤 여러 개선 방안을 강구해야 한다.

우리나라가 중국과의 미세먼지 갈등을 해결하는 데 있어 참고할 만한 선례가 있다. 1979년에 유럽 31개국이 서명한 '유럽 장거리 월경성 대기오염에 관한 협약(CLRTAP)'이 바로 그것이다. 1950년대 영국과 서독에서 발생한 아황산가스가 초래한 산성비가 원인이 되어 스웨덴 등 북유럽 국가에서 물고기가 떼죽음을 당하고 숲이 사라지는 재앙이 발생했다.

영국과 서독은 책임을 부인했으나 스웨덴이 산성비를 국제 이슈로 제기하면서 과학적 검증을 제시하고 국제적인 여론에 호소하면서 글로벌 이슈로 부상하게 됐다. 그러자 영국과 서독도 과학적 연구를 진행하기로 합의했고, 11개국이 참여하는 '대기오염물질 장거리 이동 측정에 관한 협동 기술 프로그램'이 시작됐다.

결국 산성비 제어에 성공했고, 이제는 관리 대상에 초미세먼지(PM2.5)까지 포함시키기에 이르렀다. 이 사례는 오염 피해 발생, 오염원 발생국의 부인, 과학적 검증과 국제여론 호소, 공동 연구 및 기술프로그램 진행, 협약 체결, 오염원 제어 성공 순으로 진행됐다. 중국과 협력해 미세먼지 문제를 해결해야만 하는 우리에게 큰 시사점을 주고 있다.

우리나라는 2018년에 1인당 국민총소득(GNI) 3만 1,349달러를 달성했다. 그리고 3050클럽의 7번째 가입국이 됐다. 미세먼지 해결에 대한 국민적 요구가 강력한 것은 국민이 선진국 수준의 요구를 하기 때문이다. 선진국들도 모두 겪었고 극복했던 환경문제가 우리 앞에 다가온 셈이다.

미세먼지 문제는 우리나라가 명실상부한 선진국이 되기 위해 반드시 딛고 넘어서야 할 과제다. 몇몇 선진국들이 머리를 맞대고 과제를 풀어낸 것에서도 문제 해결의 실마리를 찾아내야 한다. 우리도 전 국민의 지혜를 모아 미세먼지라는 난제를 극복해야 한다. 정부가 차분하게 근본적인 대책을 세우고 우리 국민이 조금씩 불편을 감수하면서 한마음으로 협력한다면 미세먼지 문제를 해결한 선진국들과 어깨를 나란히 할 수 있게 될 것이다.

미성년 자녀의 양육비 확보가
진짜로 중요한 이유

2019.4.10. 《데일리한국》

예전에는 이혼이 드물었으나 이제는 주변에서 종종 이혼 가정을 접할 수 있게 됐다. 이혼 당사자가 '돌싱'이라는 말을 스스럼없이 할 정도로 사회적 분위기도 많이 바뀌었다.

한부모 가정은 요즘에는 그저 가정의 한 형태로 받아들여지고 있다. 통계청 국가통계포털에 따르면, 2018년도 이혼 건수는 10만 8,684건이며, 이 가운데 미성년 자녀가 있는 이혼 건수는 5만 1,069건으로 약 절반에 이른다. 미성년 자녀가 포함된 가정의 이혼 건수가 매년 약 5만 2,000건 정도 발생한다는 것은 사실 매우 심각한 문제가 아닐 수 없다.

부부가 이혼을 하게 되면 무엇보다 미성년 자녀의 양육 문제가 가장 큰 골칫거리로 남게 된다. 이혼 가정의 경우, 양육 부모 혼자의 힘으로는 경제적 능력이 부족해 미성년 자녀가 열악한 양육 환경에 놓이는 사례가 많다. 여성가족부가 발표한 2015년 한부모 가족 실태조사에 따르면 한부모 가구의 월평균 가구소득은 2015년 기준 189만 원으로, 전체 가구 평균인 437만 원의 절반에도 미치지 못하는 것으로 조사됐다.

민법과 가사소송법에는 이혼 가정의 미성년 자녀를 위해 양육비가 지급될 수 있도록 여러 제도가 마련돼 있다. 부부가 협의 이혼을 할 때 반드시 양육비에 관해 합의를 하도록 강제돼 있고, 합의한 바에 따라 강제집행할 수 있는 양육비 부담조서의 작성도 의무화돼 있다.

가정법원은 양육비 청구 사건에서 당사자의 재산을 명시하도록 하거나 재산을 조회할 수 있다. 이혼 사건에서 당사자는 가정법원에 양육권과 양육비 지급, 면접교섭권에 관해 사전처분을 신청할 수도 있다. 양육 부모는 비양육 부모가 양육비를 지급하지 않는 경우에 가정법원에 비양육 부모에 대한 양육비 이행명령, 담보 제공명령이나 일시금 지급명령을 신청하는 것도 가능하다.

또한 비양육 부모를 고용하고 있는 사용자에 대해 비양육 부모가 받을 급여에서 양육 부모에게 양육비를 직접 지급하도록 직접 지급명령을 신청할 수도 있다. 아울러 양육 부모는 비양육 부모가 양육비를 지급하지 않으면 가정법원에 과태료나 감치명령을 신청하면 된다.

필자가 2008년 법무부 법무심의관으로 일할 때 재산명시, 재산조회, 양육비이행명령, 담보제공명령, 일시금지급명령, 직접지급명령, 과태료 인상, 감치명령 제도를 도입하는 가사소송법 개정안을 성안해 의원입법으로 제출했고, 이듬해인 2009년 4월 이 법률안이 국회를 통과한 기억이 10년이 지난 지금도 새롭기만 하다.

양육비 지급을 확보하기 위해 민법과 가사소송법을 정비한 것 외에도 2015년 3월 양육비이행확보및지원에관한법률의 시행과 이에 따라 양육비이행관리원을 신설키로 한 것은 매우 의미가 컸다고 생각한다.

양육비이행관리원은 상담, 법률지원, 추심지원, 양육비 채무자의 주소 자료 요청, 제재 조치, 한시적 양육비 긴급지원 등 업무를 담당한다. 양육비이행관리원은 지난 4년 동안 양육비 이행을 위해 많은 실적을 거뒀다. 양육비이행관리원의 2018년도 상담 건수는 3만 2,072건에 이른다. 또한 지원 접수 건수는 3,925건, 양육비이행관리원의 지원을 받아 지급된 양육비 누계는 404억 원인 것으로 집계됐다.

하지만 제도와 기구가 보완됐음에도 불구하고 복잡한 강제 집행절차, 비양육 부모의 의도적인 회피 등으로 인해 양육 부모가 비양육 부모로부터 양육비를 받는 것이 여전히 쉽지 않은 게 현실이다. 양육 부모가 양육비 채권을 확보한 경우에도 양육비 이행률은 2018년 12월까지 약 32.3%로 10명 중 7명은 여전히 양육비를 받지 못하고 있는 상황이다.

양육비를 못 받아 생계와 양육에 어려움을 겪고 있는 양육 부모들이 이 문제를 해결해 달라고 국가와 사회에 간절하게 호소하고 있다. 양육비해결모임 소속 250명은 올해 2월 "양육비 미지급은 기본권 침해"라며 헌법소원을 제기하기도 했다. 앞서 225명은 지난해 11월 양육비 미지급자들을 아동 학대로 서울중앙지방검찰청에 집단 고소를 했다.

양육비 이행 확보는 부모가 해결하지 못한다면 결국 국가와 사회가 풀어야 할 문제다. 이를 해결하기 위해 적잖은 노력과 발전이 있었지만 이제는 제도를 설계할 때 도입을 주저했던 제도까지 포함해 획기적인 해결책을 모색할 때가 됐다고 본다.

지난 2014년 2월 양육비이행확보및지원에관한법률 제정안이 국회를 통과할 당시만 해도 여러 제도적 장치가 마련돼 있었던 것이 사실이다. 국가의 양육비 대지급 제도를 비롯해 양육비이행관리원장이 양육비채무자의 국세·지방세, 토지·건물, 건강보험·국민연금, 출입국 등 재산정보 제공을 관계기관에 요청할 수 있는 제도 등이 있었다. 아울러 금융정보·신용정보·보험정보 제공을 관계기관에 요청할 수 있는 제도, 여성가족부장관이 양육비를 지급하지 않는 양육비 채무자의 출국금지를 요청할 수 있는 제도 등이 함께 검토됐다.

하지만 국가재정상의 어려움, 법무부와 경찰청, 금융위원회의 반대에 가로막혀 이같은 제도들이 도입 문턱에서 고꾸라지고 말았다.

국가의 양육비 대지급제도에 관해 OECD 국가의 사례를 살펴보면, 독일 등 18개 국가가 양육비 대지급제도를 운영하고 있다. UN 아동권리협약 제27조에서는 "모든 아동은 부모의 혼인상태와 무관하게 그 신체적, 지적, 정신적, 도덕적, 사회적 발달에 적합한 생활수준을 누릴 권리를 가져야 한다"고 규정돼 있다.

국가가 양육비를 대신 지급하고 양육비 채무자에게 구상권을 행사하는 것이 가장 효율적이고 근본적인 대책이다. 하지만 이는 국가의 재정 여건이 허락해야만 가능하다. 이 때문에 아직 우리나라는 국가의 대지급 제도를 도입하지 못하고 양육비이행관리원장이 "자녀의 복리가 위태롭게 되었거나 위태롭게 될 우려가 있는 경우에" 한해 최대 12개월까지 한시적으로 긴급지원을 해주고 있을 뿐이다.

현실적인 대안은 한시적 긴급지원 제도의 신청 요건을 완화하고 지원 대상을 넓혀 가면서 국가의 재정상황이 허락될 때 대지급 제도를 전면적으로 도입하는 것이라고 할 수 있다.

다음으로 논의되고 있는 제도는 여성가족부 장관이 양육비 이행을 확보하기 위해 양육비 채무자의 토지, 건물 등 재산정보와 금융정보를 취득할 수 있도록 허용해 주는 방안이다. 현재 여성가족부 장관은 한시적 긴급지원의 경우에 양육비 채무자의 토지, 건물 등 재산 정보를 본인 동의 없이도 관계 기관에 요청할 수 있으나 그 외에는 본인의 동의가 필요하다.

금융정보의 경우에는 예외 없이 본인의 동의가 필수적이다. 그러나 양육비 채무자가 동의할 가능성이 낮기 때문에 실효성이 떨어질 수밖에 없다. 재산 정보와 금융 정보 취득을 본인이 동의한 경우로 제한한 이유는 개인정보 및 금융 정보 보호 때문이다.

양육비 문제는 미성년 자녀의 생계와 직결되는 사안이라는 점을 간과해서는 안 된다. 양육 책임이 있는 부모가 미성년 자녀를 양육하지 않으면 국가가 예산을 들여서라도 양육을 해야 한다. 자기가 낳은 자녀의 양육비를 고의로 지급하지 않는 양육비 채무자에 대해서는 국가가 적극 나서야 한다. 즉, 국가가 양육비 이행을 확보하기 위해 그의 재산 정보와 금융 정보를 취득하는 것은 기본권을 제한할 합리적 이유가 된다고 봐야 한다.

양육 부모들은 양육비 채무자에 대해 출국을 금지하는 제도와 운전면허를 취소·정지하는 제도 도입을 강력히 요구하고 있다. 출국 금지 제도와 운전면허 정지·취소 제도가 도입된다면 양육비 이행을 확보하는 데 있어 매우 효과적인 수단이 될 것이다.

출국 금지 제도는 형사소송 및 형집행, 세금체납, 병역 위반 등 출국할 경우 공익을 해할 수 있는 사람에 대해 내려지는 처분이고, 운전면허 정지·취소 제도는 도로교통법 위반자나 차량을 범행에 사용한 자 등 공익을 해할 수 있는 사람들을 제재하는 제도다. 따라서 양육비 채무 불이행자를 제재하는 수단으로 출국 금지나 운전면허 정지 등을 부과하는 것은 부적절하다고 반대하는 견해도 있다.

하지만 양육비 채무 불이행자에게 과태료나 감치명령을 내릴 수 있도록 한 이유는 다른 개인적 채무와 달리 공익적 필요성이 인정됐기 때문이라는 점을 놓쳐서는 안 된다.

미국, 캐나다, 영국 등이 양육비 지급 불이행 시 여권발급 제한, 운전면허 취소 등 행정적 강제수단을 도입하고 있다는 점도 참조할 만하다. 우리도 이같은 제도를 전향적으로 도입할 필요가 있다. 국가가 양육비 대지급 제도를 당장 도입할 재정적 능력이 안 되는 상황에서 양육비 채무자가 경제적 능력이 있음에도 불구하고 양육비를 지급하지 않는다면 이들에게 양육비 이행을 강제하는 방법으로 출국 금지나 운전면허 정지·취소와 같은 불이익을 가하는 것은 얼마든지 가능하다고 본다.

양육비 이행 확보와 관련해 놓쳐서는 안 될 부분은 바로 비양육 부모의 입장과 감정에 대한 고려다. 예컨대 가정법원이 감치명령을 내려 감치했을 경우 양육비 채무자가 오히려 감정적인 대응을 하면서 더욱 강경하게 양육비 지급을 거부할 수도 있다. 비양육 부모들은 경제적 능력이 없어 양육비를 못 주는 경우도 있고, 재혼가정과의 관계 때문에 양육비를 지급하지 못하는 경우도 있을 터이다.

지급한 양육비가 자녀를 위해 제대로 사용됐는지 확인하고 싶어 하고, 미성년 자녀와의 면접 교섭을 원하고 있다는 점 등도 감안해 줄 필요가 있다. 양육비 채무자가 자발적으로 양육비를 지급할 수 있도록 하려면 비양육 부모와 미성년 자녀의 면접교섭 기회를 보장하고 활성화시켜야 한다. 그런 의미에서 양육비이행관리원이 비양육 부모와 미성년 자녀의 면접교섭을 위한 지원 활동을 할 수 있도록 양육비이행확보및지원에관한법률이 개정된 것은 아주 적절한 조치라고 평가한다.

부부가 이혼을 할 때 이혼 이후 미성년 자녀의 양육비 문제에 관해 진지하게 상의하고 양육비가 미성년자의 양육에 얼마나 중요한지에 대해 충분히 이해할 수 있도록 교육을 펼칠 필요가 있다. 양육 부모는 비양육 부모와 미성년 자녀의 면접교섭권을 충분히 보장해 줌으로써 비양육 부모가 미성년 자녀와의 친밀감을 계속 유지하는 가운데 자신이 지급한 양육비가 제대로 사용되고 있는지를 확인할 수 있도록 해야 할 것이다. 또한 비양육 부모도 양육 부모에 대한 감정과 불신 때문에 양육비 지급을 거부하지 않도록 국가가 제대로 된 교육을 제공할 필요가 있다.

양육비 이행 확보는 우리 사회에서 아주 중요한 민생 문제인 동시에 미성년 자녀의 인권 문제에 해당된다. 국가의 대지급 제도가 도입될 때까지 한시적 긴급지원 제도를 확대하고, 여성가족부 장관이 양육비 채무자의 재산정보와 금융정보를 확보할 수 있도록 해 주고, 출국 금지와 운전면허 정지·취소 제도를 도입하는 등 획기적인 대책을 마련해야 한다. 이제는 더 이상 지체할 시간이 없다. 미성년 자녀들의 양육비 확보를 위해 정부와 국회가 적극적으로 나서 줄 것을 촉구한다.

마약류 범죄,
둑이 무너지면 다 죽는다

2019.4.25. 《데일리한국》

최근 유명인들의 마약 사건이 잇따라 적발되면서 사회 이슈로 부각되고 있다. 마약류 범죄가 이미 위험수위로 치닫는 것이 아닌가 하는 의구심마저 드는 상황이다. 어느덧 한국도 '마약 대중화'를 걱정해야 하는 처지가 된 것이 아니냐는 우려의 목소리가 커지고 있다.

남양그룹 창업주 외손녀 황 모 씨가 최근 마약을 투약한 혐의로 구속됐다. 방송인 하일(미국명 로버트 할리) 씨가 마약을 투약한 혐의로 구속영장이 청구됐다가 기각된 것도 눈길을 끈다. 현대그룹 총수일가 3세 정 모 씨와 SK그룹 총수일가 3세 최 모 씨가 대마 흡입 혐의로 수사를 받고 있고, 최 모 씨는 이미 구속된 상태다.

서울 강남의 클럽 '버닝썬' 직원이 마약 혐의로 구속되자 여러 의혹이 번지고 있다. 경찰이 클럽 내에서 마약을 투약하고 유통했다는 의혹이 불거진 '버닝썬 클럽'을 계기로 2019년 2월 25일부터 한 달여간 마약류 집중 단속을 벌인 결과를 보면 우려가 괜한 것이 아니었음을 깨닫게 된다. 경찰은 불과 5주라는 기간 동안 마약 사범 994명을 검거해 이 가운데 368명을 구속했던 것이다.

우리나라를 흔히 '마약 청정국'이라고 부른다. 외국 간 마약 거래에서 도착지 국가의 세관을 쉽게 통과하기 위해 일부러 마약 문제가 거의 일어나지 않는 한국을 거쳐 가는 경우가 있을 정도였다. UN은 인구 10만 명당 연간 마약류 사범 20명 미만을 기준으로 '마약 청정국'을 분류한다고 한다. 수사 실무자들은 우리나라 인구를 5,000만 명으로 잡고 마약류 사범이 1만 명을 넘으면 마약 청정국 지위를 잃는다고 판단하고 있다. 그래서 1만 명 밑으로 끌어내리려고 애를 쓰고 있다.

대검찰청이 발표한 마약류 범죄백서에 따르면, 우리나라의 마약류 사범 수는 1999년 처음으로 1만 명을 넘었고 2002년까지 4년 연속 1만 명을 상회했다. 하지만 2002년도에 강력한 단속으로 공급조직 10개 파 224명이 적발되는 등 공급선이 차단되면서 2003년부터 2006년까지 4년간 7,000명 선으로 줄어들었다. 그 후 다시 2007년에 1만 649명으로 1만 명을 넘어선 뒤 2009년 1만 1,875명으로 늘어나게 된다. 다행스럽게도 2010년부터 2014년까지는 1만 명 밑으로 유지돼 온 것으로 보인다.

문제는 2015년에 전년 대비 19.4% 증가해 1만 1,916명이 됐고, 2016년에 전년 대비 19.3% 다시 늘어 1만 4,214명으로 증가하게 됐다는 점이다. 2017년에 1만 4,123명, 2018년 1만 2,613명으로 주춤하게 되지만 2015년과 2016년에 매년 약 20%씩 큰 폭으로 증가한 것은 매우 이례적이다.

다행히 2018년에 전년 대비 10.7% 감소했으나 앞으로 1만 명 밑으로 내려가는 것은 녹록지 않아 보인다. 안타깝지만 우리나라는 마약 청정국의 지위를 잃은 지 이미 4년이 지났다.

마약류 사범의 수만큼이나 중요한 것이 바로 마약류 압수량이다.

마약류 압수량은 2015년 185.1kg, 2016년 244.5kg, 2017년 258.9kg, 2018년 517.2kg로 계속 큰 폭으로 증가하고 있다. 특히 2018년에는 마약류 사범의 수는 줄었지만 압수량은 전년 대비 99.8%나 증가했다. 자칫 마약의 침투가 생활을 위협하는 수준으로 치닫지나 않을지 우려된다.

이처럼 마약류 사범이 1만 명을 넘어서고 마약류 압수량이 많아진 원인은 과연 무엇일까? 인터넷과 SNS를 이용한 마약류 거래가 늘어난 것이 첫 번째 원인으로 꼽힌다. 사정이 이렇다 보니 마약 전과가 있는 마약류 사범뿐 아니라 전혀 경험이 없는 일반인도 마약류를 쉽게 손에 넣을 수 있는 기회가 늘어나게 됐다. 4차 산업혁명의 확장성이 마약류 범죄를 재촉하는 촉매제로 변질된 셈이다.

외국인 마약류 사범이 900명을 상회한다는 사실도 주목할 필요가 있다. 외국인 마약류 사범은 2015년 640명, 2016년 957명, 2017명 932명, 2018년 948명이었다. 3년 전부터 외국인 마약류 사범이 1,000명에 육박할 정도로 늘어난 것이다.

최근 외국인 마약류 사범이 증가한 원인은 외국과의 교류 증가로 외국인 근로자 또는 관광이나 취업 목적으로 위장해 입국한 불법체류자의 국내 유입이 증가했기 때문이라는 것이 정설이다.

검찰은 2017년 마약류범죄백서에서 외국인 마약류 사범은 중국인과 태국인, 미국인이 다수를 차지했고, 전체적으로 보면 중국(중국 동포 등 일용직 노동자) 및 미국, 캐나다 등 영어권(강사, 학생)과 태국, 베트남 등 동남아권(공장 근로자 등) 국적자들이 상당수를 차지하고 있다는 분석을 내놓고 있다.

마약 공급 루트도 기존의 중국 위주에서 이제는 중국, 대만, 캄보디아, 필리핀, 베트남, 태국, 멕시코, 미국, 캐나다, 영국, 독일, 스페인 등으로 국가를 셀 수 없을 정도로 다변화됐다. 인터넷, SNS 등을 이용해 국제우편물, 특송화물로 밀수입하는 경로가 활용되면서 마약류 밀수사범이 2017년에 481명으로 전년 대비 25.6%나 증가했다.

2017년 대마사범이 1,727명으로 전년 대비 20.3% 증가한 이유는 마약을 접한 경험이 없는 일반인이 해외직구 등을 통해 아편계 제품류와 대마계 제품류를 밀수하는 경우가 급증했기 때문으로 분석된다.

특히 외국에서 유학을 한 부유층들이 대마를 흡입하는 사건이 다수 발생하고 있다. 미국 워싱턴, 오레곤, 콜로라도 등 10개 주(州)에서 대마가 오락용으로 합법화된 것도 이같은 분위기를 부추겼을 법하다. 미국 유학 시절 자연스레 접했던 대마를 귀국해서도 별다른 죄의식 없이 흡입하는 사례가 늘고 있다는 얘기다.

검찰과 경찰은 2015년부터 다시 발호하기 시작한 마약류 사범을 줄이기 위하여 2016년 4월에 전국 14개 지역에 '검·경 마약수사 합동수사반'을 설치해 중점 단속을 펼치고 있다.

검찰은 인터넷과 SNS를 통한 거래를 차단하기 위하여 2016년 12월부터 마약 관련 불법 사이트 및 게시물을 자동 검색하는 '인터넷 모니터링 시스템'을 개발해 24시간 상시 모니터링을 실시하고 있다. 적발된 판매글, 사이트 스크린샷 등 불법 정보를 방송통신심의위원회에 보내 차단을 요청하고 있다. '인터넷 모니터링 시스템'이 가동된 이후에 예전에 2~3년 걸리던 양을 2~3개월 안에 검색해 낼 정도로 단속 실적이 개선되기도 했다.

식품의약품안전처는 마약류 관리에 관한 법률을 개정해 2017년 6월 3일부터 인터넷이나 SNS를 통해 불법적으로 마약류 판매 등에 대해 광고하거나 제조 방법을 게시하는 행위자를 3년 이하 징역 또는 3천만 원 이하의 벌금에 처하도록 했다. 이 개정법이 시행되기 전에는 마약류 판매 정보를 게시하더라도 실제로 판매하지 않으면 정보를 삭제하고 차단할 수는 있어도 광고나 정보 게시 자체를 처벌할 수 없었지만 이제는 광고나 정보 게시 자체만으로도 처벌할 수 있게 된 것이다.

마약류 범죄가 국제화되고 있으므로 이를 효과적으로 단속하기 위해서는 국제협력이 더욱 중요해졌다. 마약류 사범에 대처하는 중요한 국제기구나 국제회의체들인 유엔마약범죄사무소(UNODC), 마약퇴치국제협력회의(ADLOMICO), 아태마약정보조정센터(APICC)와의 협조가 긴요한 것도 이 때문이다.

2017년 9월 제주에서 대검찰청이 제27차 마약퇴치국제협력회의(ADLOMICO)를 개최했고, 이 회의에 유엔마약범죄사무소(UNODC), 세계관세기구(WCO), 아태마약정보조정센터(APICC)와 미국, 중국, 태국, 베트남 등 20개국 대표, 검찰청, 경찰청, 관세청, 국가정보원 등 국내 10개 기관 대표들이 참여해 국제 마약류 동향에 관한 정보를 교류하고 국제협력을 강화하는 방안을 협의했다.

마약류 범죄는 독버섯처럼 끈질기게 우리 사회를 위협할 것이다. 이에 대응할 수 있는 전문적이고 효율적인 단속기구가 반드시 필요하다. 지금의 마약류 범죄 대응체제는 검찰과 경찰, 세관이 각자 대응하는 체제여서 사안별로 협력하는 수준에 머물러 있다. 상시적인 정보와 수사협력, 일원적인 의사결정이 가능하도록 개선돼야 마땅하다.

검찰, 경찰, 세관이 합동수사반을 만드는 데에서 한걸음 더 나아가 외국처럼 마약수사청과 같은 특별수사기구를 만드는 것도 적극 검토해야 할 시점이다.

마약류 범죄 문제는 지금 이 순간이 바로 위기상황임이 명확해졌다. 마약류 범죄는 바야흐로 인터넷과 SNS 세상을 만나 급증하고 있고, 국내 체류 외국인이 많아지면서 국제화, 다변화되는 추세다.

지금 불길을 잡아야 한다. 그렇지 못하면 우리는 마약 청정국이 아니라 '마약 오염국' 낙인이 찍힐지도 모른다. 마약은 중독성이 강하기 때문에 한번 제방이 무너지면 통제하기 어렵다.

다만 과거에도 마약 청정국의 지위를 잃었다가 강력한 단속을 실시해 다시 그 지위를 되찾았듯이 2015년부터 불붙은 마약류 범죄를 다시 엄단해 이번에는 확고부동하게 마약 청정국의 지위를 되찾아야 한다. 개개인의 단호한 마음가짐과 정부당국의 엄정한 대처가 병아리와 닭이 안팎에서 알을 쪼아 새 생명이 탄생하듯이 '줄탁동기' 수준으로 박자가 맞아야 비로소 마약의 위협과 공포로부터 벗어날 수 있다.

방송 토론

JTBC 〈아침&〉 [맞장토론] 속도 내는 조국발 검찰개혁… 평가·전망은? (19.09.19.)

KBS 1TV 〈생방송 심야토론〉 조국 법무부 장관 검찰개혁 VS 수사방해 (19.09.21.)

KBS 1라디오 〈열린토론〉 피의사실 공표, 이대로 좋은가? (19.09.25.)

JTBC 〈밤샘토론〉 조국발 검찰개혁, 어떻게 볼 것인가? (19.09.27.)

KBS 1라디오 〈오태훈의 시사본부〉 검찰개혁을 말한다 (19.10.07.)

KTV 〈쟁점토론〉 국민을 위한 법무 검찰개혁 어떻게 할 것인가? (19.10.10.)

MBC 〈100분 토론〉 조국 사퇴 이후 검찰개혁 (19.10.15.)

TBS 〈김어준의 뉴스공장〉 조국 전 장관 '검찰개혁안'의 핵심과 의미 (19.10.16.)